COLLECTION FOLIO

Claude Gutman

La folle rumeur de Smyrne

Gallimard

© 1988, Éditions Payot

Claude Gutman est né en 1946. Il est l'auteur d'un cycle autobiographique : *Dans le mitan du lit, Les larmes du crocodile, Les réparations,* et de plusieurs ouvrages pour la jeunesse dont *Toufdepoil* et *La maison vide*.

Pour mon père.
Pour ma mère.
Pour tous les miens.

CHAPITRE PREMIER

Le monde de l'éveil est d'abord celui de la déraison. Josué Karillo le rencontre chaque matin de cette année 1687 en se rendant à l'hospice d'Amsterdam. Passées la cour d'honneur et ses pelouses en croix, soigneusement entretenues, c'est la préfiguration de l'Enfer.

La lourde porte s'est refermée sur son passage. Karillo pénètre dans la salle commune au sol recouvert de paille humide. Odeur d'urine, d'excréments. Dans les stalles qu'on croirait bâties pour des animaux gisent, maintenus à leurs chaînes qu'il entend ferrailler, les malades qu'il ne sait pas soigner et qu'il verra mourir sans avoir rien pu tenter, sinon une prière. Un gardien, ancien forçat, agite derrière son dos un gourdin de bois ouvré, casseur de membres quand les cris ne cessent pas assez vite au passage du médecin. Une femme, jeune encore, tire sur sa chaîne, pour le toucher, le supplier, l'invectiver. Karillo passe, inflexible, tentant de maîtriser son envie de fuir. Non qu'il ait peur. Karillo ne craint pas la mort. Il l'attendrait, plutôt. Mais elle tarde à venir. N'est-ce pas elle qui l'a poussé vers ces insensés, ce monde souterrain qu'il a choisi d'affronter en pénitence ? A présent, il voudrait fuir la lumière des quatre torches qui brûlent jour et nuit, fuir l'odeur de mort qui colle à sa robe noire, fuir. Mais il reste, pressant le pas, attendant qu'on lui ouvre le passage du corridor qui le conduira à son cabinet. Il jette un regard sans vie aux portes des cellules percées d'un guichet qui ne s'ouvre qu'au passage de la nourriture. Il sait qu'un malheureux y croupit depuis des ans, couché nu sur un grabat scellé à la muraille suintant l'humidité du canal, en contrebas. Les hurlements le poursuivent. Il croise un homme en chemise, qui déambule. Solitaire, l'homme bredouille ses folies et le salue avec cérémonie. Karillo répond à son salut. Quand il atteint la porte de son cabinet qu'il ouvre de sa propre clé, Karillo respire profondément.

Cette pièce au carrelage coloré, ouverte sur le quai est une trouée de lumière dans les ténèbres. Il a choisi lui-même la tapisserie où Amour enlace Psyché, le crucifix sur le mur blanc. Mais il ne leur accorde pas le moindre regard. Il s'assied, hébété à l'idée de devoir, au retour, traverser une fois encore la travée des fous. Il en sera ainsi quotidiennement, jusqu'à ce que mort s'ensuive. Il l'a voulu.

Quelques instants de répit avant de retrouver les vociférations du corridor et de visiter la « trembleuse » du premier étage, attachée sur son lit. Karillo ignore combien de temps durera l'enfermement de la pauvresse. Ses confrères s'étonnent de son insistance à l'aller voir, chaque matin, attentif aux propos désordonnés qu'elle murmure.

Elle était arrivée trois mois plus tôt, accompagnée par le lieutenant de police qui l'avait enlevée au cabaret où elle se donnait en spectacle, debout sur une table. Plainte avait été déposée pour indécence et immoralité.

Ne la voyait-on pas soudain, au beau milieu de son service, haranguer la foule des matelots assoiffés puis se livrer à des actes obscènes ? Le rapport de police précisait que la servante se dévêtait, arrachant un à un ses vêtements. Sa force était telle qu'elle repoussait les gaillards les plus vigoureux qui tentaient de la maintenir, espérant lui couvrir le corps d'une quelconque étoffe. Le cabaret, autrefois désert, était devenu, en peu de temps, le lieu le plus fréquenté du port. On venait y voir la servante folle et peu importait qu'on s'y fît piétiner. Trop de bruit, trop de monde, trop de curiosité autour de cette malheureuse. La police avait dû intervenir.

Karillo fut le premier à la recevoir. Sa charge l'y contraignait. Médecin municipal, appointé par la ville, il contresigna l'expertise en compagnie du sieur Van Etten et d'un greffier.

Elle ne se souvenait de rien, ni de son agitation, ni de ses convulsions. Elle les sentait seulement venir en même temps qu'un sentiment d'intense brûlure qui taraudait son corps. Comme si un tison ardent s'enfonçait lentement en elle. Elle savait alors que le Christ la pénétrait, qu'il allait lui remplir le cœur. Revenue à elle, apaisée, elle ne savait plus rien, sinon que l'Esprit Saint l'avait visitée, qu'elle n'était que pur Amour et que les Temps allaient venir.

Incrédule, Van Etten proposa des excréments de vache en guise de révulsif, pour chasser l'humeur mauvaise. Karillo ne se prononça pas. Mais le lendemain, dès qu'il le put, il se rendit à son chevet, dans l'immense salle aménagée au premier étage de l'asile. Il la vit en proie au plus grand désordre. Son corps était couvert de sueur. Elle suffoquait, la bouche ouverte, la langue sortie. Soudain, ses membres se détendirent avec violence. On aurait dit que ses mains cherchaient à arracher sa poitrine. Mais, fermement ligotée, elle ne put tenter qu'un simulacre. Elle se mit à hurler. Puis lentement, sa respiration se fit plus régulière, les muscles de sa face se détendirent et l'esquisse d'un doux sourire remplaça la torsion de sa bouche.

Nullement impressionné, comme si cette violence et cet apaisement lui étaient familiers, Karillo recueillit ses paroles :

— Personne ne saura jamais la fraîche douceur de l'Esprit du Seigneur que je ressens en moi !

Et elle s'endormit.

Le Seigneur l'avait visitée dans un cabaret. Il la poursuivait dans la salle commune d'un asile, chaque matin. Et Josué Karillo était à ses côtés.

*

Il attend son réveil. Il vérifie que les liens n'ont pas blessé les poignets de l'infortunée. Il jette un regard sur ses cheveux défaits et gras de sueur qu'un bonnet de grosse toile ne retient plus. Il est debout, grave. Et quand elle s'éveille, les paroles s'élèvent, lentes, d'une bouche gercée. Toujours les mêmes.

Ô Dieu, vite à mon secours,
Seigneur, à mon aide !
Honte et déshonneur sur ceux-là
Qui cherchent mon âme !

Arrière ! Honnis soient-ils
ceux que flatte mon malheur !
Qu'ils reculent couverts de honte,
ceux qui disent : Ha Ha !

*Joie en toi et réjouissance
à tous ceux qui te cherchent!
Qu'ils redisent toujours : « Dieu est grand! »
ceux qui aiment ton salut!*

*Et moi, pauvre et malheureux!
ô Dieu, viens vite!
toi, mon secours et sauveur,
Seigneur, ne tarde pas!*

Elle fixe Karillo. Ses paroles s'adressent à lui, à cet homme noir, inquisiteur du premier jour. Il la regarde avec tendresse. Il voudrait lui parler, lui dire combien son malheur lui est pénible et que la moquerie n'est pas de mise. Mais il sait qu'elle ne l'entend pas. Elle enchaîne psaume sur psaume, doucement, de sa voix chantante.

Personne ne remarque Karillo, tourné vers la fenêtre grillagée de la salle. Ses lèvres bougent et récitent pour lui-même ce *Cri de détresse* par lequel la convulsionnaire l'a accueilli. Mais sa bouche ne module pas les mêmes paroles, et voici qu'il emploie la langue hébraïque. Il ne dit pas « Dieu » et « Seigneur », mais « Yahvé », « Elohim ». Insensiblement, Karillo s'est mis à prier, lui aussi, égaré, victime d'un autre temps, d'un autre lieu. Il n'est plus dans la salle fétide où, sur quatre rangées de lits, s'entassent des malades, tête-bêche, collés les uns contre les autres, creusant de leurs ongles noirs les plaies que la gale a provoquées. Il ne suit pas le travail du chirurgien, à quelques pas de lui, venu appliquer un vulnéraire de sa fabrication sur une jambe suintante. Une vieille recette, transmise par son barbier de père : de la mousse grattée sur la vertèbre d'un homme décédé de mort violente, mêlée de deux onces de sang humain, avec une pointe de saindoux, de l'huile de lin et quelques autres épices dont il garde le secret.

Josué Karillo a fui l'atmosphère empuantie tandis qu'on change les lits à paille des agonisants. Par brassées, des hommes de peine retirent cette litière infecte, répandue sur le plancher, et l'on charge les ordures qu'elle renferme dans une brouette qui va propager l'infection dans toutes les salles, dans tous les escaliers, dans tous les corridors.

Josué n'est plus à Amsterdam. Il est dans un autre temps, un autre lieu. Il marche dans un frais jardin où coule une fontaine. Les yeux noyés de larmes, il récite lui aussi : « Yahvé, ne tarde pas ! » Et d'un geste rageur, sans un regard pour ce palais d'Andrinople qui le retient prisonnier, il franchit le seuil, décidé à embarquer pour Amsterdam sur le premier bateau en partance. Il porte la barbe, épaisse et noire. Il ne marche plus, il court dans la campagne, sans se retourner, dans la nuit. Il n'a rien emporté qu'un sac de vieux drap qui contient son unique trésor : les notes qu'il a prises durant ses années de voyage. Il frappe de ses bottes la terre de la route, la colère au ventre. Il veut quitter la Turquie. A jamais.

La malheureuse entonne de sa voix maigre :

Alleluia !
Rendez grâce au Seigneur, criez son nom
Annoncez parmi les peuples, ses hauts faits !

Et Karillo se rend compte qu'il parle seul, qu'il a laissé échapper un « Yahvé » de plus, qu'il s'est mis à prier, lui qui ne prie jamais. Il serre les poings, se détourne brusquement. Personne ne l'a surpris. Il jette un dernier regard vers le lit qu'il quitte. Les soins l'attendent.

Toute la matinée, Josué va de l'un à l'autre, sans hâte, attentif, auscultant, prescrivant, affairé. Les miséreux le respectent. Ses collègues le craignent. Non qu'il fasse preuve d'une quelconque autorité. Mais il a le visage trop grave pour eux, le regard trop interrogateur, trop vif, la parole trop rare. Il s'applique à soulager la douleur. Il aimerait qu'on change les draps plus fréquemment afin d'éviter la contagion de gale qui saute de l'un à l'autre et qui atteint déjà les soignants. On lui reproche trop de proximité avec les pelés, les galeux, la lie de la terre. On dit de lui qu'il est un saint homme. Un saint homme de l'Église réformée et qui, à voix basse, récite les psaumes en hébreu.

Ce saint homme-là, rentré chez lui, à pied, le long des canaux, déjeune simplement et, sitôt quittée la table du repas servi à même le bois, s'enferme dans son cabinet. Il a expédié la prière. Ses enfants sont absents. Il a à peine regardé sa femme. Et la gouvernante dessert déjà.

JOURNAL – *Amsterdam. 1687.*

J'ignore tout de cette malheureuse. Son nom même m'échappe. Je sais seulement que la voir chaque jour ravive en moi des plaies mal refermées. Pour quelle raison me suis-je laissé entraîner à chanter des psaumes, au risque de me laisser percer à jour ? Impossible de maîtriser mon trouble. Me voilà revenu vingt ans en arrière.

Mes collègues disputent sur son cas. C'est qu'ils n'ont rien appris de la vie, qu'ils n'ont jamais rien vu. Qu'est-ce que cette miséreuse, isolée, quand on a entendu comme moi des milliers de voix entonner avec la même ferveur, la même dépossession de soi, les hymnes à la gloire du Messie venu sur terre ? Le Messie en personne, devant eux, les irradiant de sa lumière, et les accompagnant dans leur chant. Et moi, pris entre le désir de me fondre en eux, de m'associer à leur espérance, de ne faire qu'un avec leur chœur, et la peur de leur ressembler : troupeau en folie, emporté par la folie d'un homme dont je n'ose écrire le nom. Il le faudra bien pourtant. Le peuple entier d'Israël l'a adoré comme un Dieu nouveau, et il n'était qu'un homme. Ni pire ni meilleur que d'autres ? Voire. Cette seule pensée me fait frémir. Vingt années déjà et je n'ai rien oublié. J'ai eu beau me grimer d'une nouvelle religion, abjurer mes anciennes croyances, rien n'y fait. Quand s'est élevé le psaume de cette malheureuse, j'ai tressailli, et le nom de Yahvé m'est venu tout naturellement. Serait-on désespérément soi-même ? A jamais ?

Parce qu'elle n'est plus elle-même, parce qu'elle se livre à des actes dont elle n'a plus le souvenir, la justice intervient. Qu'en aurait-il été, il y a vingt ans, quand la vague de folie s'abattit sur l'Europe entière, sur l'Asie mineure ? Aurait-il fallu pourchasser le peuple juif dans son entier, le parquer comme bétail à l'hospice ? La force des grands mouvements, c'est la multitude. Les isolés ont toujours tort.

J'aimerais lui parler, lui dire de protéger sa croyance, mais pour elle seule, sans chercher à la partager avec quiconque. Je m'y suis essayé au début mais elle répétait alors le prénom de ses deux enfants. J'ai compris qu'elle était française, que les soldats du roi lui avaient arraché sa marmaille parce qu'elle n'était ni catholique, ni apostolique, ni romaine. Elle a rejoint la cohorte des réformés quémandeurs d'asile auxquels nous avons ouvert nos portes. Ses enfants ont rejoint le troupeau des nouveaux convertis que le roi de France sacrifie à la papauté. Ce temps n'est guère meilleur que le mien. Siècle barbare. Elle pleure ses enfants. Ils la pleurent. Quand donc va-t-on la libérer ?

CHAPITRE II

Quatorze heures sonnent au carillon de la Vieille-Église. L'heure des consultations, confirmée par l'horloge murale du cabinet qui se met de la partie. Une musiquette, puis le silence. Karillo entend des pas feutrés dans la pièce attenante, son vestibule où se pressent les patients. Quelques toussotements, raclements de gorge. Un pleur. Karillo les devine, assis sur les chaises à hauts dossiers ou sur le banc de marbre blanc installé dans l'angle. Ils n'osent bouger, respectueux de l'ordonnance austère, surveillés par la haute armoire. Karillo ôte sa robe noire. Il n'aime pas recevoir ainsi. Il préfère l'ample rhingrave qui facilite ses mouvements. Peu d'apprêt en vérité. Mais davantage que certains de ses collègues qui reçoivent, paraît-il, en pantoufles et bonnet de nuit.

Pour aujourd'hui : un goutteux, une fièvre synoque, deux affections de poitrine et un foie mal en point. Karillo récite en allant ouvrir sa porte.

> « Le corps de l'homme a en lui sang, pituite, bile jaune et bile noire, c'est là ce qui en constitue la nature et ce qui crée la maladie ou la santé. Il y a essentielle-

> ment santé quand ces principes sont dans un juste rapport de crase, de force et de quantité, et que le mélange est parfait ; il y a maladie quand un de ces principes est soit en défaut soit en excès, ou s'isolant dans le corps, n'est pas combiné avec tout le reste. »

Il sourit. Il n'a pas oublié Hippocrate, ni le vieux temps de la faculté. Voici d'abord un noble ventru, porté sur sa chaise par deux laquais qui le déplacent avec précaution. C'est bien une goutte. Les signes cliniques sont évidents : douleur, chaleur, enflure, rougeur. Purges, saignées et clystères feront l'affaire. Un florin. Un salut. Et les laquais remportent le goutteux. Pour le foie, du mercure doux. Pour la poitrine, un julep. Et pour la fièvre synoque, sans gravité aucune, une quantité non négligeable de saignées, afin que les humeurs fraîches puissent remplacer les humeurs corrompues. Trois stuivers pour la peine.

Une consultation bâclée. Karillo l'a expédiée sciemment. C'est que depuis trois jours, il veut son temps. Du temps pour lui. Échapper au regard d'autrui. Trois jours qu'il tourne autour du microscope qu'il s'est fait livrer, qu'il a caressé des yeux, des mains et qui, peut-être, lui livrera le secret de la génération. Le secret de la vie. Il veut savoir si De Graaf s'est trompé, lui qui affirme que l'homme tire son origine d'un œuf qui existerait avant le coït dans les testicules des femelles. Là, sous les lames du microscope, s'il ose, s'il ose seulement, il découvrira dans une goutte de liqueur séminale ce que Van Leeuwenhoek prétend y avoir vu : des millions d'animalcules grouillant comme des petits poissons, des petits têtards. Selon ses dires, on pourrait en distinguer des deux sexes, s'accouplant à la saison des amours. Le mystère de la vie dans une goutte de sperme. Une simple gouttelette. Karillo y pense depuis trois jours. Il n'en peut plus d'attendre. Il claque la porte de son cabinet et s'engouffre dans l'escalier qui mène au premier étage.

Sa chambre. Sa chambre de vieil homme, alors qu'il n'a pas encore dépassé la cinquantaine. Mais c'est ainsi qu'il se voit : cassé par la vie. Le miroir, face à la fenêtre, ne renvoie qu'une maigre lumière. Sur les carreaux de faïence qui recouvrent le mur, sa femme a accroché les portraits de ses parents, de riches négociants en draps qu'elle vénère. Un lit à colonnes et à baldaquin, fermé par un rideau de damas vert, occupe à lui seul presque tout l'espace. Le lieu des nuits sans nuit. Karillo s'y allonge, s'y plie, s'y déplie, se replie. Ses mains sont gelées. Il se lève, se recouche. Il songe aux filles à matelots qui chassent dans les « musicos », tavernes ignobles, près des quais d'embarquement. Il imagine. Il se revoit dans cette maison de passe où on l'avait fait appeler. Un vieil homme s'y étouffait sur un lit près d'une fille en pleurs, dévêtue. Il imagine mais rien ne vient. Son sexe a peur. Karillo est-il trop prude ? Il veut reprendre souffle, s'efforce de respirer profondément, allongé sur le dos, les mains sous la nuque. Karillo oublie le microscope, la liqueur spermatique, les animalcules. Les yeux clos, Karillo se souvient.

Esther l'aimait, et il aimait Esther. La sueur lui vient au front. Sa main sur le corps d'Esther, sur les cuisses d'Esther qui l'enlaçait, le corps collé au sien. La respiration d'Esther. L'odeur de sa peau. Les mots qu'elle avait prononcés.

— C'est toi que j'aime. *Lui*, c'est autre chose. Mais il le faut. Il est Dieu. Il est notre Seigneur, tu le sais. C'est la volonté de Dieu. Comment s'y opposer ?

Voilà vingt ans qu'il tente en vain d'effacer cette scène. Vingt ans qu'elle le poursuit toutes les nuits. Vingt ans qu'un nom s'impose à sa conscience et qu'il ne veut pas prononcer, ni même écrire. Ce nom est celui d'un mortel, et non d'un Dieu.

Insensiblement, le sexe de Karillo durcit. Il le sent sous sa main. Il le caresse tout en se déboutonnant. Karillo ferme les yeux. Esther est devant lui, nue. L'homme est devant elle, nu. Karillo a mal, des larmes souillent son visage, il ne veut plus se souvenir, mais son sexe se souvient pour lui, déchirant, dur, gonflé, et c'est en hurlant que Karillo se relève, la main blanchie de sperme. Il dévale l'escalier, à demi déboutonné, se précipite dans son cabinet et dépose sa semence sur une lame de microscope. Sous ses yeux qui s'habituent, s'agitent des centaines de petits points pourvus d'une queue de têtard. La vie ! La vie !

JOURNAL – *Amsterdam. 1687.*

Jouer les hypocrites. Le plus longtemps possible. Est-ce réalisable ? Ne rien dévoiler. Ma femme, que sait-elle de moi ? Je lui ai donné trois enfants. Mais s'est-elle seulement rendu compte que j'étais circoncis ? Jamais nous ne nous sommes parlé. J'accomplis mon devoir conjugal. De moins en moins souvent, il est vrai. Elle s'endort. Et mes nuits sans sommeil commencent. Elle ne m'entend même pas me lever, prendre la chandelle et me réfugier dans mon cabinet.

Pourvu que sa maison soit bien tenue, qu'elle puisse surveiller le nettoyage du samedi — lavage, récurage — tandis que je me cache pour rédiger ces notes.

Que savent de moi mes collègues ? Qu'un jour j'ai embrassé leur religion et qu'ils m'ont félicité, qu'ils m'ont offert pour prix de ma conversion cette charge de médecin municipal que je ne convoitais pas. Mais il fallait bien faire un exemple. Montrer à ces juifs turbulents que leur aventure messianique était achevée et que même leurs fils les abandonnaient. Mais connaissent-ils les véritables raisons qui m'y ont poussé ? Savent-ils seulement que ma nouvelle religion n'est que façade ? Que toutes les religions ne sont que façade, mais qu'il faut bien une religion ?

Rien ne m'en apprend davantage que le récit laissé par le malheureux Uriel da Costa, et qu'il m'arrive fréquemment de relire. Il savait, lui, qu'il n'y a pas de vie après la vie, que l'âme meurt en même temps que le corps. Il le savait. Mais il lui a bien fallu rentrer au bercail pour qu'on cesse de lui cracher au visage dans la rue, qu'on cesse de briser à coups de pierre les carreaux de sa demeure, qu'on le laisse vivre, enfin. Mais à quel prix ! J'écoute sa plume sobre conter une ignominie.

> « Je me rendis à la synagogue qui était pleine d'hommes et de femmes ; le spectacle serait beau ! Lorsque le moment fut venu, je montai sur la chaire en bois au milieu de la synagogue. Je lus à haute voix l'écrit qu'ils avaient rédigé, où je confessais que j'étais digne de mourir de mille morts pour mes crimes, à savoir que je n'avais pas observé le sabbat, que je n'avais pas gardé la foi et que j'avais même déconseillé à d'autres de se tourner vers le judaïsme ; que, en expiation de mes

méfaits, j'obéirais à leurs ordres et j'exécuterais tout ce qu'il leur plairait de m'imposer, en promettant de ne plus retomber dans de tels péchés et forfaits. Tandis que je descendais de la chaire, le président s'approcha de moi et me chuchota à l'oreille de me rendre dans l'angle de la synagogue. Arrivé là, je reçus de l'huissier l'ordre de me dévêtir. Je me dénudai jusqu'à la taille, m'enveloppai la tête d'un linge, enlevai les chaussures de mes pieds, étendis les bras et les jetai autour d'un pilier que je tins embrassé. L'huissier y attacha mes mains. Ensuite, le chantre me donna, selon la tradition, trente-neuf coups sur le dos avec une lanière, car en donner plus de quarante n'est pas permis par la Loi, et naturellement ils ne voulaient pas pécher. Pendant cette flagellation on chanta un psaume. Puis je m'assis par terre et un professeur, ou sage, s'approcha de moi pour me relever de ma condamnation. Je remis mes vêtements, me dirigeai vers le seuil de la synagogue où je m'étendis. Ma tête était soutenue par le sacristain. Puis tous ceux qui venaient d'en haut passèrent sur moi, c'est-à-dire qu'ils soulevaient une de leurs jambes et la lançaient par-dessus les miennes ; ce fut exécuté aussi bien par les vieux que par les jeunes. Une fois terminé on enleva la poussière de mes habits et je rentrai chez moi. »

*

C'est à cette infamie que se sont livrés mes anciens coreligionnaires, parce qu'un des leurs souhaitait rentrer dans le rang. Il avait choisi librement le judaïsme puis s'en était écarté, supportant mal les rigueurs de la Loi. Et c'est ainsi qu'on l'a de nouveau accueilli : humilié, rabaissé devant toute la communauté parce qu'il s'était cru un esprit libre. J'admire cet homme né avant moi et qui s'est égaré lui aussi sur les chemins de la foi. Il avait tout quitté pour le judaïsme. Et le judaïsme n'a su le recevoir qu'à coups de lanière. Dieu demande-t-il vraiment qu'on le serve en s'imposant jeûnes, prières perpétuelles, nourriture purifiée ? Ne sont-ce pas là inventions humaines faites par des hommes pour qu'on respecte leur pouvoir démesuré ? C'est ce monde que j'ai abandonné. Au bout de mon chemin j'ai rencontré celui de la folie. Mais qu'ai-je trouvé pour le remplacer ? Le sermon du dimanche où des prédicants fustigent sans retenue les hommes de théâtre, la danse, le tabac, le café ? Dieu a-t-il voulu cela ? Dieu connaissait-il le tabac et la danse ? Qu'il me pardonne ! Je sais que ces mots, s'ils venaient à tomber en des mains étrangères, me vaudraient un châtiment exemplaire. J'enrage. Me suis-je libéré de l'abjection pour tomber dans le mensonge ? J'ai à souffrir encore de mon ancienne communauté. Aperçois-je dans la rue un ancien ami : il détourne les yeux, presse le pas. J'ai envie de m'élancer vers lui, en souvenir des temps heureux : il bloque ma course par un crachat de mépris. Qu'ai-je fait ? Qu'ai-je fait sinon de vouloir marcher mon chemin loin des conduites contraintes, des sectes, du rigorisme ? Suis-je condamné à vie à n'être pas moi-même ?

Et mes enfants ? Quel père leur offré-je ? Un père qui prie hypocritement avant et après chaque repas. Un père qui ne croit pas un mot de ce qu'il prononce. Un père-singe pour qu'ils puissent vivre dans ce monde-singe. Je me fais l'effet de ces Juifs espagnols, ces marranes, que le catholicisme a forcés à se convertir et qui n'en poursuivaient pas moins, en cachette, leurs pratiques ancestrales.

Seule me reste la certitude d'avoir bien fait, en dépit de tout. La certitude de dire un jour la vérité quand les Temps seront venus. Dans l'attente, il me reste l'unique espoir de soulager les miséreux, qu'ils souffrent dans leur chair ou dans leur âme. J'aime et j'exècre ma profession. Trop de malheur, trop peu d'utilité. Un peu, tout de même.

CHAPITRE III

Comme tous les dimanches après le Temple, la ville s'est repliée dans ses demeures. Trottoirs et chaussées gardent encore la trace du brossage de la veille. Le pavé luit. La ville est morte.

Karillo a respecté les usages. Après l'office, il est passé à table. Debout, tête nue, la maisonnée en cercle autour de la nappe ouvrée, il a prononcé la prière qu'ils ont tous reprise à voix basse jusqu'à l' « Amen » final. Karillo s'est recouvert. On a mangé le *Hutsepot* dans le plus complet silence, comme si chacun des membres de la famille avait repassé le détail de cette composition de bœuf haché fin, de légumes verts, de pruneaux, de jus d'orange, de vinaigre, fort longuement bouillie dans de la graisse et du gingembre. Il en restera pour chacun des jours de la semaine jusqu'au *Hutsepot* du prochain dimanche. Karillo a bu de la bière. Au dessert, il a goûté la tarte aux pommes achetée la veille chez l'apothicaire. Il s'est relevé, s'est décoiffé et, de nouveau, ils ont prié. Puis il a ouvert sa Bible.

« ... Dieu reprit : " As-tu remarqué mon serviteur Job ? Il n'a point son pareil sur la terre : un homme intègre et droit, qui craint Dieu et se garde du mal. Il persévère dans son intégrité et c'est bien en vain que tu m'as excité contre lui pour le perdre. " Et Satan de riposter : " Peau pour peau ! Tout ce que l'homme possède, il l'abandonne pour sauver sa vie ! Mais étends la main, touche à ses os et à sa chair ; je te jure qu'il te maudira en face ! "

« " Soit ! dit Dieu à Satan, dispose de lui, mais respecte pourtant sa vie. " Et Satan sortit de devant Dieu. Il frappa Job d'un ulcère malin depuis la plante des pieds jusqu'au sommet de la tête. Job prit un tesson pour se gratter et il s'installa parmi les cendres. Alors sa femme lui dit : " Tu t'attaches encore à ta perdition ? Maudis donc Dieu et meurs ! " Job lui répondit : " Tu parles comme une folle. Si nous acceptons le bien que Dieu nous donne pourquoi n'accepterions-nous pas aussi le mal ? "

« En tout cela Job ne pécha point par ses lèvres. »

Karillo ferma la Bible et regarda son plus jeune fils. Il l'avait vu frémir au passage de l'ulcère malin et du tesson, les yeux écarquillés. C'est ainsi qu'il se tenait, enfant, collé contre la jambe de son propre père, lorsque celui-ci lui racontait cette histoire de mémoire. Il avait frémi au même endroit, s'était émerveillé aussi. Et Karillo, aujourd'hui, comme son père autrefois, n'avait pas seulement regardé le Livre. Les mots coulaient, tant de fois lus, entendus, relus. Chaque dimanche, il ajoutait un chapitre à la grande histoire de Dieu, se gardant bien d'en tirer une quelconque leçon. Il laissait parler ses fils qui le questionnaient. Si cela était vraiment possible. Si l'on ne se blessait pas davantage avec un tesson. Si… Tant de « si » qu'il en souriait. Tant de « pourquoi » qui le ramenaient à ses interrogations d'enfant. Pourquoi Dieu avait-il laissé faire Satan ? Pourquoi Dieu, si bon, poursuivait-il Job qui avait toujours cru en lui ? Pourquoi avait-il ruiné son fidèle serviteur, fait périr ses troupeaux et tué ses enfants en détruisant leur maison ? Pourquoi ? Pourquoi ?

Toutes ces questions, il se les était posées aussi et son père y avait répondu avec fermeté. Dieu savait ce qu'il faisait. Et ce n'était pas à ses enfants de l'accuser, encore moins à un poussin à peine sorti de l'œuf. Qu'il se contente d'appliquer ses préceptes, ceux que Moïse leur avait donnés.

Mais son père, lui, n'avait pas eu à essuyer de remarques blessantes, bien que dépourvues de malignité. Des remarques banales, enfantines.

— Ils sont sales, les juifs, de se répandre de la poussière sur la tête. Et pourquoi déchirer leurs vêtements ? Le maître d'école nous a dit aussi qu'ils ont tué le Christ...

Un silence crispé répondit à la question. Karillo ne put se retenir. D'un violent coup de poing sur la table, il imposa sa loi. L'enfant n'avait pas compris ce que ses paroles avaient d'outrageant. Comment aurait-il pu ? Il répétait ce que le bon sens imposait : les juifs étaient sales, ils avaient tué le Seigneur. L'un n'allait pas sans l'autre. Le catéchisme ne l'enseignait-il pas ? Karillo regretta son geste, voulut se racheter d'un sourire vers l'enfant. Mais ce dernier pleurait. Il ne vit pas, à travers ses larmes, ce que cachait ce sourire. Karillo quitta la pièce, laissant sa Bible sur la table.

Dans le réconfort illusoire de son cabinet de travail, Karillo se retrouve face à lui-même. Il fixe son portrait accroché au mur, qui le représente en grande tenue, revêtu de tous les signes d'une réussite mondaine. Qu'il fixe le mur encore et c'est sa femme qu'il contemple, en coiffe, figée dans un doux sourire qu'il lui reproche en secret. Il s'assied. Trop de mensonges hantent sa vie. Il tire de son secrétaire quelques pages qu'il feuillette, puis abandonne avant de les reprendre. Des feuillets parmi des centaines d'autres qui retracent sa vie ballottée, incertaine. Une dérive qui jamais ne s'achève. Il a bien frappé du poing sur la table, affirmé son autorité de père : les paroles presque anodines de l'enfant lui font encore mal. Son propre rejeton déjà tout gonflé de certitudes alors que lui, docteur en médecine, bourgeois installé de la ville d'Amsterdam, cherche encore le sens de sa vie. Le trouvera-t-il dans la dernière lettre qui lui est parvenue de Constantinople, dans celles qui encombrent son secrétaire et qu'il accumule avec obstination ? Elles parlent toutes de là-bas. Une époque comme nulle autre, où tout semblait possible, imprévu, imprévisible. Une époque chargée de gloire qui s'abîme dans de misérables ragots recueillis là-bas par cet informateur retors qu'une lettre de change alimente souverainement.

Pour qui ? Pourquoi cette quête lancinante et stérile ? Karillo veut savoir. Et les nouvelles arrivent de Turquie, régulières.

« Il m'aura fallu bien de la patience et bien des écus dépensés parfois inutilement pour satisfaire votre curiosité.

« Vous savez qu'Ils se cachent aujourd'hui sous les dehors de la foi musulmane mais qu'Ils n'en poursuivent pas moins leurs pratiques odieuses. Que le Tout-Puissant m'épargne d'avoir à prononcer leur nom ! Ils se sont faits Turcs. Ils ont apostasié. Ils en sont venus à ne plus respecter les dix commandements divins. Ils les ont remplacés par dix-huit commandements de leur invention, piétinant tout ce que notre tradition a de plus précieux. " Tu ne commettras pas l'adultère " ne signifie plus rien pour Eux. Au contraire, l'adultère devient leur règle, leur Loi. J'ai appris ainsi — par un des leurs que j'ai pu soudoyer (un homme de vile espèce) — que chaque 22 Adar, Ils célébraient la Fête de l'Agneau. Ma main tremble à la pensée de ce que je vais écrire. Pour eux, le péché est rédemption, le péché est sacré. Aussi, en cette fête, se réunissent-Ils dans une demeure reculée et, tous réunis, hommes, femmes, enfants, Ils se livrent à des pratiques que toute Loi divine et même humaine réprouve. Totalement nus, après une danse autour d'une femme nue, elle aussi, debout au milieu d'eux, Ils forniquent sans honte. La femme de l'un devient la femme de l'autre. Et tout ce qui est interdit devient permis. Non seulement l'adultère mais encore l'inceste. Il m'a été confirmé qu'un père avait eu des relations avec ses deux filles devant toute l'assemblée tandis que des chants d'allégresse montaient vers leur Seigneur. Que son Nom soit maudit ! Ainsi, jusqu'au petit matin, Ils s'accouplent sans vergogne, au mépris de notre religion. Ils soutiennent leurs actions impies d'une formule inquiétante que tous répètent : " Tout ce qui est interdit est permis. Tout ce qui est permis est sacré. " Et quand vient le matin, reprenant le turban, Ils regagnent leurs demeures sans que quiconque se doute de ce qu'Ils sont vraiment. Combien sont-Ils aujourd'hui ? Peut-être quarante familles dans notre bonne ville... »

La lettre de Constantinople n'en disait guère davantage. C'était assez pour Karillo. Quarante familles accrochées désespérément à leurs croyances stupides, quelques milliers d'égarés en tout : l'écume d'un mouvement qui autrefois s'était fait tempête. Quelques clapotis dont Karillo n'aurait pas eu à se préoccuper si les lettres n'étaient venues raviver sa curiosité. Il avait dépensé des centaines de florins dans un espoir fou, celui de retrouver Esther, ou de lire au détour d'une ligne, d'une phrase, qu'elle était toujours de ce monde. Mais il n'avait recueilli nulle trace, au fil des années, de la jeune fille — à moins qu'elle ne fût mère ou grand-mère? Était-elle encore ensorcelée? Karillo la voyait danser nue dans une ronde sacrée qu'il imaginait sans peine, servante d'un culte abject. A ce corps qu'il avait connu, il ne parvenait pas à ajouter de marques de vieillesse. Comme si Esther avait été préservée par le temps quand il en voyait sur lui les effets ravageurs. Une Esther restée pure alors qu'elle avait été souillée. C'était la seule défense trouvée par Karillo face au silence qui avait suivi leur séparation. Rien, jamais, n'était venu la lui rappeler.

Les lettres en provenance d'Orient ne lui avaient appris que peu de choses : la mort du Messie, à l'âge de cinquante ans; puis, quelques années après, celle de Nathan, qui s'était proclamé son prophète. Les acteurs principaux étaient morts. Restaient quelques croyants fanatiques que rien ne semblait devoir arrêter. Quant à écrire leur histoire, nul ne s'y serait risqué. Personne ne voulait témoigner d'un temps qui paraissait maudit. Les anciens croyants étaient revenus de leurs erreurs. Ils s'étaient fondus dans la masse repentante et leurs fautes leur avaient été pardonnées. Ils s'étaient fait oublier. Les plus virulents étaient redevenus des juifs pieux comme s'ils n'avaient jamais cessé de l'être, respectueux de la plus pure orthodoxie. Les rabbins qui s'étaient égarés dans l'aventure n'avaient pas échappé à cette contrition générale, à ce repentir collectif. Plus rien ne comptait désormais que la Loi, et malheur au faux messie qui avait failli entraîner Israël au désastre. Une chape de silence s'était abattue. Seuls les chrétiens avaient poussé des cris de triomphe. Un prédicateur français du nom de Bossuet, célèbre à la Cour du roi, n'avait-il pas fait gorge chaude de ces juifs enthousiastes ?

> « Il n'y a point d'imposture si grossière qui ne les séduise. De nos jours, un imposteur s'est dit le Christ en Orient : tous les juifs commençaient à s'attrouper autour de lui ; nous les avons vus en Italie, en Hollande, en Allemagne et à Metz, se préparer à tout vendre et à tout quitter pour le suivre. Ils s'imaginaient déjà qu'ils allaient devenir les maîtres du monde, quand ils apprirent que leur Christ s'était fait Turc et avait abandonné la Loi de Moïse. »

Chacun avait tenté de fuir dans l'oubli ou dans une piété nouvelle. Karillo, lui, s'était converti. Une autre façon de fuir. Mais il savait qu'il était leur mémoire, et qu'une mémoire ne meurt jamais. Il avait pourtant choisi de se taire. Car pour lui, parler à nouveau du Messie, c'était le faire vivre encore, faire revivre Esther, et avec elle la foule des croyants qu'il avait rencontrés, aimés, haïs. C'était se retremper au sein d'une histoire ancienne et tumultueuse où la terre entière avait cru, l'espace d'une année, que le vieux monde touchait à sa fin, que la rédemption était à portée de main et que l'aube des Temps nouveaux s'était levée.

Mais chaque jour cette histoire devenait plus lourde à porter. Karillo était trop honnête pour le nier. Tout ce qu'il fuyait, tout ce qu'il avait fui, le reprenait au détour d'une promenade, d'une visite à l'hospice, d'un livre, d'une idée. Le présent s'effaçait pour lui, peu à peu. Karillo vivait ailleurs.

Journal – *Amsterdam. 1687.*

Que les derniers croyants se livrent à de tels actes m'a d'abord paru relever de la plus haute fantaisie. Ne serait-ce pas un bruit que fait courir la communauté revenue de ses errances pour achever de discréditer ses anciens coreligionnaires ? Que de faux bruits n'a-t-on pas fait circuler pour tuer ses ennemis, les envoyer au supplice ou au bûcher ! N'a-t-on pas accusé les juifs de pratiquer des crimes rituels ? Apion n'a-t-il pas inventé cette fable, reprise jusqu'à nos jours pour tuer, tuer, tuer encore ? Comme si le sang n'avait pas suffisamment coulé. A l'en croire, les juifs s'emparaient d'un voyageur grec, l'engraissaient pendant une année, puis le conduisaient dans une certaine forêt, pour l'y assassiner. Ils sacrifiaient son corps suivant les rites, goûtaient ses entrailles, et juraient, en immolant le Grec, de rester les ennemis des Grecs. N'est-ce pas une fabulation du même ordre qui m'est parvenue l'autre jour d'Orient ? Une histoire absurde sur laquelle il ne convient pas de faire fonds. Mais les fables ont la vie longue. N'a-t-on pas vu les chrétiens — mes frères — reprendre le flambeau du crime rituel ? Guibert de Nogent ne les a-t-il pas accusés de mettre à mort un jeune enfant pour se livrer à une parodie de communion ? Comment croire en la Raison, en l'homme, quand même les puissants et les lettrés se laissent abuser par de telles inepties ?

Mais ce que j'ai vu, véritablement vu, au moment où l'imposture culminait, me laisse à penser que mon informateur dit vrai. Sa relation n'a rien d'extraordinaire si l'on songe aux descriptions que les Anciens nous ont laissées. Qu'est-ce que cette orgie rituelle au regard de ces Phibionites qui absorbaient durant la Cène les produits d'excrétion sexuelle ? La femme et l'homme prenaient dans la main le sperme mâle. Ils le mangeaient en communion, disant : « Ceci est le corps du Christ. » Quant au sang, ils le recueillaient du produit de la femelle au moment de son impureté. Plus extraordinaire encore : la Fête du « Parfait Pascha ». Comme l'acte sexuel ne servait chez eux qu'à détruire la vie, ils la reprenaient si, malgré tout, un enfant avait été engendré. C'est lui qui formait alors l'aliment sacré de la Cène. L'embryon était extrait de la mère, puis il était haché, assaisonné de miel, de poivre, d'huile et d'épices odorantes. Chacun en mangeait. Tous récitaient la prière qui empêcherait que des enfants soient engendrés pour le dieu inférieur : celui du Mal.

Est-il donc si judicieux de vilipender une croyance pour en imposer une autre ? N'y a-t-il rien de plus ridicule que de prétendre détenir l'unique vérité quand les croyances abondent de par le monde ? Je suis persuadé que mes anciens compagnons se livrent bien à des scènes de débauche, qu'il n'y a là nulle calomnie. Ils sont allés au bout de l'enseignement de Nathan le prophète, le plus loin possible dans le péché. Peut-être croient-ils encore qu'un jour, les Temps viendront et qu'il faut hâter leur venue...

CHAPITRE IV

Mais Karillo n'a pas écrit. Écrira-t-il jamais ce qui fonde sa certitude ?

L'après-midi touchait à sa fin. Dans ses appartements, le Messie priait. Il priait depuis quatre jours et quatre nuits, sans discontinuer. S'il s'interrompait, c'était pour entonner un chant puissant et grave qui résonnait dans la cour intérieure puis s'évanouissait soudain. Le Messie s'était replongé dans la méditation. Karillo, logé tout près, n'attendait qu'un appel. N'était-il pas le jeune médecin que le Messie-Roi s'était choisi pour le soulager, lorsqu'il s'effondrait, hagard, pendant des jours, des semaines ? Lui seul pouvait l'apaiser d'une parole, ou au moyen de quelque drogue administrée sans illusion. C'était son unique fonction. Il s'en acquittait avec indifférence depuis qu'il avait compris que rien ne viendrait rompre le cycle sans cesse renouvelé des périodes d'exaltation et d'abattement. Il l'avait vu tant de fois prostré, les bras croisés, grelottant en plein été, se balançant comme à la prière tandis que ses lèvres restaient mortes. Puis soudainement, sans qu'on s'y attende, son corps se déployait, ses yeux brillaient de nouveau et il reprenait ses activités comme au réveil d'un profond sommeil.

Karillo attendait, allongé sur un sofa. C'était une journée comme tant d'autres, depuis que le Messie s'était fait Turc, entraînant à sa suite une poignée de fidèles.

« Rien. Le Messie passe la journée en méditation. »

C'est ce qu'il inscrivait dans son carnet lorsque Esther entra. Il savait que c'était elle. Ils se retrouvaient ainsi, chaque jour, à la même heure. Elle échappait à son père pour venir le rejoindre. Il ne prit pas la peine de lever les yeux. Il attendait qu'elle vienne à ses côtés, que d'un geste de la main, elle lui effleure le visage puis la retire en hâte, malicieusement fautive. Rien ne se passa. Karillo dut se tourner vers la porte. C'était bien Esther mais ce n'étaient plus les mêmes yeux noirs et rieurs. Elle avait pleuré, elle pleurait encore, hoquetant. Elle se tenait à la porte, n'osant ébaucher un geste, défaite. Karillo ne prit pas même le temps de refermer son calepin : il s'élança vers elle. Esther le repoussa.

— Je t'en supplie, je t'en prie, je ne peux pas. Je ne veux pas.

Il la regardait sans comprendre.

— Mais qu'y a-t-il, Esther ? Parle.

Mais elle ne savait que répéter :

— Je ne veux pas... C'est mon père. Il m'oblige. Il m'oblige, comprends-tu ?

Qu'aurait-il compris ? Qu'il se passait quelque chose. Mais quoi ? Esther ne pouvait plus parler. A genoux, elle s'accrochait à lui, collée à ses jambes, les enlaçant. Il sentait son corps raidi. Sa main caressait ses cheveux retenus par un foulard de soie.

— Parle, Esther. Parle. Je suis là pour t'aider.

Elle détourna la tête, tentant de fuir son regard lorsqu'il lui prit le visage pour le tourner vers le sien. Elle se releva, se cachant contre lui. Elle voulut s'échapper. Il dut l'agripper par le poignet. Elle se débattit en hurlant.

— Lâche-moi. Laisse-moi. D'ailleurs, tu ne peux rien pour moi.

Karillo eut peur qu'on l'entende. Avec violence, il l'attira à lui, lui colla sa main sur la bouche, mais elle le mordit. Il dut la lâcher et la laisser s'enfuir. Il saignait.

Jamais rien de cet ordre ne s'était produit entre eux. Ils restaient parfois graves, silencieux, songeant à leur impossible mariage. Le père d'Esther s'était déjà choisi un gendre, savant kabbaliste, dévoué corps et âme au Messie. Un médiocre médecin ne ferait pas l'affaire. Mais jamais Esther ne s'était montrée ainsi. Karillo en eut les larmes aux yeux. Il s'assit sur le sol, regardant sa main ensanglantée. Il ne sentit pas Esther revenir, nu-pieds. Il n'entendit que « pardon ». Et la main d'Esther chercha sa main blessée.

Le mariage avait donc été fixé. Karillo en était maintenant persuadé. Esther ne parlait pas. Elle fixait la main blessée.

— C'est donc décidé ? murmura Karillo.

Elle releva la tête.

— Tu es au courant aussi ?

Il ne comprenait pas.

— Que me caches-tu, Esther ?

Il vit ses larmes naître et couler doucement.

— C'est la décision de mon père. Il l'a prise avec le Seigneur, il y a trois jours. C'est aujourd'hui... Ce soir. Ne crains rien, je ne me marie pas. Ou du moins pas comme tu crois.

Karillo eut un mouvement violent. Il arracha sa main de celle d'Esther.

— Je suis promise au Seigneur, Josué. A notre Messie-Roi. Ce soir, il fera de moi sa fiancée. Je ne peux pas me dérober. Mais c'est toi que j'aime, Josué, c'est toi. Lui c'est notre Seigneur, notre Roi. Il peut tout.

Le désespoir envahit Karillo. Esther parlait avec lassitude, résignée, d'une voix monocorde, comme si quelqu'un d'autre lui dictait sa conduite.

— Je ne peux pas m'y soustraire. Père m'a affirmé qu'il s'agissait d'une action de grâces, que le sort d'Israël tout entier dépendait de moi. Je dois m'offrir au Seigneur, en sacrifice. Père a évoqué Abraham. Puisse le Seigneur Tout-Puissant intervenir comme il l'a fait jadis.

Les paroles d'Esther attisaient la haine en Karillo. Une haine sauvage qu'il ne sut détourner de celle qu'il aimait.

— Et tu ne dis rien ! Pas une once de révolte ? Prostituée, tu n'es qu'une prostituée !

— Je suis prisonnière, Josué. J'appartiens au Seigneur comme tu lui appartiens. Mais sache que mon amour sera toujours pour toi, quoi qu'il puisse arriver.

Elle se jeta dans ses bras puis s'arracha à lui. Il ne fit pas un geste pour la retenir.

A la nuit tombée, ce fut à son propre supplice que Karillo se trouva convié. Le Messie fit appeler sa suite dans ses appartements pour l'entretenir d'une impulsion divine dont il ne pouvait rien dire, comme à l'accoutumée, sinon qu'elle lui avait enjoint de s'unir à une fille d'Israël. Son discours était émaillé de formules — « Il a parlé », « Il a ordonné », « Il m'a communiqué » —, qui interdisaient toute remarque à l'assistance. D'autant qu'à mesure qu'il évoquait la scène des épousailles, il s'échauffait, allant et venant, les mains derrière le dos, martelant le sol de ses bottes. Quiconque l'eût contredit eût été chassé. Mais qui l'aurait fait ? L'assistance ne s'émut pas lorsque le nom d'Esther fut prononcé. C'était elle qu'il avait choisie. Seul son père, assis en tailleur, manifesta quelque émotion. Il hochait la tête avec fierté chaque fois que le Messie prononçait le nom de sa fille. Elle serait l'instrument de la rédemption, celle qu'on sacrifie à l'autel que Dieu ordonne de dresser. Elle le savait et s'y préparait. Karillo, seul dans un coin, incapable de partager l'enthousiasme de l'assemblée, maudissait le Messie, maudissait sa naissance, maudissait cet aréopage de benêts qui estimaient qu'un homme pouvait être Dieu, aveuglés au point de prendre pour des révélations ce qui n'était qu'élucubrations d'un jeune vieillard lubrique. Mais la jalousie de Karillo ne trouvait nul exutoire. Il aurait tué, s'il l'avait pu, ce père qui livrait sa fille. Mais il était glacé d'horreur. Il voulut parler. Déjà s'élevait un hymne glorifiant le Messie-Roi. Et tous chantaient dans l'allégresse pour accompagner un sacrilège. Le Messie n'était-il pas marié ? Sarah, sa femme, n'était-elle pas dans ses appartements, à quelques pas de là ? A cette idée, Karillo se demanda s'il ne rêvait pas éveillé. Quand il revint à lui, tous les autres s'étaient retirés. Il était seul avec le Messie. Ordre lui fut donné, vu l'importance de la cérémonie, de se tenir tout près, là, de l'autre côté d'une alcôve à claire-voie.

Plus tard, le père d'Esther revint accompagner sa fille jusqu'à la porte du Messie. Elle avançait la tête droite, livide, droguée peut-être, de cette démarche mal assurée que donnent les vapeurs de l'alcool. Elle marchait tenue par la main du Messie qui la conduisait jusqu'à sa couche.

Karillo crut mourir vingt fois, caché dans l'alcôve, contraint d'assister à cette infamie. Il entendit les murmures du Messie. Il entendit les pleurs d'Esther, ses plaintes. Puis ce fut le silence. Karillo resta tapi dans l'obscurité, pétrifié. Ce serait mentir que de dire qu'il n'imagina rien. Chaque bruit calfeutré faisait naître en lui le désir d'un corps qui se livrait à un autre. Il eût aimé saisir ce corps, cette peau, cette bouche. Il eût voulu la sauver de la souillure, l'emporter loin, avec lui, seul. Esther ne proféra pas une parole. Karillo guettait en pleurant, la tête dans les mains. Puis il y eut un rire colossal, un bruit de pas sur le dallage. Il vit Esther debout, nue, les deux mains sur sa poitrine tandis que le Messie dansait autour d'elle, sans la regarder, les yeux fixant le ciel. Une danse grotesque de saltimbanque qui s'acheva lorsque le Messie s'effondra aux pieds d'Esther en pleurant, demandant pardon, pardon. Il vit Esther le repousser, enfiler ses vêtements en hâte et sortir en courant. Le Messie resta prostré sur le sol, sanglotant. S'il pouvait mourir, pensa Karillo. Mais il entendit prononcer son nom à plusieurs reprises. Un appel au secours, la plainte déchirante d'un homme qui se meurt. Il se précipita, releva la tête du Messie qui le regarda fixement et partit d'un éclat de rire. Karillo attendit longtemps, la main ferme du Messie lui maintenait le bras. Quand, enfin, il se releva avec peine, le Messie prononça ses mots :

— Elle est pourtant restée pure.

*

Karillo gagne ses appartements. En hâte, il fait son maigre paquetage. Les larmes ne l'empêchent pas d'élever sa prière :

> *Et moi, pauvre et malheureux*
> *Ô Dieu, viens vite !*
> *Toi, mon secours et mon sauveur,*
> *Seigneur, ne tarde pas.*

D'un pas, il est dans la cour intérieure. Un jet d'eau retient un instant son attention, mais il marche déjà vers le seuil du palais, au pas de course. Il court, il court dans la campagne, sans se retourner, dans la nuit.

CHAPITRE V

Il court. Il court dans la nuit sans se retourner. Il court jusqu'à l'asphyxie. Ses poumons brûlent. Sa gorge brûle. Mais il court, zigzaguant, les chevilles tordues par les caillasses, le visage labouré par les branches basses des arbres. Au loin, très loin, une lueur rouge. Une fumée noire monte dans le ciel. Il tombe. Il se relève. Il court. Le sang coule sur ses genoux. Des larmes barbouillent son visage d'enfant. Il est seul et c'est la nuit. S'il se retourne, il verra un autre nuage de fumée noire. Il court. Il croit entendre le galop d'un cheval lancé à sa poursuite, se jette dans un buisson qui le meurtrit. Il attend, sans un bruit. Mais rien ne vient. Il se recroqueville. Il enfouit sa tête dans ses mains pour se protéger. Il ne veut plus rien entendre. Il ne veut plus rien voir. Il veut mourir. Là, tout de suite, dans cette broussaille froide au sommet d'une colline. Mais Dieu en a décidé autrement. Son souffle peu à peu retrouve une cadence plus douce. Cependant sa gorge le brûle. Il voudrait crier, hurler, mais le galop sourd l'en empêche. Et puis il ose. Tant pis. Que ce soit fait. Qu'une lance enfin lui déchire les entrailles. Qu'un coup de sabre ou de couteau l'égorge.

Ce sera fini. De toute sa force, de tout l'air qui emplit ses poumons, il lance un hurlement dément, pour qu'on l'entende, pour qu'on sache qu'il est là et qu'on vienne l'achever. Lui, l'enfant perdu sur une colline et qui regarde l'horizon, immense brasier. Et cette mâchoire qui claque et qui ne répond plus à sa volonté.

Tout est calme autour de lui. Dans sa tête, le galop a cessé sa course folle. Il est seul, définitivement seul. Mais il ne le croit pas. Il ne veut pas l'admettre. Il se débat en hurlant et dans les mots qu'il bafouille, il appelle sa mère. Dieu lui a accordé onze années de vie pour la voir égorgée.

*

Depuis des mois, le bruit courait que les Cosaques Zaporogues, les troupes de Bogdan Chmielnicki, approchaient, massacrant tous les juifs qu'ils rencontraient ou les forçant à se convertir. Les bruits couraient et le village avait peur. On disait qu'ils éventraient les femmes, qu'ils leur coupaient les bras pour qu'elles ne puissent extraire le chat vivant enfoncé dans leur ventre que les Cosaques cousaient ensuite. Ils riaient et partaient ailleurs semer la mort. Les serfs révoltés d'Ukraine s'étaient joints à eux. Ils avaient passé le Dniepr, ils envahissaient la Volhynie, la Podolie, la Petite-Russie. Une masse énorme déferlait sur les villes, une masse sauvage que rien n'arrêtait. Tout leur était bon pour marquer leur passage. Un réfugié avait raconté, au village, qu'il avait rencontré sur sa route un arbre aux pendus. Les Cosaques y avaient accroché un prêtre polonais, un juif et un chien. Une pancarte annonçait qu'ils étaient tous de la même religion. C'était le sort qui les attendait s'ils ne fuyaient pas. Des lambeaux de hordes en déroute avaient traversé le village, emportant dans des charrettes tout ce qu'ils possédaient, sans oublier les rouleaux de la synagogue. Tous imploraient qu'on suive leur exemple, qu'on abandonne le village. Mais le rabbin avait tonné : c'est à Dieu qu'appartient notre destin. Lui seul sait ce qui est bon. Et toute la communauté s'était mise à prier avec ardeur.

Quand les premiers Cosaques avaient fait irruption, à l'improviste, nulle résistance ne les attendait. Ils avaient rassemblé les hommes sur la place. S'ils n'apostasiaient pas, ils seraient mis à mort. L'un après l'autre, ils dirent non. L'un après l'autre, la lame d'un sabre les égorgea. Ils tombèrent deux cents, droits, sans autre murmure qu'une prière aux lèvres tandis que les cris des femmes s'élevaient et que celles qui commençaient à prendre la fuite se voyaient rattrapées et tuées sur-le-champ.

Josué, sans qu'il sache pourquoi, avait lâché la main de sa mère quand le sabre sanglant avait égorgé son père. Il s'était retourné ; elle n'était plus là. Il l'avait appelée mais il n'entendait plus que des hurlements à travers tout le village. Quand il l'aperçut enfin, deux Cosaques la traînaient vers l'auberge. Josué voulut se lancer vers elle mais une main de femme l'agrippa.

— Fuis, Josué, fuis sans te retourner. Que Dieu te protège !

Il s'était enfui.

★

Terré dans son buisson, Josué grelotte. Il a faim. La nuit est noire. D'énormes nuages bas filent dans le ciel et le vent s'est levé. Peut-être qu'en retournant au village... Mais il fait trop noir. Josué arrache quelques herbes dont il suce la sève. Il revoit sa course folle. Où est sa mère ? Où est sa sœur ? Où est son frère aîné ? Son père a-t-il été laissé sur la place du village avec les autres hommes ? Il veut savoir. Il se lève. Il se cogne aux branchages. Il pleure de rage. Il s'allonge à plat ventre, le visage contre terre. Au petit matin, lorsqu'il ouvre les yeux, il sait qu'il n'est pas mort et que rien ne viendra jamais effacer les images qu'il garde en mémoire. Il tremble mais il se remet en marche. Là-bas, loin, du côté de son village, s'élève une fumée grisâtre. Elle le guide à travers les champs verts, les couleurs du printemps. Il longe la route, prêt à s'enfoncer dans les fourrés au moindre bruit. Une poule l'effraie. Il se jette sur le bas-côté. Il sourit, puis il pleure au spectacle qu'il sait devoir découvrir. Et si jamais... Une pensée magique s'éveille en lui. Sa mère est vivante, c'est certain. Elle est vivante s'il marche jusqu'au gros chêne sans respirer une seule fois. Plus que vingt mètres. Ça y est. Elle est vivante. Il en a la preuve. Mais il lui faut une autre preuve aussitôt après pour confirmer la première. Jusqu'au talus en quarante-huit pas. Il a beau allonger la jambe, le talus est trop loin. Sa mère est morte. Il le sait maintenant. Et il se met à courir. Il l'appelle. Seule une vache égarée lui répond. Et plus il approche du village, plus il a peur, plus ses yeux se brouillent. Il est à l'orée de la rue. La grosse pierre est là, celle sur laquelle s'asseyait son père lorsqu'il le prenait sur ses genoux pour lui montrer le ciel et la forme des nuages où l'on pouvait lire l'avenir.

Mais l'avenir, alors, n'avait pas l'âcre odeur de cendres tièdes qui monte du village. La synagogue brûle encore, noircie. Un seul pan de mur a résisté. Et c'est en avançant, seul, dans le silence, que Josué aperçoit l'amas des cadavres sur la place. Il cherche son père mais c'est une oie qui vient à sa rencontre. Il ramasse un sabre abandonné à terre et le fait tournoyer. Josué se venge de la mort par la mort que ses maigres bras veulent offrir en échange. Mais il est trop faible et le sabre s'envole contre le mur du maréchal-ferrant. Plus un cheval dans l'écurie. L'horreur est devenue si forte qu'elle en devient supportable. Josué peut tout affronter. Il le sent, il le sait. Il enjambe les corps des hommes tombés sur la place, noyés dans leur sang figé. Il cherche son père. Il écarte des bras, des jambes, repose des têtes. La mort ne lui fait plus peur. Il sait qu'il retrouvera son père. Des corbeaux l'accompagnent dans sa quête, se déhanchant sur leurs pattes. Josué ne les repousse pas. Ils sont ses seuls compagnons dans le silence d'un village du bout du monde.

Josué ne sait plus vraiment ce qu'il cherche. Il veut fuir la place pour se précipiter vers l'auberge. Mais il tombe dans sa course et embrasse un mort. Il se relève en hurlant. Il s'enfuit. Mais il sait qu'il a laissé son père derrière lui. Il faut qu'il le retrouve. Et sa quête recommence. Des bras, des jambes, des têtes, des corps affalés face contre terre, qu'il retourne péniblement et qu'il abandonne aussitôt. Et puis, soudain, le visage connu, aimé, adoré. Son père est là, parmi tous les hommes qui ont dit « non ». Josué ne sent plus en lui qu'une immense tendresse. Il s'assied sur le sol et pose la tête de son père sur ses genoux. D'une main, il caresse ce visage comme un adulte caresserait le front d'un enfant malade, lentement, doucement. Il lui lisse les cheveux, l'embrasse avec ferveur. L'énorme plaie à la gorge le laisse indifférent. Il berce son père, le front contre son front, pour le réchauffer.

Combien de temps est-il resté là, hors du monde, assailli d'une douceur si profonde qu'il n'y avait plus place pour la haine, la vengeance ou la méchanceté ? Il aime son père d'un amour sans partage, d'un pur amour. Mais il ne veut pas le laisser là, au milieu des cadavres. De toutes ses forces, il le tire. Peu lui importe de piétiner les autres pourvu que son père ne demeure pas prisonnier de cet amas de corps enchevêtrés où Josué a reconnu ses deux oncles, le rabbin et quelques-uns encore. Il tire obstinément et, quand il a réussi à traîner son père hors du cercle, il l'adosse au muret du maréchal-ferrant, lui brosse ses habits, lui réenfile ses bottes. Avec un peu d'eau, il mouille un linge et nettoie la grande plaie béante. Rien ne le dégoûte. Rien ne l'effraie. C'est son père. Josué lui parle, faiblement, afin que nul n'entende.

— Tu seras bien, ne t'inquiète pas. Je ferai tout pour toi, tout.

D'un coup de pied, il chasse un corbeau qui s'est approché trop près. L'animal s'envole lourdement pour se poser quelques mètres plus loin. Josué est si préoccupé qu'il n'a pas senti venir, là-bas, de l'autre côté du cercle des morts, une toute petite silhouette qui le regarde de ses yeux étonnés. Un gamin de cinq ans, dépenaillé, perdu et qui ne pleure même pas. Josué est si surpris qu'il se saisit d'une pierre qu'il lance dans sa direction.

— Va-t'en, va-t'en, laisse-moi tout seul. Tu n'as rien à faire ici. Va-t'en !

Mais l'enfant n'a pas bougé, n'a pas compris. La pierre l'a manqué. Josué se lève, plein de colère.

— Allez, disparais.

Mais l'enfant le regarde toujours, sans bouger, deux grands yeux noirs posés sur lui. Un regard de détresse et d'espoir. Josué le reconnaît : c'est Jérémie, le fils d'une voisine. Il s'avance maintenant, sachant qu'on le regarde, lentement, contournant les morts. Et dès qu'il est près de Josué, il glisse sa main dans la sienne, sans un mot. Une main tiède de petit enfant qui demande assistance. Puis Jérémie sort de sa poche un oignon, le mord à pleines dents et le tend à Josué qui s'en empare. Il le croque à son tour avant de le rendre à Jérémie. Un immense sourire s'épanouit aux lèvres du bambin. Et Josué, malgré lui, se surprend à lui rendre son sourire. Il doit poursuivre sa tâche. La main de Jérémie s'accroche à la sienne, fermement, et le tire, lui demandant de le suivre. Josué regarde son père, adossé au mur. Il ne tombera plus.

Ils traversent le village lentement, foulant les débris d'une vie ruinée. Les maisons sont éventrées, noircies d'une fumée qui s'étouffe par bouffées. Des cadavres de femmes et d'enfants enlacés ne retiennent plus même le regard des deux garçons qui cheminent. Jérémie sait où il va, tiraillant Josué qui devine. C'est la direction de la maison de Jérémie. Le plus jeune entraîne l'autre pour qu'il avance vite et Josué retient le petit qui s'arrête sur le seuil de sa maison, intacte. Sur la terre battue de l'unique pièce, gisent cinq corps que Jérémie regarde la bouche ouverte, le nez morveux qu'il essuie d'un revers de manche. Sa mère et ses quatre sœurs. Il serre très fort la main de Josué qui se retient au dernier moment de lui dire « ce n'est rien,

va. » C'est beaucoup. C'est tout. Et Josué le sait.
— Viens, Jérémie, partons d'ici. Viens, on va chercher ma mère.

Une heure durant, ils ont arpenté chaque rue ou plutôt chaque ruelle, passant de maison en maison, à la recherche d'une mère. Rien que des décombres et beaucoup d'autres mères laissées pour mortes, vraiment mortes maintenant. A l'auberge, totalement détruite, Josué a trouvé un foulard parmi les meubles calcinés. Il a la certitude qu'il appartient à sa mère. D'un geste vif, il l'embrasse et se le passe autour du cou. Souvenir incertain qui devient certitude absolue. Pour l'imiter, le petit Jérémie rassemble dans ses bras tout ce qu'il peut trouver : bracelets, étoffes, bouts de chiffon, tessons de bouteilles.

— Lâche ça, Jérémie, ça ne sert à rien. Qu'est-ce que tu veux qu'on en fasse ? D'ailleurs rien ne sert à rien. Trouve-nous plutôt à manger. Moi, je m'occupe de mon père.

Et tandis que Jérémie furète dans le village, Josué a trouvé une pioche avec laquelle il creuse le sol à grands coups, à bout de forces. Une fosse pour que repose son père. Une fosse pour marquer un coin de terre à jamais perdu. Il creuse. Il creuse en chantonnant un vieil air que lui chantait sa mère. Une berceuse. Il pleure, il chante, il rit, il sanglote et la terre s'ouvre sous ses coups. Son ouvrage achevé, il prend son père par les épaules. Il lui parle encore.

— Ne crains rien. Je fais ça pour toi. Rien que pour toi.

Il court trouver un édredon laissé intact sur un lit dans une maison voisine.

— Là, tu seras bien au chaud. Ne t'inquiète pas

surtout. Toute ma vie je penserai à toi. A maman aussi.

Il enroule le corps avec difficulté puis le fait glisser doucement dans la fosse. A ses côtés, Jérémie regarde sans trop comprendre. Josué sait qu'il faut dire une prière mais il n'en connaît pas les mots. Il répète pour lui seul « Seigneur, Seigneur, Seigneur ! », jette une poignée de terre au fond du trou. Une tache ocre sur un linge blanc. Puis la colère le prend. A grands coups de pied, il laboure la terre meuble qu'il disperse dans le trou. A genoux, il pousse des deux mains l'immense tas qu'il a bâti. Il ne voit plus son père. Jérémie l'aide comme il peut, de ses petites mains. Et quand la fosse est comblée, tous les deux exécutent une danse sauvage sur la tombe pour égaliser la terre. Ils dansent, ils dansent jusqu'à l'épuisement, en hurlant. Josué s'abat le premier, fou de douleur, de vengeance, de fatigue. Il pétrit la terre de ses mains. Il y enfonce ses ongles. Il voudrait revoir une fois encore le visage de son père. Il voudrait tout détruire pour qu'une dernière fois... Mais il sait qu'il est trop tard. Il se relève. Il essuie la terre sur ses vêtements. Il prend la main de Jérémie.

— Viens, petit. Et surtout, ne te retourne pas.

Leurs deux mains se serrent avec violence, avec tendresse. Ils s'enfoncent dans la campagne.

JOURNAL – *Amsterdam, 1687.*

Partout où nous avions marché, en direction du nord, les mêmes villages brûlés, les mêmes récits d'horreur. Des femmes eurent pitié des deux enfants que nous étions. Elles avaient perdu les leurs, en route, dans la débâcle et la crainte des Cosaques qui les poursuivaient pour les massacrer. Elles nous donnèrent du pain, le peu qu'il leur restait, aussi infortunées que nous. Et nous reprenions notre route. Jérémie avait les pieds en sang. Il suivait mal le rythme que je lui imposais. Mais jamais une plainte, un soupir ne s'éleva. Il serrait ma main plus fermement. J'ai dû arracher les bottes d'un mort et les lui passer. Il m'a souri en regardant mes propres pieds. La nuit, je le serrais contre ma poitrine pour qu'il n'ait pas froid. Il s'endormait. Je pensais au lendemain, à notre long chemin sans but, à notre quête de nourriture qui faisait de nous, chaque jour, des mendiants parmi les mendiants. J'entendais parler de villes inconnues. Des villes à éviter, maudites : les villes des massacres. Étions-nous loin ? Étions-nous près ? Lublin, Bilgoraj, Krasnik, Romaszow. Il ne nous restait qu'à errer dans la campagne, contournant les bourgades, nous méfiant de tout, de tous. Les paysans polonais, par charité, nous ont chassés à coups de pierre. La plaie au cuir chevelu de Jérémie n'a guéri qu'au bout de quinze jours. L'eau des rivières dans laquelle nous nous lavions ne renvoyait que nos visages livides, nos corps amaigris. Jérémie geignait la nuit. Il appelait sa mère et me réveillait.

— Dors, mon Jérémie, dors. Je te conduirai au pays de la paix, au pays du rire.

Car ce qui me surprenait le plus chez lui, c'était cette incapacité à rire. Il souriait bien, d'un sourire triste et las, mais jamais il ne riait. Il avait entière confiance en moi. Jamais il n'a demandé où je le menais.

Qu'a-t-il compris de ce gigantesque massacre dont notre village n'avait été que le modeste exemple ? Durant deux mois, il n'a rien dit puis, un jour d'été, assis près de moi sur un tronc dans une forêt, il m'a regardé, complice :

— Je sais bien que c'est là où est maman que tu m'emmènes.

J'ai regardé ses yeux profonds et graves. Je n'ai pas eu la force de lui répondre. J'ai passé ma main sur son front. J'avais pour lui des gestes d'adulte, ceux mêmes qui me manquaient. Je les lui prodiguais sans qu'il m'en coûte, attentif, patient, prévenant. C'était la guerre autour de nous, la faim, la misère, la fuite. J'ai comme le sentiment d'avoir rêvé.

Qu'ai-je compris moi-même, en ces moments ? Qu'il fallait vivre. Vivre à tout prix. Pour moi. Pour Jérémie. Pour qu'il perde cette gravité de vieillard. Je me l'étais accaparé comme mon enfant. L'enfant d'un enfant. Et j'ai même dû, un jour, le tirer de force d'un groupe de femmes hystériques qui voulaient le garder pour elles, pour remplacer leurs enfants morts. Elles hurlaient : « Tu seras mon fils, je te prendrai pour fils. » J'entraînai Jérémie avec moi dans le sous-bois, pour fuir. Il ne serait le fils de personne.

Quand je contemple mon plus jeune fils, je ne puis imaginer que j'avais son âge quand j'ai vécu ce cauchemar. J'étais comme lui, insouciant du temps qui passait, vivant dans la certitude qu'un père et une mère sont éternellement présents sur terre, qu'ils sont là pour nous assister quel que soit le danger. Comment ne pas le croire quand onze années sont à peine passées ? Mais par quel aveuglement refusé-je aujourd'hui à mon fils la même force que celle qui m'habitait ? Je ne puis l'imaginer affrontant les mêmes épreuves que moi. Qui sait pourtant la résistance qui peut habiter un petit enfant !

Nous n'avions pas mangé depuis trois jours. Mes douleurs à l'estomac étaient si violentes que je m'occupais exclusivement à les faire disparaître, roulé en boule, me tordant en tous sens. J'avais totalement oublié Jérémie, notre errance. Rien ne m'importait que la douleur, tenace, vrillante. Je ne voulais pas hurler. Je mordais mes lèvres, maudissant tout ce que la terre avait pu engendrer et moi le premier. C'était insupportable et chaque semaine recommencé. Une fois même, je m'étais évanoui. Jérémie était à côté de moi, au réveil, pleurant doucement, une main sur mon ventre. Mais cette fois, lorsque subitement la douleur eut disparu, Jérémie n'était plus là. J'ai eu beau chercher, appeler, rien n'y faisait. Je l'ai cru perdu, définitivement. Il n'avait plus confiance en moi et il s'en était allé se perdre, seul. Qu'avait-il besoin d'un grand frère protecteur, incapable de supporter la douleur alors que lui ne disait rien ?

— Je regrette, Jérémie. Je m'excuse. Je ne recommencerai plus. Je suivrai ton exemple, mais reviens.

Tels furent les mots que je prononçai, tapant des pieds, des poings, jusqu'au sang, sur l'écorce d'un arbre.

— Reviens, Jérémie, reviens. Ne m'abandonne pas. Ne me laisse pas seul.

Mes hurlements restèrent sans effet. J'ai donc repris la route, en pleurs, ne sachant où me diriger. Mourir pour mourir, autant mourir de suite. Tant pis, j'irais jusqu'à cette ferme. Je me présenterais. « Je suis juif, tuez-moi. N'attendez pas. Je n'ai plus rien sur terre. » C'était décidé et je m'avançai résolument. Quand, au coude du chemin, dressé sur la pointe des pieds, tenant à bout de bras une énorme pierre, je vis Jérémie sur le point de fracasser le crâne d'un paysan endormi dans le fossé. Je poussai un cri. Jérémie sursauta, lâcha sa pierre et vint se réfugier dans mes bras.

— C'était pour toi, Josué. Pour toi. Pour que tu manges. Pour que tu n'aies plus mal.

Un énorme chou dépassait du havresac du paysan que mon hurlement n'avait pas même réveillé.

Je compris que Jérémie allait tuer. Et, de toutes mes forces, je me suis mis à le battre, le tenant d'un bras, le bourrant de coups de l'autre, lui cognant le visage, la poitrine, jusqu'à ce qu'il demande pardon. Mais pardon de quoi ? Jérémie était allé jusqu'au bout de son amour pour moi. Demande-t-on pardon à l'amour ?

Demande-t-on pardon pour des fautes que l'on n'a pas commises ? C'est pourtant ce qu'on fait mes aînés quand ils n'ont pas compris les fureurs du Ciel. Demander pardon, immédiatement, un peu lâchement. Pardon de ne pas comprendre, pardon de leur ignorance. Pardon toujours. Dieu savait, lui, pourquoi il envoyait le fer et le sang sur notre communauté. Et quand les Cosaques ou les serfs révoltés ne passaient pas tout ce qui vivait au fil de l'épée, ils vendaient ce qui se traînait encore comme esclaves aux Turcs.

Mes aînés ont courbé l'échine, comme Job. Leur interrogation n'est pas allée plus loin que le bout de leur Bible.

« Je tournerai ma face contre vous et vous serez battus face à vos ennemis, vos adversaires domineront sur vous, vous fuirez sans qu'on vous poursuive. »

C'était écrit. Une destinée tracée d'avance. La prison sur terre. Non, je ne puis l'admettre. Je ne l'ai jamais admis. Père et mère n'ont pas été massacrés parce qu'ils avaient péché, je n'ai pas dû errer des mois durant parce que j'avais commis je ne sais quel crime. Et quel crime (sinon celui d'exister) avaient commis ces bandes d'enfants que j'ai rencontrées en chemin, pillant pour survivre, ou tuant, comme Jérémie avait tenté de le faire ? Les enfants sont innocents des fautes de leurs pères, et bien davantage lorsque les pères ne sont fautifs de rien.

Mais notre communauté réunie derrière ses rabbins n'a vu dans ces massacres qu'une juste rétribution des péchés d'Israël, qu'il fallait expier par plus de piété encore, plus d'austérité. N'ont-ils pas, après coup, institué une journée de jeûne supplémentaire le vingtième jour de Sivan ? Comme si toute notre histoire n'était qu'une interminable suite de massacres et de réparations. Rien pour empêcher les massacres ; tout pour les commémorer. Chmielnicki et ses hordes barbares n'étaient que les instruments de Dieu comme les croisés le furent autrefois. Massacres de Spire, de Worms, de Mayence, de Treves, de Metz, de Cologne, de Ratisbonne, de Prague. Villes de sang. Longue traînée de morts que les croisés répandaient sur la route du Saint Sépulcre. Toutes les exhortations adressées à Dieu sont restées vaines mais la réponse fut toujours la même :

> « Nul prophète, nul sage et nul savant ne peuvent concevoir pourquoi les péchés de la communauté furent trouvés si graves pour que la mort seule permette de les expier, comme si elle-même avait versé du

sang. Mais à la vérité IL est un juge équitable, et la faute incombe à nous ! »

J'admire cette croyance qui s'enracine, chaque fois plus vigoureuse, sur plus de martyrs encore. Mais c'est l'admiration de l'homme mûr. L'enfant que j'étais s'est révolté. Père et mère étaient morts pour rien. Qu'avais-je à faire du réconfort que me prodiguait parfois sur ma route un vieux sage qui me prenait par la main, et annonçait la fin prochaine de nos tourments, la fin prochaine de notre exil ? Je revoyais alors la silhouette de mon père adossé au muret du maréchal-ferrant et la tombe improvisée que je lui avais construite. Rien ne pourrait jamais me rendre sa tendresse absente.

Nous marchions vers le nord. Plus nous nous éloignions des lieux maudits, plus cette hostilité qui avait accompagné nos premiers pas diminuait. Ce n'était plus qu'indifférence. Les paysans parlaient une autre langue que le polonais. Mais laquelle ? De toutes les colonnes de réfugiés qui nous nourrissaient parfois et dont nous suivions la trace — parce qu'il fallait bien aller quelque part —, je ne voulais me lier à aucune. Peut-être à cause de cette folle colère qui m'a envahi depuis le massacre, et qui veut que je sois juif et réfractaire tout à la fois. Juif profondément, réfractaire tout autant. Père n'avait point péché et je ne souhaitais pas prendre le même chemin de pénitence que les autres. A moins que je n'aie voulu garder Jérémie pour moi seul.

Une voix de certitude s'est élevée en ces moments, une seule, qui ne disait pas la plainte mais l'espoir. Celle d'un vieillard errant seul dans la campagne et qui hurlait d'une voix cassée. Nous le suivions depuis longtemps, Jérémie et moi, sur la route, n'osant le dépasser tant nous avions peur. Il hurlait si fort. Des mots incompréhensibles qu'il jetait au vent. Je voulais savoir. Je me suis approché, un bâton à la main. L'homme pouvait être dangereux. Mais dès qu'il m'eut aperçu, il se figea, me regardant droit dans les yeux et dit :

« Des jours viendront où les habitants de la terre seront saisis d'une grande panique. Le chemin de la vérité sera caché et le pays sera privé de foi... Des arbres gouttera du sang. Les pierres émettront leur voix. Les peuples seront émus et les airs seront changés. Alors régnera celui que n'attendaient pas les habitants de la terre. Les oiseaux émigreront, la mer de Sodome rejettera des poissons et, la nuit, elle poussera une clameur, que la multitude ne comprendra pas mais que tous entendront. Il se fera des gouffres en de nombreux endroits et souvent du feu sera projeté et les animaux de la steppe émigreront et les femmes enfanteront des monstres. On trouvera du sel dans les eaux douces, les amis se combattront les uns les autres. La raison sera cachée et l'intelligence se réfugiera dans son habitacle. Beaucoup la chercheront sans la trouver ; l'injustice et l'incontinence se multiplieront sur la terre. Un pays interrogera son voisin en ces termes : " N'est-elle pas passée chez toi la justice ou un homme qui pratique la justice ? Et on répondra : non. " En ce temps-là, on espérera sans rien obtenir, on se fatiguera sans réussir. Voilà les signes qu'il m'a été permis de te dire ; mais si tu pries à nouveau et si tu pleures comme maintenant, et si tu jeûnes pendant sept jours, tu entendras de plus grandes choses que celles-ci. »

Ces paroles, je les ai retrouvées plus tard dans les livres. Mais elles étaient restées gravées dans ma mémoire. Après un silence, l'homme reprit :

— Ce seront les signes, mon enfant, les signes de l'enfantement des Derniers Jours. Le moment où le Messie paraîtra. Notre délivrance est proche. Déjà les premiers signes sont perceptibles.

Je pensais au grand vent de panique. Et il avait raison. Je pensais aux pierres ensanglantées couvertes de cadavres. Mais je n'avais pas vu encore de ces monstres enfantés par les femmes. Si j'en voyais, c'est qu'il aurait dit vrai. Il m'avait expliqué, dans un discours embrouillé, qu'il existait des raisons de se réjouir et que les desseins de Dieu étaient tout de mêmes lisibles à la surface de la terre.

D'une main ferme, il sortit quelques pages d'un livre qu'il me tendit.

— Tu sais lire ?

Je fis signe de la tête. Du doigt, il me désigna les lignes.

« Au sixième millénaire, après l'expiration de 408 années, les morts ressusciteront sous terre car il a été dit : " Cette année, chacun retournera dans sa propriété. " »

Nous y étions, en cette année 5408. C'était la vérité. Père et mère allaient renaître, c'était certain.

Puis le vieil homme posa sa main sur mes cheveux et reprit sa route, me laissant abasourdi. J'allais revoir mon père. J'allais revoir ma mère.

Je ne les revis jamais. A bout de forces, à bout de nerfs, nous traînant plutôt que marchant, à des milliers de lieues de notre point de départ, pleurant, au bord de la mort, Jérémie et moi nous nous écroulâmes l'un à côté de l'autre, sur le talus d'une route. Nous allions nous endormir pour la dernière fois, la main dans la main.

CHAPITRE VI

C'est au sortir d'un long rêve torturé où il se voyait redevenu nourrisson, glissant à la dérive sur un fleuve démesurément long, que Josué songea à l'histoire de Moïse tant de fois racontée par son père. Mais quand il s'éveilla de son cauchemar, la fille de Pharaon avait le visage revêche et portait les vêtements stricts d'une femme de pasteur. Sans bien comprendre, Josué chercha Jérémie et ne le vit pas. Autour de lui, une cinquantaine de lits occupaient l'espace d'une basse salle de couvent. En se retournant, il vit un autre enfant qu'il ne connaissait pas, allongé à ses côtés. Josué avait perdu ses haillons. Il était affublé d'une longue chemise de nuit en toile écrue, toute raide. Il avait soif. La femme le regardait. Il lui parla. A l'expression de son visage, il se rendit compte qu'elle ne le comprenait pas. Il répéta :
— J'ai soif.
Il rencontra la même incompréhension. Il hurla.
— J'ai soif ! J'ai soif !
Il gesticula. Elle lui parla rageusement. Il l'insulta, trouva tous les mots orduriers pour l'accabler. Lorsqu'elle fut partie, Josué se leva et courut d'un lit à

l'autre. Ses jambes le soutenaient mal. Pris de vertiges, il dut s'agripper à l'une des colonnes de la salle, puis il reprit sa quête.

— Jérémie ! Jérémie !

Personne ne répondit à son appel. Il regagna son lit en chancelant. Josué était à l'orphelinat d'Amsterdam.

Des paysans l'avaient hissé sur leur charrette, le voyant encore respirer. De ce long évanouissement, Josué n'avait gardé que le souvenir de quelques pans de ciel où défilaient des nuages. Il fermait les yeux, les rouvrait. Des visages se penchaient sur lui. Il se rendormait. Les paysans le nourrissaient lentement, lui donnaient à boire lorsqu'ils l'entendaient gémir. Lui, se laissait aller sans avoir la force de parler. Il interrogeait parfois des yeux mais on lui faisait comprendre qu'il valait mieux qu'il dorme, qu'il se repose. Il était sans inquiétude. Les cahots des charrettes successives étaient autant de bercements chaleureux. De bourg en bourg, de village en village, les paysans du Nord recueillaient ainsi les enfants perdus du massacre de 1648. Ils les conduisaient lentement vers les grands centres où ils savaient que la communauté juive recherchait les siens, Hambourg, Brême et, plus lointaine encore, Amsterdam.

JOURNAL – *Amsterdam. 1687.*

Je ne repasse jamais sans effroi devant cette immense bâtisse grise. C'est là que s'est jouée la suite de mon existence parmi le millier de miséreux, orphelins ou enfants trouvés qui peuplaient de leurs hurlements l'hospice où on les avait parqués. Je ne trouve pas les mots pour dire mon dénuement des premiers instants. Une gamelle de mauvaise soupe pour tout repas, mais j'en avais l'habitude. Les cris des surveillants qui ne parvenaient pas à faire taire les marmots occupés à se chamailler, à se battre à longueur de journée. Les mauvais traitements distribués pour un rien. Des années ont passé, et je sais que les mêmes méfaits s'y commettent, les mêmes vexations.

Jérémie avait disparu et personne ne comprenait ma langue. J'étais pour eux le sauvage qui baragouinait. Ils hochaient la tête, indifférents. Ma langue. Ma langue perdue. Rien ne pouvait plus se dire, ni les banalités (« boire », « manger ») ni les mots essentiels (« pourquoi », « comment »). Ma langue jugulée, incapable de résonner sinon dans ma tête. Les objets à jamais perdus parce qu'innommés. Les questions restées sans réponse. Pas un enfant avec lequel échanger la moindre parole. Le silence. M'ont-ils cru fou ? Sans doute. Le temps d'un long mois, ils me laissèrent dans le plus total abandon. J'arpentais la chambrée en ne cessant de me parler pour échapper au vide. Je récitais des passages entiers de la *Michna*, et les commentaires de Rachi qu'un étudiant de notre village me faisait répéter autrefois, par cœur, sous peine de coups de verges. Quand j'avais fini, je recommençais, à l'infini, jusqu'à ce que mes paroles se vident de tout sens. Cette musique me rattachait aux miens, à Jérémie, à tous ceux que j'avais perdus. Je récitais l'alphabet. Je comptais. Et quand, la gorge sèche, je m'asseyais, c'est encore dans ma tête que se déroulait la litanie de tous les mots que je connaissais, comme une mer sur laquelle voguait tout mon passé. Je n'avais rien d'autre à faire.

La femme du pasteur, toute raide, toute dépourvue de chaleur, n'en demeurait pas moins pour moi l'unique figure à laquelle raccrocher un semblant de vie. Ne m'avait-elle pas servi, elle-même ma première soupe, le premier jour ? Je l'avais refusée, bien sûr, mais elle ne s'en était pas émue. Elle avait continué à me parler cette langue inconnue qui, jour après jour, envahissait mon océan d'hébreu et de yiddish. Une invasion patiente. Avec une obstination que je m'explique mal, Mme de Ruyder poursuivait inlassablement avec moi un monologue très sérieux, s'appliquant à nommer un à un les éléments du monde. Elle me conduisait à la fenêtre, me désignant la lune, le soleil, la pluie, les barreaux. Chacun des mots recueillait mon silence, mon refus, et mon acceptation secrète : muet, j'emmagasinais ces vocables. Les siens mais aussi ceux que je volais à la dérobée aux enfants qui m'entouraient. Chacun d'eux devint une perle que je polissais dans le secret de mon âme. Des mots que je comparais aux miens. Et les mots neufs guerroyaient contre les mots anciens. Ne rien dire, ne rien dire jusqu'à ce qu'une phrase entière fût formée que je ferais jaillir au moment où personne ne s'y attendrait. Une phrase si belle qu'ils s'en émerveilleraient. Les jours passaient, et je m'enroulais dans ma phrase, infiniment belle. Mme de Ruyder crut sans doute que j'avais sombré dans la mélancolie, le visage fermé, concentré sur moi-même, ne déambulant plus dans la chambrée sordide. Je n'en finissais pas de polir ma phrase.

Un matin, après avoir veillé toute la nuit, alors qu'elle s'approchait de mon lit, je lui agrippai la main. Elle eut peur, recula. Mais les mots magiques avaient déjà pris leur envol.

— Merci, merci, madame pour tout ce que vous avez fait pour moi.

Elle me regarda comme un miraculé. Ses yeux reflétaient l'effarement. Elle balbutia.

— Répète.

Et d'une toute petite voix chantante, je répétai :

— Merci, merci, madame pour tout ce que vous avez fait pour moi.

Je l'ai vue se mettre à genoux et prier. Quand elle se releva, elle dit simplement :

— Tu connais notre langue ?

— Oui, madame.

Et tous les mots jusque-là retenus, enfouis, polis et repolis sortirent en chapelet. Des morceaux de phrases. Des bribes d'expression. Mon nouveau bagage.

CHAPITRE VII

Mme de Ruyder prit Josué sous sa protection. Il quitta la grande salle nauséabonde pour une chambrette qu'on lui trouva. Chaque jour, à l'écart du reste des enfants, Mme de Ruyder s'appliqua à l'instruire. Il apprit le Pater, le Décalogue et la formule de confession. Il absorba tout ce qu'il put absorber, se gavant de mots nouveaux, se nourrissant de lettres, ahanant les psaumes et les calligraphiant. M. de Ruyder en personne venait mesurer les progrès accomplis et lui passer la main dans les cheveux. Josué ne cessait d'apprendre. Chaque mot nouveau servirait un jour à bâtir une histoire qu'il rêvait grande : la sienne, dont il n'avait rien pu dire, qu'il taisait comme une honte mais à laquelle il repensait sans cesse. Comme Moïse, il avait été recueilli. Comme Moïse, il aurait un grand destin.

Par autorisation spéciale, il eut libre accès à l'ensemble des bâtiments. Il pouvait s'y promener à loisir. Mais, seul, il avait peur. Peur des cris qui s'élevaient, peur d'être attaqué, lui qui avait enduré tout ce qu'un enfant peut souffrir. Plus tard, il raconterait ce qu'il avait vu. Des enfants de six, sept ans, ivres morts l'après-midi, cuvant la vinasse qu'ils s'étaient procurée il ne savait où, allongés au milieu des chambrées, et que personne ne venait déloger. Il dirait les couteaux qu'il avait vu jaillir et disparaître après une action punitive contre un grand dont l'œil pissait le sang. Le départ, à six heures du matin, d'une cohorte d'enfants qu'il voyait passer devant sa fenêtre et qui s'en allaient travailler à la Manufacture de lainages d'où ils revenaient le soir si fatigués que manger leur était un supplice. Josué engrangeait des mots, des images, des visages. Plus tard, il dirait tout.

Bientôt, on ne le fit plus déjeuner avec les autres. Il eut droit de partager le repas des Ruyder et, comme un fervent chrétien, il récitait le *Benedicite* sous l'œil complice de Mme de Ruyder cherchant une approbation auprès de son époux. On vêtit Josué d'un pourpoint, d'une culotte, et, dans cette cour des miracles enfantine où il se mouvait, naquit bien vite une légende. Josué, enfant trouvé, était le fils d'un prince. Ce dernier se cachait pour d'obscures raisons, mais, un jour ou l'autre, il viendrait le tirer de là. Loin d'en être haï, Josué devenait le centre d'un rêve brodé par chacun. Il n'était pas un seul de ces orphelins qui ne se vît comme un fils de prince ou de princesse en exil, soumis temporairement à de mauvais traitements. L'irruption de la vérité serait brutale et leur vengeance à la mesure de l'humiliation subie.

En parcourant honteusement les bâtiments, conscient des privilèges qui lui étaient accordés, Josué rencontra Sarah. Elle était prostrée contre une colonne, se balançant lentement en chantonnant. Et cette chanson fredonnée donna subitement la chair de poule à Josué. C'était la berceuse que lui chantait sa mère, un vieil air yiddish. Un air qui emplit son être entier et qui le tint, les larmes aux yeux, pétrifié devant cette enfant qui, pour elle-même appelait la chaleur d'une mère absente. Elle se berçait toute seule, insensible à la présence de Josué qui s'était agenouillé près d'elle. Elle avait son âge, et Josué fut persuadé, en la regardant, qu'elle avait traversé les mêmes épreuves que lui, pour échouer là, au bout du monde, comme il y avait échoué.

Josué fut surpris que la fillette lui adresse la parole. Il la croyait absente, hors du monde.

— Tu es Josué, n'est-ce pas ? Josué dont on parle tous, Josué le fils du prince.

— Oui, c'est moi, mais pourquoi fils de prince ?

— Tu ne sais pas ?

Elle se mit à rire follement. Elle secouait sa chevelure rousse, fascinant Josué par la multitude des taches de son qui picotaient son visage, formant un demi-loup sous ses yeux verts.

Josué ne comprenait rien à cette histoire de fils de prince. Il la pensa folle mais ne put s'empêcher de l'écouter parler. Les mots qu'il avait cru oublier depuis si longtemps revenaient à la surface, embellis par le temps. Sarah parlait en yiddish sans que Josué l'interrompe. Mais que disait-elle ? Josué fut terrifié par sa découverte : sa langue, sa propre langue s'était évanouie. Il ne parvenait plus à comprendre l'enchaînement complet d'une phrase, ne saisissant que quelques mots piochés çà et là qui lui permettaient seulement de reconstituer les propos de Sarah. Une musique suave dont les paroles s'étaient égrenées au fil du temps. Sarah parlait, parlait, disant qu'elle avait un secret bien plus important que celui de Josué. S'il était fils de prince, elle était promise à un destin plus grand encore, qu'elle ne pouvait révéler. C'était terrifiant et beau à la fois. Josué, toujours agenouillé à ses côtés, lui prit la main pour garder un peu plus longtemps cette présence inattendue mais Sarah s'était tue. Puis, à nouveau, elle se mit à chantonner la vieille berceuse yiddish.

JOURNAL – *Amsterdam. 1687.*

Dans mon lit, la nuit, j'ai mesuré le chemin parcouru. Les paroles de la berceuse n'existaient qu'en pointillé et tous mes efforts furent vains. En si peu de temps, j'étais devenu autre. Comme s'il existait une force intérieure pour gommer les choses les plus importantes, et une autre force, plus vivace encore, pour singer la vie. Car j'étais devenu un animal de foire. Mme de Ruyder pouvait être fière de son œuvre. Je mangeais en me taisant à table, le dos bien droit. Il était loin le temps où un simple oignon suffisait à mon repas. Loin, le temps du Sabbat où la maison se faisait belle de chandelles, toute la soirée du vendredi. Loin le temps des massacres, de la mort, de la peur. Une couche de brume avait tout effacé, comme si la force impérieuse, en moi, avait voulu détruire jusqu'au souvenir. Des scènes me revenaient, mais comme noyées dans le brouillard, lointaines, insaisissables par le sentiment. J'avais beau les revoir dans leur moindre détail, rien ne venait m'émouvoir. J'étais devenu un fruit sec. Plus une larme ne venait déranger la nouvelle ordonnance de ma vie. Mme de Ruyder avait fait de moi sa chose. Je m'étais laissé prendre par les forces de la vie.

— Si tu continues ainsi, me disait-elle, tu deviendras quelqu'un.

Moi, je recherchais un autre quelqu'un, auprès de Sarah. Elle disait celui que j'avais été et dont l'image s'estompait, moi qui voulais à tout prix la retenir. Jour après jour, je revoyais Sarah. Elle croyait que je voulais lui arracher son secret.

— Tu ne sauras rien. Jamais je ne te le dirai. Plus tard, tu comprendras.

C'est ce que je comprenais, tant son discours m'était devenu inaccessible. Alors je l'écoutais des heures tisser des mots perdus. Puis un jour j'ai perdu Sarah aussi.

C'était tôt dans la matinée. Mme de Ruyder, sans rien me dire, m'avait fait enfiler mes vêtements princiers et descendre dans la cour avec les autres enfants. Le bruit courait que des gens de la plus haute importance devaient nous rendre visite. Chacun attendait un sauveur. Il ne vint qu'une petite troupe précédée d'un pasteur. Ils parlaient entre eux une langue inconnue, puis reprenaient en néerlandais avec le pasteur. Je les vis s'arrêter devant Sarah qu'on leur avait désignée. Un grand homme barbu lui adressa la parole et Sarah se jeta dans ses bras, les larmes aux yeux. Était-ce son secret qui se réalisait ? L'homme la tint par la main et, suivi par Mme de Ruyder, s'approcha de moi. Maintenant, toute la troupe me regardait. Sarah me souriait. J'attendais les paroles de l'homme, pressentant qu'une importante partie allait se jouer. Mes mains étaient glacées. Je vis d'abord un sourire sur ses lèvres, puis une parole me pénétra :

— Tu parles yiddish ?

Ces intonations, je les connaissais bien. Mon passé

revenait à ma rencontre. Mais je restai de marbre.

— Tu parles yiddish, petit ?

Je fus sur le point de me précipiter moi aussi dans ses bras. C'était mon sauveur. En réponse, j'écarquillais les yeux et, très sèchement, en néerlandais, le regardant droit :

— Je ne comprends pas ce que vous dites.

— Pourtant... dit l'homme.

Je criai :

— Mais puisque je vous dis que je ne comprends pas !

Sarah me regarda d'un air désespéré. Ses yeux disaient une souffrance atroce, pour moi. Mais je tins bon. Non, je ne comprenais pas. Non, je ne parlais pas yiddish, cette langue qu'on avait assassinée avec mes parents. Pourquoi vouloir me la jeter au visage ? N'avais-je pas fait assez d'efforts pour oublier, pour ne plus pleurer, pour ne même plus imaginer ? Assez. Je n'étais pas de ces gens qu'on assassinait. Je ne l'étais plus. Je savais porter le costume, me tenir en société. Plus jamais je ne parlerais yiddish.

Et j'ai regardé l'homme avec méchanceté, pour tout ce qu'il représentait. Lorsqu'il est reparti avec la troupe, éloignant Sarah de moi, j'ai voulu me lancer à leur poursuite, demander pardon. Il était trop tard. J'avais choisi.

CHAPITRE VIII

Une joie, un pressentiment étrange emplissaient Josué. Jérémie était sauvé. Il en avait la certitude. On avait dû le recueillir lui aussi, comme Sarah. Les autorités juives étaient passées, recherchant les rescapés, et l'enfant s'était fait connaître. Jérémie était donc sauvé. Il savait où le rechercher. En attendant, lui était prisonnier de l'orphelinat. Mais dès sa sortie... Peut-être s'évaderait-il ? L'idée lui en vint subitement après le départ de Sarah. Il n'avait rien à faire là. Après lui avoir appris les bonnes manières, le bon parler, on lui enseignait maintenant les rudiments du français et de l'espagnol. Tels étaient les bénéfices que lui avait valus son attitude, son mensonge. Mme de Ruyder n'y fit jamais allusion. Elle redoubla seulement gentillesse. Elle pardonnait. Il récitait si bien le Décalogue, sans une hésitation. Lui, se doutait-il qu'il courait tête la première, obstiné, vers la conversion ? Il tournait dans sa cage dorée. Depuis que Sarah avait disparu, il ne se mêlait plus jamais au peuple des enfants. Il rêvait de fuir par n'importe quel moyen. Il avait même échafaudé de voler les clés ; mais un événement fortuit ouvrit sa prison.

C'était un dimanche midi. M. et Mme de Ruyder étaient rentrés de la messe, après avoir laissé Josué plongé dans *La Cour du Paradis* dont il dévorait les sermons avec délices, se promettant d'être immensément sage. Quand il leva les yeux, Josué se trouva en présence de deux imposants personnages qu'il ne connaissait pas. L'homme le surprit par son embonpoint, sa démarche lourdaude, ses pieds en canard et son nez démesurément rond et grêlé. Sa femme ne déparait pas. C'était une énorme matrone aux yeux ronds et bons, dont le corps replet disparaissait sous une très ample cape. Monsieur le docteur Vercruys et Madame. On déjeuna avec eux. Josué, durant tout le repas, surprit sans cesse, dans le silence pesant, les regards qui s'échangeaient. Il y était question de lui, bien sûr, mais pour quelle raison ? Mme de Ruyder, toute de finesse, pressa Josué de raconter sa vie tandis que, sans un mot, les Vercruys le couvaient du regard. Josué fut sobre. Une pointe d'émotion, seule, à l'évocation de Jérémie. Ce fut tout. Il dit la bonté de Mme de Ruyder, ses apprentissages et la lecture quotidienne des livres saints.

— Il les connaît par cœur. Un véritable phénomène, s'exclama Mme de Ruyder.

M. Vercruys, qui n'avait rien dit, se racla la gorge et, sans que Josué s'y attende, se lança dans une grande phrase qui le fit pâlir tandis que Mme Vercruys lui tapotait la cuisse.

— Après que le Conseil s'est réuni, l'accord a été conclu. Toi, Josué, à dater de ce jour, tu deviens notre fils adoptif.

Et ce fut tout. Josué fit semblant de ne pas comprendre. Il pensa qu'il n'avait plus besoin de voler les clés. Il sortirait de l'orphelinat en fils de prince : le Conseil en avait délibéré. Josué était dorénavant un Vercruys, affublé d'un père et d'une mère de substitution, et Mme de Ruyder pleurait d'émotion, de tristesse et de bonheur mêlés. Le jour même, Josué quitta l'orphelinat, suivant les pas de canard du gros M. Vercruys.

Journal – *Amsterdam. 1687.*

Ce qu'il me reste de ces années d'apprentissage ? Une énorme masse de souvenirs parmi lesquels je ne sais choisir. Comme si, très jeune déjà, je m'étais mis à collectionner des images de moi-même. Ne rien perdre, pour pouvoir dire, un jour.

Je me souviens de mon entrée chez les Vercruys, ceux que j'appellerais plus tard « Monsieur mon père » et « Madame ma mère ». L'entrée dans la richesse, le luxe, ce monde inconnu où tout était émerveillement. La peur même de regarder les objets, comme si mon regard avait pu les détériorer. Une chambre, une chambre pour moi seul, à l'étage et, disposés sur mon lit, m'attendant depuis des semaines, sans doute, les différents effets qu'on m'avait préparés. L'habit de cérémonie, surtout, qu'on me fit essayer aussitôt et qui devait servir le lendemain même.

Josué Karillo, fils de misérables gueux, allait, au sortir de l'église, endosser l'identité nouvelle de Josué Vercruys. Alléluia ! Mais Josué Karillo, conduit au temple en carrosse, n'avait pas oublié le prêche précédant le baptême.

— Un enfant de plus sauvé par Dieu Tout-Puissant.

Un juif pour lequel s'est ouvert le chemin de la grâce divine. Un juif, enfin, qui, échappant aux péchés de ses pères, gagnera les vertes prairies du Paradis...

Mais dans le mot « juif », il y avait trop de haine, trop de mépris. Je me souviens encore de cette modulation cassante, comme si le mot avait été craché plutôt que prononcé. Je fus seul à le remarquer. M. Vercruys était trop fier. Il n'attendait que le moment de me bénir devant une assemblée de notables dont je ne voyais que les visages rubiconds. On me fit fête, on but, on chanta, on me caressa, on m'interrogea. J'eus la fièvre. Ma journée s'acheva dans ma chambre où monsieur mon père et madame ma mère, affolés, vérifièrent que j'avalais bien mon orge mondé. Après quoi Madame ma mère me frictionna d'alcool.

Des jours qui passèrent, je ne sais que dire. Ma découverte du monde, de la ville. J'ai marché des heures, seul, le long des canaux, revenant à mon point de départ, sans jamais me tromper. Je possédais cette liberté que les Vercruys m'avaient accordée sans difficulté. Peut-être comprenaient-ils mon besoin d'air, d'espace, de grandes enjambées. Je revenais crotté, m'étant battu avec une bande d'enfants qui traînaient et que mon pourpoint amusait. Ç'aurait pu être autre chose. J'aimais me battre. Il y avait là un plaisir de revanche qui ne demandait qu'à éclater. Je n'avais pas peur de recevoir les coups, j'aimais en donner, le plus fort possible, jusqu'à la mort s'il le fallait. Un malheureux gamin en fit presque l'expérience. M'avait-il seulement regardé ? J'ai empoigné sa tignasse, je l'ai jeté à terre, et, de mes deux mains agrippées à sa chevelure, j'ai cogné son crâne contre les pavés, jusqu'à ce qu'il saigne, jusqu'à ce qu'il crève. Je me suis enfui en emportant avec moi le bruit sourd d'un crâne qui éclate. Rien ne m'avait rendu Jérémie, et c'est pour lui, sans doute, que j'entreprenais ces courses folles dans la ville, m'attendant à le retrouver dans chaque visage d'enfant que je croisais. Je guettais la sortie des écoles, ou bien j'errais parfois du côté de la grande synagogue, face à la tour de Montelbaan, mais qu'y aurait fait seul le petit Jérémie qu'on m'avait enlevé ? L'émotion me gagnait dans ce quartier-là. Je n'y prenais pas garde. Il flottait dans l'air des rues, dans les boutiques ouvertes, la saveur du yiddish et de cette autre langue inconnue de moi, ce judéo-espagnol dont M. Vercruys m'apprit l'origine. Amsterdam était devenue le dernier refuge des exilés de la terre.

J'aimais bien la façon dont monsieur mon père racontait l'histoire des Juifs chassés d'Espagne et du Portugal. Il parlait d'une voix douce, sans animosité envers ceux qu'il appelait de « pauvres gens ». Était-ce en mémoire de mon odyssée ? Je crois plutôt qu'il était tolérant, et que toute ignominie lui était insupportable. Il me dit le mal qu'avaient fait, le 2 janvier 1492, Isabelle et Ferdinand, les Catholiques. Quatre mois de délai pour tout vendre et partir. M. Vercruys tira de sa bibliothèque un livre de chroniques.

— Je ne pourrais te dire mieux. Je vais te lire. Les livres sont la mémoire du monde. Voici ce qui arriva à ceux qui s'enfuirent par la mer.

> « C'était un triste spectacle à voir. La plupart étaient épuisés par la faim et la soif... On aurait dit qu'il s'agissait de spectres : pâles, émaciés, les yeux révulsés, on les aurait crus morts, s'ils ne faisaient un mouvement, de temps en temps. Un grand nombre d'entre eux

moururent sur le quai, dans un emplacement qui avait été réservé à leur intention, non loin du marché... »

M. Vercruys se tut. Et je pleurais tandis qu'il me regardait.

— Sèche tes larmes, mon fils.

Il mit sa main sur mon épaule. Il y avait dans ce « fils » une telle tendresse que je me suis précipité dans ses bras. Et son bon gros visage m'a accablé de baisers.

Il ne fut plus jamais question de juifs à la maison.

M. et Mme Vercruys firent faire mon portrait par un peintre à la mode. D'année en année, je posais régulièrement et mes portraits ornaient chaque pièce de la grande demeure. J'étais l'enfant-roi, choyé plus que de raison, libre de mes mouvements, de mon temps, de mes amitiés. Je fréquentai la dernière année de l'école primaire dans le rez-de-chaussée d'un instituteur colérique, qui rangeait chaque matin les riches à sa droite et les pauvres à sa gauche. J'aurais voulu être pauvre. M. Hoorn, qui nous enseignait, portait un large bonnet et une longue toge ouverte. Il nous menaçait copieusement des verges. Tous les matins, dès huit heures, après la prière et la lecture d'un chapitre de l'Écriture, il fallait chanter un psaume. Puis il nous laissait travailler seuls. Pour les plus pauvres, M. Hoorn avait inventé une horrible punition. Il attachait au pied du bambin un pesant bloc de bois perforé ; durant des jours et des jours — M. Hoorn avait la rancune tenace —, l'enfant devait le traîner partout, où qu'il aille, dans la rue, à l'église. C'était intolérable d'entendre le frottement du bois sur le dallage de la salle d'étude.

Je n'ai rien appris, sauf peut-être en histoire sainte.

Il y était beaucoup question d'un Nouveau Testament et d'un juif nommé Jésus. Mon père ne m'en avait jamais parlé. On me retira de chez M. Hoorn pour une école française où j'appris la langue avec facilité.

Il arrivait qu'à table, après le repas, monsieur mon père ou madame ma mère m'adressent la parole en français. Les mots nouveaux étaient toujours beaux. Mes pensées les plus secrètes avaient, elles, la saveur de l'Enfer.

Ma quinzième année fut troublée par des pensées impures. Pendant des mois, je fis la même rêverie, avant de m'endormir : je frottais mon corps contre le corps de Sarah. C'est ainsi qu'elle me poursuivait, longtemps après notre séparation, et je me rapprochais d'elle chaque soir par des images désirées et redoutées. Dans la journée, si j'essayais de l'évoquer, jamais je ne parvenais à fixer son visage. Il se dissipait, brumeux, informe. Mais dès le soir venu, à la seule évocation de son prénom, son visage me revenait intact, ses taches de rousseur, ses yeux verts. Elle me regardait, et mon sexe travaillait si bien que je ne sus par quels moyens camoufler mon forfait. Car il s'agissait bien d'un forfait, odieux, infernal, mais lié à tant de plaisir. Personne ne m'empêcherait de faire revenir Sarah et son secret, chaque soir. Mais c'était terriblement mal. Mon père, mon véritable père m'avait prévenu. Un jour, il m'avait raconté l'histoire d'Onan. Dieu l'avait puni de mort pour avoir gâché sa semence. Et c'était désormais ce que je faisais, tous les soirs.

Je me confessai. Je fus vite absous. Mais c'était plus fort que moi. Le démon de la masturbation avait pénétré mon corps, s'était emparé de mon esprit. Un démon terrible, tentateur comme le serpent. J'en perdis le sommeil. Étais-je atteint d'une maladie incurable ?

Je fréquentais alors l'école latine. L'après-midi de l'examen bi-annuel, je fus pris de terreur durant l'interrogation, incapable d'écrire le moindre mot, tandis que le visage de Sarah revenait au moment où je m'y attendais le moins. Je me suis mis à trembler, à claquer des dents. J'étais si visiblement malade que le professeur me renvoya à la maison. Je me souviens encore du trajet que j'effectuai ce jour-là. Tout se brouillait dans ma tête, mes jambes ne me supportaient plus mais elles avançaient malgré moi. Le visage de Sarah me précédait. Je le chassais. Il revenait. J'ai suivi les canaux, prêt à m'y jeter pour arrêter le flot d'images luxurieuses qui se ranimaient, pour éteindre le feu qui me dévorait, trouver l'apaisement final. J'accélérai l'allure, je tentai de respirer profondément, m'épongeai le front. Rien n'y faisait. L'image de Sarah me rendait fou et c'est en bousculant dans le salon quelques patients venus consulter chez monsieur mon père que je me précipitai dans ma chambre. Dérangé par un bruit aussi inhabituel, M. Vercruys interrompit sa consultation pour venir me voir. J'arpentais ma chambre les larmes aux yeux, frappant du poing contre mon lit, contre les murs, contre ma tête aussi, douloureuse, torturée.

A peine était-il entré que je hoquetai :

— Je dois avouer, monsieur mon père, je dois avouer... Je commets chaque jour le même péché... Je suis damné.

Le pauvre homme ne comprenait pas. Je voyais son visage se renfrogner.

— Parle clairement, Josué. Je ne puis rien pour toi si tu camoufles ton langage. Parle clair.

— Mais c'est impossible, monsieur mon père, impossible. C'est trop mal...

— Rien n'est trop mal quand c'est dit, Josué. Faute avouée n'est-elle pas à moitié pardonnée ?

Je savais qu'il me pardonnerait, qu'il saurait m'écouter, mais la honte m'étouffait, la honte de n'avoir su me maîtriser, de m'être laissé entraîner par cette image de Sarah et par ce corps qui avait l'air de ne plus m'obéir. Mais il y avait aussi tout ce plaisir. Je murmurai :

— Chaque soir, au coucher, c'est plus fort que moi. Il me vient des idées. Puis...

Je ne pouvais continuer. Monsieur mon père prit la suite gentiment.

— Puis il se passe des choses qui te dépassent. C'est cela, Josué ?

Je le remerciai de parler à ma place. Je le remerciai du sourire qu'il esquissa.

— Tu sais, Josué, j'ai été jeune, moi aussi, avant toi.

Il savait. Il savait aussi. Mieux que moi, sans doute, et cela ne l'avait pas empêché de devenir médecin. Peut-être serais-je sauvé, moi aussi ?

M. Vercruys ferma la porte et vint s'asseoir près de moi, sur mon lit.

— Laisse faire la Nature, Josué. La Nature est toujours bonne.

Il s'est levé et m'a quitté. Comment lui dire merci ?

Sarah est revenue me hanter quelquefois, mais plus jamais la honte n'est réapparue. Mais pourquoi Sarah, après tant d'années ? Pourquoi son visage, son corps et non celui d'une autre jeune fille qu'il m'était arrivé de croiser, de rencontrer ? Peut-être était-elle le dernier lien avec mon passé. Me fondre en elle, ç'aurait été renouer avec lui, après l'avoir abandonné lâchement. Un signe du destin ? Une de ces rencontres qui ne prennent sens qu'après, longtemps après ?

Mais pourquoi le vieil homme que je suis n'a-t-il choisi, parmi toutes ces années, que ces quelques épisodes ? Je ne vois d'autre explication que mon amour de la vérité et des êtres. L'amour pour l'enfant que j'ai été et qui a dû souffrir des affres de son sexe. L'écrire, c'est le dire à tous, c'est offrir à la pâture publique ce qui est singulier mais qui touche aussi à l'universel. Nous sommes tous fruits de la souffrance, tous, sans exception. La mienne fut d'ordre sexuel. Que fut la vôtre ? Interrogez l'enfant qui est encore en vous, l'adolescent qui vous tourmente encore, peut-être y trouverez-vous quelques miettes de malheur et de bonheur mêlés.

Ce qui me frappe à la relecture de ces pages, c'est l'étonnante absence de madame ma mère. Rien ne semble même indiquer qu'elle existât. C'est lui faire injure. Elle était bonne, attentive, souriante mais elle ne pouvait être ma mère. Dès qu'elle tendait la main pour un geste de tendresse, je la rejetais violemment. J'étais trop grand à mes propres yeux pour accepter ces gamineries, et rien ne pouvait remplacer la chaleur des bras de ma mère disparue à ma vue, soudainement, pour l'éternité. J'ai parfois mendié auprès de Mme Vercruys une chaleur qu'aussitôt je refusais. Je préférais suivre le chemin que m'indiquait monsieur mon père. Être médecin, comme lui.

Il avait du mal à comprendre mon engouement pour les leçons de dissection. La théorie de la circulation du sang heurtait ses certitudes. Galien avait ses sympathies. Les miennes allaient à Harvey et à ses *Exercitationes de motucordis et sanguinis circulatione* que j'avais dévorés. Avec l'entêtement d'un néophyte, je lui jetais toutes mes connaissances à la tête. Il écoutait sans perdre son calme, avec fierté aussi, je pense. Sans que je me l'explique, pourtant, j'avais plus d'attirance pour les maux intérieurs, ces souffrances qu'aucune altération ne signale mais qui laissent les malades dans un état de délabrement mental. Combien d'heures ai-je passé, les visitant, accompagné d'un médecin, auprès de femmes dont le corps entier disait la maladie sans qu'on puisse vraiment la trouver. Femmes glacées, tremblantes, ne parvenant pas à reprendre haleine, et que mon maître classait comme hystériques ou renvoyait à la religion. Seul l'exorcisme pourrait les sauver. Ces « fumées », ces « vapeurs » dont il m'entretenait devant elles et qui, émanées d'une matrice malade, envahissaient progressivement l'organisme, ne savaient me convaincre. Comme ces femmes, j'avais eu froid. Comme elles, j'avais eu chaud dans le même moment. Comme elles, j'avais passé des heures cloué sur place, ne sachant quelle attitude prendre, entre le rire et les larmes. Comme elle, j'avais souffert et n'avais pourtant point d'utérus à incriminer. La cause était ailleurs. Je n'osais contredire mon maître, mais j'en avais la certitude. Monsieur mon père, lui, ne me contredisait point. Il avait soigné de tels malades, et parfois sa seule présence suffisait à éloigner le mal. Il ne se l'expliquait pas : il constatait. Moi, je voulais comprendre. C'est ainsi que, très tôt, je me mis par goût à fréquenter les asiles, pensant un jour pouvoir soulager ces malades qui, frappés de dementia, *amentia, fatuitas, stupiditas, morosis,* souffraient sans que rien ni personne ne vînt à leur secours.

CHAPITRE IX

Josué est médecin. Il a vingt-deux ans. Il a soutenu brillamment sa thèse et ne songe qu'à soigner. Son père, lui, ne songe qu'à le marier. Il n'est pas question d'amour, mais de convenances. Il faut qu'un médecin soit marié. C'est important pour la clientèle. Aussi important que le logis que M. Vercruys a acheté et dans lequel il a installé son fils. Une bibliothèque bien montée y prouve que notre jeune médecin n'est pas un ignorant. Quelques seringues à clystère, quelques bassins, quelques fioles et une spatule suffisent au nécessaire. M. Vercruys adresse à son fils une clientèle choisie. Mais un médecin sans femme bafoue les principes de l'honnêteté. On va donc pourvoir aux besoins de Josué.

Chaque dimanche qui suivit son installation vit défiler dans la salle à manger des Vercruys tout ce qu'Amsterdam comptait de filles à marier — issues de la riche bourgeoisie, s'entend. Aux premiers jours, Josué tempêta, protesta. Il dut se résigner. Il attendait le dimanche la mort dans l'âme, rougissant à la seule pensée d'un regard jeté sur lui par plus timide que lui. A l'église, le dimanche, il se sentait épié par une kyrielle de demoiselles qu'il s'attendait à voir défiler chez lui, un prochain dimanche. Les Vercruys, eux, s'abstenaient de tout commérage. Ils faisaient les présentations, simplement, comme le voulait l'usage, puis laissaient les jeunes gens à l'écart où s'engageait la conversation. Certains dimanches, plus terribles encore, c'était à Josué de se déplacer. On l'attendait avec les honneurs puis on se retirait, laissant les jeunes gens à leur solitude amoureuse. Josué était pataud et, se sentant ridicule, proférait trois, quatre paroles de compliments puis décidait que la demoiselle ne ferait pas l'affaire. On se séparait.

— Mais, monsieur mon père, ce n'est pas le mariage que je veux.

— Que tu le veuilles ou non, tu seras marié, mon fils.

M. Vercruys disait vrai. Puisqu'il fallait se décider, le visage de Josué s'anima à la vue d'une grande jeune fille d'une beauté saine, appétissante. L'entretien qu'ils eurent dura plus de trois heures. Et Josué revint enchanté. Elle savait lire, écrire et jouer de la musique. Mme Vercruys pleura de joie. Les fiançailles furent décidées et Josué se laissa conduire vers le mariage. On échangea les anneaux, grosses bagues massives gravées d'allégories conjugales. Puis dans un grand silence, Maria et Josué échangèrent leur sang : une toute petite blessure au doigt des fiancés. Chacun but une goutte du sang de l'autre. M. Vercruys fit don à Maria d'un étui à ouvrage portatif contenant un miroir en or en plus des ciseaux, du couteau et des aiguilles. Les fiançailles étaient scellées.

La célébration du mariage eut lieu le soir, à l'église réformée, en présence d'un prédicant. Josué, après avoir dit « oui » passa son anneau au doigt de Maria. Et le cortège sortit dans la rue à la lueur des flambeaux. La fête se déroula chez les Vercruys qui avaient préparé leur demeure selon les conventions. Les murs brillaient de tous les miroirs de la maison qu'on était allé dépendre. Des couronnes, des Cupidons grassouillets, des guirlandes fleuries tombaient des plafonds surchargés de mauvais goût. Les mariés prirent place au centre du salon sur deux sièges aménagés en trônes et chacun put admirer la robe de Maria taillée dans un drap d'or. Puis ce furent les félicitations et les cadeaux : une chaise, une table basse, de l'argenterie, un chaudron... On servit alors aux époux une coupe d'hypocras et au marié fut offerte la traditionnelle pipe ornée de feuilles tandis que, dans les pièces voisines, on n'avait pas attendu pour boire, fumer et déguster des biscuits et de la confiture.

Josué reconnaissait çà et là quelques camarades de faculté, ses garçons d'honneur, mais à vrai dire, tout lui échappait. Trop de visages inconnus, trop d'amis de ses parents, de ses beaux-parents. Il eut l'impression qu'on lui volait *son* mariage, que tous ces gens se mariaient à sa place dans une fête immense dont il n'était pas le maître d'œuvre, mais le simple exécutant d'un rite qui pouvait aussi bien se passer de lui. Le vertige le prit. Il serra fermement la main de Maria qui lui répondit par un sourire perdu. Les événements la dépassaient, elle aussi. On se mit à table. Trois musiciens accompagnèrent les plats au son du luth, du hautbois et de la viole de gambe. On mangea beaucoup, on but allègrement. Un ami de Josué récita même un poème en français en l'honneur des époux. Peu d'invités comprirent mais il fut applaudi chaleureusement et, dans l'attente du plat suivant, on chanta en chœur, avant de se mettre à danser.

Plus l'heure approchait de se retrouver seul avec Maria, plus Josué souhaitait que la fête ne s'achève jamais. Il prit même plaisir au chahut qui s'organisa. Les garçons d'honneur tentèrent de faire sortir les époux à l'insu des invités. Aussitôt, ces derniers s'emparèrent de Maria, la cachèrent dans la maison tandis que Josué, pris d'angoisse, souhaitait qu'on ne la retrouvât point. Mais ce n'était pas de jeu. La mariée fut retrouvée et Josué dut promettre aux invités d'organiser prochainement un banquet en leur honneur. Sous les applaudissements, les jeunes mariés quittèrent la maison familiale, accompagnés jusqu'au logis de Josué par les plaisanteries paillardes des garçons d'honneur. Quand la porte s'ouvrit et que les nouveaux mariés prirent possession des lieux, qui, de Josué ou de Maria, eut le plus peur ? Aucun des deux ne laissait rien paraître, ne trouvait les mots à dire. Ils errèrent dans la demeure, inquiets, jusqu'au moment où Josué s'approcha de sa femme et l'enlaça. Il sentit qu'elle tremblait. Il relâcha son étreinte.

— Ce n'est rien Maria, viens.

Elle le suivit vers la chambre à coucher. L'expérience de Josué ne pouvait guère l'aider. Quelques amourettes ne forgent pas l'âme d'un conquérant.

En chemise tous deux, allongés dans leur lit, ils n'osaient ni se parler ni se toucher. Mais enfin ils étaient mariés et Josué devait se montrer digne de sa qualité d'époux. Il le fut. Maria ferma les yeux et le laissa la pénétrer. Elle était désirable. Josué le lui dit. Entendit-elle ? Crispée, elle s'offrit au devoir conjugal. Josué fut attentif à tous ses gestes, dans la crainte de la faire souffrir. Il découvrit en elle une violence et une tendresse qu'il ne soupçonnait pas. C'est elle qui l'attira en elle avec fureur, marquant de ses ongles les épaules de son époux, possessive. Puis, avec douceur, elle lui caressa les cheveux, la tête, longuement, patiemment. Elle lissa de sa main le corps de Josué raidi par l'étreinte et, quand dans un spasme, il répandit sa semence en elle, elle le fixa d'un regard d'une infinie douceur qui étonna Josué.

Ils prirent du temps à se connaître, à n'avoir plus honte de leur corps enveloppé d'une longue chemise. Ils rirent bien des fois de leur pudeur passée tandis que parents et beaux-parents s'impatientaient d'une naissance que Josué et Maria espéraient et qui pourtant ne venait pas. Il fallait s'y résoudre : le mariage ne portait pas ses fruits.

Josué, dans un accès de culpabilité, sentit renaître en lui les vieux démons qu'il avait combattus adolescent. En médecin consciencieux, il relut en tremblant les traités savants qui affirmaient que la masturbation était le pire des maux, qu'elle avait peut-être détruit et stérilisé en lui sa liqueur séminale. Il s'en voulait. Il regrettait ses folies d'autrefois. Mais quand il lut les *Trois livres des maladies et infirmités des femmes* de Liébault, il ne put s'empêcher de sourire. Quel écart entre ce qu'on y décrivait et ce qu'il ressentait en lui ! Rien de ressemblant à ce qu'il vivait. Les malades s'y présentaient, porteurs de symptômes d'une rare précision.

> « Ils n'ont pas de fièvre, et quoiqu'ils mangent bien, ils maigrissent et se consument. Ils croient sentir des fourmis qui descendent de la tête le long de l'épine.

> Toutes les fois qu'ils vont à la selle ou qu'ils urinent, ils perdent abondamment une liqueur séminale et sont inhabiles à la génération. »

Non, décidément il n'était pas atteint de cette « consomption dorsale » qu'Hippocrate, le premier, avait identifié. Il n'était qu'un époux heureux et malheureux, et les livres de médecine lui donnaient la nausée. Liébault n'avait-il pas trouvé comme dernier remède à la stérilité, qu' « après s'être lavé les pieds », l'époux devait « s'oindre le membre viril de graisse d'oie, ou d'huile de baume ou de lys, ou d'huile de lézard » ? La colère envahit Josué. La médecine ne lui recommandait que ce qu'offraient charlatans et guérisseurs sur les champs de foire. Les paroles mêmes de son père l'irritaient. Maria était cause de tout, à coup sûr. C'était elle la responsable. Et M. Vercruys de s'interroger sur la matrice trop froide de sa bru qui, à n'en pas douter, éteignait la semence. Propos de médecins entre eux et non plus de père à fils. C'est ce que Josué ne pouvait souffrir. Et cette sollicitude bienveillante mais pesante l'exaspérait. Un jour, il fallut bien vider l'abcès.

JOURNAL – *Amsterdam. 1687.*

Père et moi fumions paisiblement la pipe, installés dans son cabinet. Je me tenais face à lui, n'osant proférer un mot de ce que j'avais ruminé le jour durant. J'attendais que, par un propos détourné, il me permette les récriminations qui m'assaillaient. Ce fut fait lorsqu'il soupira profondément.

— Ne serai-je donc jamais grand-père, mon fils ?

Je l'assassinai d'une phrase qui me surprit moi-même.

— Avant d'être grand-père, il faut avoir été père, vous semblez l'oublier. Ne m'avez-vous pas adopté parce que vous-même et madame ma mère ne pouviez avoir d'enfant ?

Jamais jusqu'à ce jour cette question n'avait été évoquée. Jamais, bien que la langue me brûlât, je n'avais osé demander le pourquoi de mon sauvetage, ce coup de patte au destin qui m'avait tiré hors de l'orphelinat. J'en remerciais monsieur mon père, mais en secret. Et soudain, à l'âge de vingt-quatre ans, je lui enfonçais au cœur un trait venimeux.

Je le vis pâlir et serrer sa pipe avec rage. Je l'avais blessé et ne souhaitais demander quelque pardon que ce fût.

Il bredouilla quelques paroles d'excuse. Il n'en voulait pas à Maria. Elle était hors de cause. Peut-être qu'avec le temps... Mais à sa voix blanche, je sentis que j'avais touché plus que juste. Le visage de père était blême.

— C'est vrai Josué, ta mère et moi...

Il ne put continuer. Un sanglot étouffa sa voix et je dus assister impuissant au spectacle de son effondrement. Y a-t-il épreuve plus redoutable que l'écroulement subit de l'être qu'on a le plus admiré ? Il tenta de cacher ses larmes, me souriant difficilement, puis, dans le silence, s'abandonna aux pleurs. J'allongeai le bras et posai ma main sur son genou. Je sentis la chaleur de sa main sur la mienne. Comme pris par la honte, il la retira brusquement. Il venait de retrouver sa sérénité. Père se livra alors aux confidences.

— Quinze années nous avons espéré un enfant. Quinze années de souffrances, Josué. J'aimais ta mère comme nul être au monde mais elle ne pouvait me donner d'enfant. Tu es celui que le Ciel a déposé sur notre route. Tu es notre fierté, Josué, notre fils. Je te demande pardon. J'ai connu les mêmes douleurs qui te torturent. J'ai seulement feint de les oublier. J'ai accablé ta femme de reproches comme je n'ai jamais osé accabler ta mère. Mais il est vrai que je lui en ai voulu.

Je ne pus rester insensible à ces confidences, ni à la sincérité de ce vieil homme qui parlait vrai.

— Monsieur mon père, ai-je avoué, je m'en veux de vous avoir poussé à bout. Puisse le Ciel vous donner le petit-fils que vous espérez.

« Puisse le Ciel »... « S'il plaît à Dieu »... « Puisse le Seigneur »... Autant de formules magiques dont j'ai usé comme tout un chacun. « Puisse l'éternelle et inaltérable Sagesse du Dieu Tout-Puissant »... Paroles qu'avec peine je rapporte à nouveau, aujourd'hui vides de sens. La Sagesse du Dieu Tout-Puissant m'a ravi à jamais tous ceux que j'aimais. Comment voudrait-on que ne s'élèvent pas ma plainte, mon amertume, mon chagrin ? Le Seigneur m'a repris tout ce qu'il m'avait donné. Comment ne pas douter de son existence ? Comment ne pas l'identifier au Mal lui-même ?

Dans les bas quartiers, la maladie se répandit sans qu'on s'y attende. Les gens y mouraient en un instant, d'autres agonisaient des journées entières, rongés par une fièvre intense, une soif ardente. A leur chevet, il suffisait d'observer leur regard fixe, de tâter leur pouls lent, irrégulier, d'entendre les folies qu'ils proféraient pour être assuré qu'il ne pouvait s'agir que du Mal absolu, celui que tous redoutent et qu'aucun ne veut nommer. D'une maison à l'autre, d'un taudis à l'autre, ce n'étaient que corps frissonnants et, quand apparurent les premiers bubons, le doute ne fut plus permis. Les enterrements succédaient aux enterrements, les pasteurs couraient de bénédiction en dernier sacrement. Dans les rues, j'étais sans cesse agrippé par quelque malheureux qui me suppliait de dire la vérité. Je le rabrouais, passant mon chemin qui me conduisait vers d'autres malades. Les autorités ne voulaient pas nommer la peste. Ils parlaient d'un mal nouveau venu d'Orient, et nous, médecins, devions, sur ordre, taire l'horrible mal qui s'abattait sur la cité. Il n'y eut bientôt plus d'enterrement, personne pour suivre les défunts à leur dernière demeure. Des charrettes jonchées de cadavres passaient à la sauvette dans les rues pour déverser, avant le lever du soleil, morts et mourants mêlés, dans d'immenses fosses communes aussitôt recouvertes de chaux vive. Plus une demeure qui ne s'inquiétât des progrès du mal. On vit partir vers leur résidence campagnarde les plus riches bourgeois. On vit se ruer vers les portes de la ville les plus miséreux, fuyant on ne sait où, des pasteurs quitter leur paroisse, des médecins abandonner tout soin et s'enfuir comme des pleutres. On vit des feux brûler à chaque carrefour, des chiens, des chats abattus par milliers et des églises désertées dans la crainte de la contagion. Des cadavres envahirent peu à peu les rues. On tenait sa maison fermée, on enfumait les chambres avec de la résine et de la poix, du soufre ou de la poudre à fusil. Plus une lettre ne me parvenait sans que je l'asperge aussitôt de vinaigre. Plus un achat ne s'opérait sans que la plus grande distance ne séparât marchand et acheteur. Le boucher ne tendait la viande qu'à l'aide d'un crochet. C'était la peste, le mal atroce, imprévisible, mortel. Elle pouvait me prendre à n'importe quel moment. Elle pouvait toucher mon père, ma mère, Maria. Je remerciai le Seigneur de n'avoir point de progéniture. C'était une vision d'Enfer que ces nourrissons mourant dans les bras de leur mère, folle de désespoir, et qui ne leur survivait que rarement. Quelle impuissance que la nôtre ! Père, comme moi, courait de maison pestiférée en lazaret et nous ne nous endormions que fort tard, harassés, les yeux gavés d'horreur. Maria était d'un dévouement sans limites. Je ne sais aujourd'hui encore s'il faut l'en blâmer. Elle aurait pu, comme tant d'autres, et selon mes recommandations, s'enfermer dans notre demeure après que nous eûmes fait provisions suffisantes pour vivre sur nous-mêmes pendant plus de trois semaines. Mais elle s'y refusa, prétendant qu'aider autrui était un devoir sacré. Elle passait donc ses journées à l'hospice auprès de miséreux que leur famille avait pu tirer jusque-là, et dont l'agonie douloureuse était adoucie par les soins qu'elle leur prodiguait. Il suffisait parfois d'une parole charitable pour voir un sourire s'éveiller sur les lèvres des mourants.

Un soir, je ne trouvai pas Maria pour m'accueillir à mon retour. Elle s'était alitée dans notre chambre, prise d'une céphalée et d'une fièvre qu'elle m'avait cachées depuis la veille. Immédiatement, je me suis inquiété. A son chevet, je lui pris la main. Elle me regarda avec douceur, surmontant sa douleur.

— Va, ce n'est rien. Juste une migraine.

Elle mentait pour me rassurer. Elle mentait pour me cacher son corps, pour que je me garde de l'examiner.

Mais les terribles bubons avaient fait leur apparition et sa souffrance était atroce. La peste était entrée dans ma demeure. Quand Maria comprit que je n'étais pas dupe, elle me supplia.

— Ne reste pas, Josué. Clos la porte. Sauve-toi. Tu ne peux plus rien pour moi. Je suis entre les mains du Seigneur. Ne sois pas victime volontaire. Ne t'approche plus de moi. Il le faut.

Ses mains se crispaient. Elle serrait les dents et son visage se tordait. Toute parole lui était un supplice.

— Fuis, Josué, fuis.

J'aurais donné ma vie pour Maria. Plût au Ciel que la peste m'emporte avec elle. Je pleurais de rage et d'impuissance mais je me détournai, ne voulant lui offrir l'image d'un époux éprouvé. Il fallait crever les bubons, les abcès qui la torturaient. Il fallait la soulager. J'appliquai de forts emplâtres. Ils furent inutiles. Je dus me résoudre à inciser. Maria hurla de douleur. Je lui murmurai des paroles de tendresse, des paroles de douceur mais, à chaque incision que je pratiquais, elle se redressait, me repoussait avec violence, tentait de s'arracher du lit de souffrances où elle gisait, pareille à ceux qu'elle avait soignés et qui parfois s'échappaient de l'hospice pour aller tout simplement se jeter dans les eaux noires des canaux. A genoux auprès d'elle, je lui pris la main, la pressant, la suppliant de ne pas me quitter sans un dernier regard, un dernier mot. Mais elle souffrait trop et ses yeux brillants ne disaient plus rien que la douleur. Combien de temps suis-je resté à ses côtés, après qu'elle eut rendu l'âme ? Qu'ai-je fait au matin lorsque la charrette des morts est passée sous nos fenêtres ? Je ne me souviens que du froid qui me glaçait, du corps inerte de Maria et du bruit de la rue qui me parvenait. J'étais condamné à vie. Le mal ne m'avait épargné que pour me frapper plus cruellement. Je me souviens de la marche chancelante qui me conduisit chez monsieur mon père, à la recherche d'une impossible consolation. Je n'ai que le souvenir des gémissements que je poussai lorsque je vis son corps et celui de ma mère transportés comme viande morte sur les épaules des deux gaillards qui les déchargèrent brutalement dans un tombereau déjà plein de morts. Je voulus les tirer de là, mais les deux gaillards m'insultèrent. Pour un peu, ils m'auraient tué. Dès lors, je ne fus plus qu'un corps errant dans les rues, titubant, n'osant plus rentrer chez moi à l'idée de la désolation qui m'y attendait. J'entrai m'asseoir dans une taverne. Autour de moi les hommes buvaient, chantaient à tue-tête pour s'étourdir, pour s'assurer qu'ils goûtaient le bonheur d'être encore en vie quand ils ne voyaient autour d'eux qu'angoisse et affliction. Ce débordement me donna la nausée. Je fus pris de vomissements, on me chassa sur-le-champ. N'était-ce pas là le premier signe du mal ? Des jours durant, j'allai à la rencontre de la mort. Ma lâcheté passa pour dévouement. Je ne dormis plus, je soignai, j'incisai, je fis tout ce qui était en mon pouvoir pour que la mort m'atteigne. Rien n'y fit. Il fallut me résigner à vivre.

La folle rumeur de Smyrne.

CHAPITRE X

Après qu'on eut enlevé le corps de Maria, Josué brûla rapidement tous les effets de son épouse, la literie et les tentures, à l'exception de la couronne de mariée. Il ne s'en sépara qu'à contrecœur, jetant dans les flammes ce symbole qui avait perdu tout sens. Il quitta son logis et s'installa dans la demeure de monsieur son père, dont il héritait. Les livres furent un temps ses seuls compagnons de détresse. Il s'absorba dans la lecture de Sénèque et de Plutarque. La douleur était devenue coutumière, l'horreur le pain de tous les jours. Peu à peu, cependant, le mal baissa d'intensité. On vit réapparaître des corbillards. La vie, elle aussi, reprenait son cours. La ville pansait ses plaies, les paroisses comptaient leurs défunts, les églises se remplirent. Les prédicants bénirent le Ciel pour les survivants, et l'on entendit à nouveau le psaume 91, celui de la confiance en la providence divine.

> « *Seigneur tu es*
> *mon abri et ma forteresse*
> *mon Dieu en qui je me confie!*
> *Car c'est lui qui te délivrera du filet de l'oiseleur,*

*du fléau des malheurs,
de son plumage il te couvrira
et sous ses ailes tu te réfugieras.*

*Sa vérité est un bouclier
tu ne craindras ni la terreur de la nuit,
ni la flèche qui vole durant le jour,
ni le fléau qui marche dans l'obscurité
ni la peste qui dévaste en plein midi.*

*A ton côté mille tomberont
et dix mille à ta droite
mais rien ne te surviendra !
Tu n'as qu'à regarder de tes yeux
et tu verras la punition des méchants.* »

Ces dernières paroles, Josué ne pouvait les prononcer. Pour quelle faute son père, sa mère, Maria avaient-ils été emportés ? Était-ce eux les « méchants » dont il était question ? Dieu s'était trompé. Il avait frappé au hasard, sans véritablement connaître le cœur des hommes. Ce Dieu de châtiment n'était pas le véritable Dieu. Ce jour-là, Josué sentit monter en lui, debout dans l'église, une rage venue d'une autre époque. Une rage qu'il avait voulu oublier et qui lui revenait soudain, irrépressible. C'était l'enfant Josué courant à bout de forces, essoufflé, dans la campagne, poursuivi par le galop d'un imaginaire Cosaque lancé à sa poursuite. C'était l'enfant Josué voulant mourir et n'y parvenant pas. C'était lui encore, prenant par la main un autre enfant et conduisant ses pas. Alors l'image de Jérémie resurgit, telle une évidence. L'image de cet enfant laissé pour mort au bord d'une route. Sans comprendre, Josué sentit renaître en lui une prière oubliée, et qui soudain lui échappa.

> « *Si je t'oublie Jérusalem*
> *Que ma main droite se dessèche!*
> *Que ma langue s'attache à mon palais*
> *Si je perds ton souvenir...* »

Et c'étaient des mots hébraïques qu'il prononçait. Les mots d'une langue abolie, qui surgissaient sans qu'il pût surmonter l'émotion qui l'envahissait. Tandis que tous, debout, chantaient la gloire de Dieu, Josué quitta l'église à pas lents, sûr de lui-même, indifférent aux regards qui s'étonnaient qu'un homme de sa condition abandonnât l'office à cet instant précis. Il marcha longtemps dans la cité, répétant inlassablement : « Si je t'oublie Jérusalem... »

Il n'avait rien oublié. Et, dans un éclair, il comprit que la peste n'avait été qu'un signe du Seigneur. Il avait trahi : il avait payé une énorme dette. Sa trahison d'enfant — que son âge n'excusait pas — Dieu en avait tenu compte, sans qu'il y pensât.

Ce fut une nuit terrible pour Josué. Dans la demeure paternelle où il avait installé son cabinet, il fit l'inventaire d'une vie, la Bible posée sur ses genoux. Il la feuilletait au hasard et tout ce qu'il y trouvait prenait un sens nouveau.

> « Le Seigneur te frappera du bouton d'Égypte, de bubons, de gale et de croûtes, dont tu ne pourras te guérir. »

« Le Seigneur te frappera de démence, d'aveuglement, de stupidité de cœur ; tu seras tâtonnant en plein midi, comme tâtonne l'aveugle dans l'obscurité, tu ne réussiras pas dans tes démarches, tu ne seras jamais qu'opprimé et spolié tous les jours, sans personne pour te secourir ! »

Ces mots, lus ce jour-là, à la lueur d'une chandelle, dans l'abîme d'incertitude qui habitait Josué, se coloraient d'une vérité qui le faisait frémir. Il avait abandonné les siens dans l'hypothétique espoir de se délivrer d'une souffrance immense. Il avait voulu oublier son père, sa mère, tous les siens assassinés par les Cosaques. Il les avait quittés en toute conscience et Dieu lui avait rappelé sa lâcheté, emportant dans la pestilence le monde de mirages qu'il s'était rebâti. Il avait adoré le Veau d'or et la colère divine était à la mesure de sa faute. Il s'en persuada, cette nuit-là, parcourant les chambres comme un dément, riant et pleurant à la fois, maudissant et bénissant l'Éternel. Il lui fallait retourner aux siens. Jusqu'à ce jour, il n'avait vécu que dans le mensonge. Son repentir serait à la mesure de sa faute. Mais dans le même moment, il ne pouvait s'empêcher de contempler les restes de cette vie passée qu'il avait pourtant aimée. Il contempla longuement la grande bibliothèque que lui avait léguée son père. Tous ces livres maintes fois lus n'étaient que fausse sagesse. Dans la solitude de son cabinet, tard dans la nuit, ayant séché ses pleurs, Josué se sentit prêt à affronter de nouveau la vie, un autre Dieu au cœur. Le Dieu des siens, l'Éternel qui l'avait frappé.

On le vit, dans les jours qui suivirent, hanter le quartier juif de la ville, entrer dans la grande synagogue sous le regard curieux des juifs en prière. Nul n'aurait su dire ce que cet homme faisait là, l'air égaré. Il ne demandait rien. Il s'installait sous le porche, dévisageant ceux qui entraient, ceux qui sortaient. Dans chaque regard qu'on lui jetait, il voulait reconnaître celui de l'enfant Jérémie dont il avait guidé les pas. Il était prêt à se faire reconnaître, à supplier, à demander pardon. Josué était à ce point persuadé que le Seigneur avait aussi épargné Jérémie qu'il s'enhardit. Brûlant de fièvre, bravant sa timidité, un jour, à l'heure de la prière, il s'avança dans la synagogue et cria :

— Seigneur, ayez pitié de moi. Je suis juif. Je l'ai caché. J'ai été baptisé. Mais je suis juif, je le jure. Seigneur, aidez-moi.

L'émoi fut considérable. On tenta de le faire taire mais il redoubla de véhémence.

— Je suis des vôtres, ne m'abandonnez pas. Je suis juif, comme vous.

Il fallut user de la force. Six hommes l'empoignèrent tandis que Josué, se laissant entraîner vers le porche, pleurait à chaudes larmes.

— Ne m'abandonnez pas.

Il resta là, à terre, abattu, la tête sur les genoux, secoué de sanglots. Un des chefs de la communauté, qui bien des fois l'avait observé, lui adressa la parole.

— Qui es-tu, toi qui troubles l'office divin ? Dis-moi qui tu es pour oser ainsi profaner notre lieu de prières ?

Josué parla longuement. Un des Parnassim l'écouta avec bienveillance.

JOURNAL – *Amsterdam. 1687.*

J'ai retrouvé le goût de vivre. Je me suis remis frénétiquement à l'étude, retrouvant les lettres carrées de mon enfance et, curieusement, sans effort aucun, toutes les vieilles prières oubliées sont remontées à ma gorge. Je les hurlais davantage que je ne les disais. Je sentais mon cœur gonfler d'une joie nouvelle. Mais c'est d'abord vers mon père que sont allées toutes mes pensées et, lorsqu'ils me furent appris, je dis pour lui les mots du Kaddish, cette prière des morts que je n'avais su dire devant sa tombe creusée de mes mains.

> « Que le nom de l'Éternel soit glorifié et sanctifié dans ce monde, qu'il renouvellera un jour, alors qu'il ressuscitera les morts pour les appeler à la vie éternelle, édifiera la ville divine, la Jérusalem céleste, pour y établir son trône dans toute sa gloire. A cette époque l'idolâtrie et la superstition seront bannies ; le culte du vrai Dieu, du Dieu UN, sera établi sur toute la terre, et le Très Saint, béni soit-il ! régnera dans toute sa majesté. Oh ! que ce soit bientôt, de nos jours et du vivant de toute la maison d'Israël, et dites Amen... »

J'avais renoué les fils rompus. J'étais dans le droit chemin. Chaque jour, après mes consultations, je me rendais soit à la maison de prières, soit dans la demeure d'un vieil érudit qui, patiemment, refaisait avec moi tout le chemin perdu. Je lus les prophètes, les commentaires de Rachi. J'étais un écolier appliqué, entouré d'autres écoliers, jeunes et vieux, qui s'interrogeaient inlassablement sur les prescriptions de la

Michna. Je garde encore le souvenir d'un long débat sur la première Michna du Talmud. Il s'agissait de savoir, à quel moment, le soir, on devait lire le Chema, cette prière du matin et du soir, éternellement répétée : *Écoute Israël, Yahvé notre Dieu, Yahvé est UN...* Les commentaires allaient bon train. Mais poser la question du soir, c'était aussi poser la question du matin. Quand, le matin, devions-nous lire le Chema ? Pour chaque Michna, une Guemara, un ensemble de commentaires sur lesquels il fallait encore discuter. Le soir durait-il jusqu'à l'aube ? Jusqu'à minuit ? Et quand commençait donc le matin ? Puisque chaque juif était tenu de lire le Chema au « coucher », fallait-il en conclure que c'était au moment où l'on se prépare à dormir ou tout le temps où les hommes dorment, c'est-à-dire la nuit entière ? Et qu'en était-il du « lever » ?

Mais ce que je goûtais particulièrement, c'était ce moment, après l'étude, où il m'était loisible de bavarder avec mes compagnons. Peu d'entre eux avaient suivi mon itinéraire. Ils étaient, pour la plupart, descendants de juifs espagnols ou portugais chassés de leurs pays, et racontaient inlassablement l'Expulsion commandée par les rois catholiques. Quant à ma propre histoire, ils l'écoutaient avec attention, certains que le Seigneur avait guidé mes pas. Il ne pouvait en être autrement.

J'en eus la certitude un soir. J'étais penché avec attention sur les livres sacrés lorsqu'entrèrent deux hommes auxquels je ne pris pas garde. L'un était le Parnassim qui avait écouté toute mon histoire à la synagogue ; l'autre, un jeune homme d'une vingtaine d'années qui s'assit face à moi. Du doigt, je suivais le texte, sans autre souci que de m'en imprégner. Ce n'est qu'au bout de quelques minutes que je sentis tous les regards de l'assemblée posés sur moi. Je n'osais lever les yeux. Ma lecture, toutefois, avait perdu tout sens. J'étais égaré dans les lignes, désemparé. J'eus la conviction que j'étais le centre d'intérêt de tous ces hommes qui n'attendaient que le moment où je lèverais la tête. Le jeune homme en effet me fixait d'un regard embué de larmes et, sans que je m'y attende, il posa sa main sur la mienne. Cette main chaude... Il voulut parler. Seuls, quelques mots hachés me parvinrent.

— Josué... je t'ai retrouvé...

Sans le reconnaître, je savais que c'était lui et je serrai sa main avec violence. Le Seigneur avait conduit Jérémie jusqu'à moi alors que je m'étais appliqué à le chercher.

Jérémie ! Je ne puis dire les sentiments que j'éprouvai. Je me levai d'un bond pour l'étreindre. Et dans les bras l'un de l'autre, tous deux secoués d'une émotion sans mesure, nous demeurâmes silencieux longtemps, laissant monter en nous le flot de bonheur qui nous assaillait. Au même moment nous parlâmes et nos paroles furent identiques.

— Je t'ai cherché si longtemps...

Et nous nous mîmes à rire, à rire du destin qui nous réunissait.

Il avait cinq ans lorsque je l'avais entraîné dans notre course folle. C'était aujourd'hui un fort gaillard d'une vingtaine d'années, et je m'interrogeais sur les souvenirs qu'il avait pu garder de notre traversée du désert. De quoi l'âme d'un tout petit enfant se souvient-elle ? De quoi étaient faits les souvenirs de ma cinquième année ? Peut-être de ma mère que j'avais accompagnée dans les champs, et qui avait cueilli une fleur pour moi, pour moi seul. Mais c'était une image isolée dans la marée des souvenirs.

— Je me rappelle, m'a confié Jérémie, un moment où j'avais faim, très faim, et tu m'as donné un trognon de chou que tu avais ramassé je ne sais où. Je me suis aussi souvenu de ton prénom. Pour le reste : rien.

— Pas même de la pierre avec laquelle tu voulais fracasser le crâne d'un homme pour lui voler ses provisions ?

— Moi ?

— Oui, toi.

L'idée même le faisait sourire. Comment aurait-il pu lever la main sur quelqu'un ? Je lui racontai l'aventure et les coups que je lui avais donnés. Non, décidément il n'en gardait nul souvenir. J'appris qu'il avait été recueilli par des paysans qui l'avaient ensuite remis à des réfugiés, et qu'il avait été élevé dans un orphelinat de notre confession. Il s'était montré brillant élève, avait suivi les six années de l'école de Talmud Torah, et sa volonté était de devenir rabbin.

Presque chaque soir, il vint me rendre visite. Il avait du mal à comprendre ma façon de vivre, cette réclusion que j'observais depuis la mort de mon épouse. Il demeura stupéfait devant ma bibliothèque, n'imaginant pas qu'il pût exister des livres autrement qu'en hébreu et qu'en espagnol, langue dans laquelle il avait été élevé. Et nous parlions de la pestilence, de ce fléau qui s'était abattu sur la cité deux années durant. Jérémie l'interprétait comme un signe du Seigneur. Il me rappela, cherchant à entraîner ma conviction, tous les prodiges qui, ces années-là, avaient effrayé la population. C'était d'abord la conjonction inhabituelle de toutes les planètes, puis dans le ciel d'avril 1664 un feu effrayant sous la forme d'une immense boule incandescente suivie d'une longue queue. Elle répandait une lumière claire et pâle. Me souvenais-je qu'alors la peste redoubla d'intensité, et qu'il fallut enterrer plus de mille morts par semaine ? Me souvenais-je, en décembre de la même année, de la grande comète ardente dans la constellation de l'Hydre ? Et comme cet hiver la bruine s'était accompagnée d'un gel qui faisait ployer sous son poids les arbres dont les branches se cassaient ? Jérémie m'apprit que les États avaient même décidé d'un jour général de jeûne et de prière, afin de conjurer la colère de Dieu et le feu de la pestilence. Autant de signes avant-coureurs d'une catastrophe plus grande encore, et qu'un auteur chrétien que me cita Jérémie mettait au compte de « la deuxième venue de Jésus-Christ pour détruire l'impiété et pour amener et instituer le Royaume de la justice sur terre ». Jérémie s'enthousiasmait. Non seulement les juifs attendaient le Messie avec impatience, mais les chrétiens y prêtaient foi. Les douleurs de l'enfantement de la naissance du Messie avaient commencé. Notre propre histoire en était la preuve. Pourquoi Dieu nous avait-il sauvés du Déluge — c'est ainsi qu'on commençait à nommer les massacres des Cosaques de Chmielnicki ?

— Nous allons, Josué, être les témoins du plus grand événement que la terre ait connu. Jérémie me récitait des passages entiers des Apocalypses pour me prouver que les juifs étaient, tout comme les chrétiens, dans l'attente du Messie et de la résurrection. La date même en était fixée.

« Élie enseignait à Rab Yehoudah, le frère de Rab Sella Hassida : le monde n'a pas moins de quatre-vingt-cinq jubilés ($85 \times 49 = 4\,165$ années) : le fils de David doit venir au dernier jubilé... Rab Achi comprenait ainsi : jusqu'à présent, il ne fallait pas espérer en sa venue. A partir de maintenant tu peux espérer en sa venue. »

Mais c'était surtout la vision d'Ézéchiel qui emportait toute son adhésion. Il la lisait d'une voix étranglée, tant le texte lui paraissait admirable et vrai.

« La Force de Yahvé s'empara de moi et, par la vertu de son Souffle, Elle m'emporta et me déposa au milieu d'une plaine couverte d'ossements... Il y en avait sur le sol une multitude infinie, tous complètement desséchés. " Fils d'homme, me dit Yahvé, ces os pourraient-ils reprendre vie ? " " Tu le sais, Toi, Seigneur Yahvé ! " répondis-je. Et Lui : " Vaticine donc sur eux, et dis-leur : *Ossements desséchés, oyez ce que Yahvé déclare...* Je vais ramener en vous le Souffle et vous recouvrerez la vie : Je redisposerai sur vous des tendons, Je referai lever sur vous de la chair, Je retendrai sur vous de la peau, Je réintroduirai en vous le Souffle — et vous revivrez ! Vous comprendrez alors qui Je suis, Moi, Yahvé ! " Je vaticinai donc, comme j'en avais reçu l'ordre ; et, dans le même temps, il se fit une rumeur et un tumulte : les ossements se rapprochaient et s'ajustaient les uns aux autres. Sous mes yeux, des tendons les recouvrirent, la chair se leva dessus, de la peau se tendit sur le tout... Puis, le Souffle leur revint et ils reprirent vie, se remettant sur pied, comme une armée immense. " Fils d'homme, me dit alors Yahvé, ces ossements, c'est tout le peuple d'Israël ! " »

Jérémie insistait sur ces derniers mots. La résurrection ne touchait *que* le peuple d'Israël. Je n'osai entrer en conflit avec lui. Il ne connaissait le monde que par les livres, l'étude, les paroles des rabbins. Lui souffler qu'il ne s'agissait peut-être que d'un sens figuré aurait fait lever sa colère. A quoi bon ? Il m'était difficile de croire, d'adorer sans le sentiment de perdre ma dignité d'homme. Je l'écoutais s'emporter, annoncer la venue du Messie, mais je restais sur mes gardes. Tout méritait d'être passé au filtre de la raison. Monsieur mon père me l'avait enseigné et ma conversion récente ne me donnait pourtant pas le droit d'adorer sans comprendre. Et puis, je ne comprenais pas ces paroles à demi-mot de Jérémie :

— Je ne puis rien te révéler, rien te dévoiler. Crois-moi, Josué, le Messie viendra.

J'ai passé des journées entières à tenter de percer les desseins du Seigneur. Partout je n'y ai vu qu'échecs sanglants. J'ai compulsé tous les documents tant chrétiens que juifs et voici ce que j'ai cru y comprendre.

Un jour viendra, précédé de terreurs, où la Jérusalem céleste descendra sur terre « ayant la clarté de Dieu, et sa lumière semblable à une pierre précieuse, telle le jaspe, semblable au cristal ». Ce sera la victoire de Dieu et le salut des hommes, mais il faudra d'abord surmonter bien des obstacles. « Les nations se lèveront l'une contre l'autre, les États les uns contre les autres, il y aura des épidémies et des famines et des tremblements de terre ici et là : et ce ne sera que le début du temps des souffrances. » Ainsi parle Matthieu.

Mais, combien de faux messies sont apparus ? Nul ne saurait les dénombrer. Je retiendrai ici l'histoire de ce prédicateur dont parle Grégoire de Tours dans son *Historia Francorum*. Un habitant de Bourges a perdu l'esprit deux années durant, après s'être rendu dans une forêt où l'a attaqué un essaim de mouches. Plus tard, on le retrouve en Arles. Vêtu de peaux de bêtes, il s'est fait ermite. Il erre dans les Cévennes, accompagné d'une femme prénommée Marie. Il est Christ. Il guérit les malades par simple attouchement. Et, selon le chroniqueur, trois mille personnes le suivent pas à pas. On lui offre de l'or, de l'argent, des vêtements. Il veut qu'on l'adore comme un dieu, organise ses fidèles en bandes armées, pille les voyageurs. C'est au Puy que s'achève son aventure. Devant la ville, il campe avec son armée, envoie des émissaires à l'évêque Aurélius. Ceux-ci se présentent nus devant l'évêque, sautant et cabriolant. Aurélius lui dépêche alors ses propres émissaires qui, feignant de se prosterner devant le Messie, s'emparent de lui et le mettent en pièces. Marie, sa compagne, est torturée pour qu'elle révèle tous ses procédés diaboliques. Ainsi s'achève tragiquement le destin de celui qui se prétendait Christ revenu sur terre. Et que penser de Tanchelm d'Anvers ? Il prêche dans les champs, vêtu en moine. Les foules l'écoutent comme s'il était un ange du Seigneur. Il s'en prend à l'Église entière qui profane, selon lui, les commandements divins. On en vient même, selon ses prescriptions, à refuser l'Eucharistie et à ne plus fréquenter les églises. Voici que Tanchelm constitue sa propre Église, sur laquelle il règne comme un Roi-Messie. Plus de crucifix, mais ses épées et ses étendards en la place. Il est Christ, lui aussi. Il est Dieu. Un jour, il se fait apporter une statue de la Vierge Marie et se fiance solennellement avec elle. Tanchelm distribue l'eau de son bain à ses disciples qui la boivent en guise d'Eucharistie. Il s'est entouré d'une garde royale et si, approchant d'une ville, on ne vient pas lui faire allégeance, il fait couler le sang. Il enlève Anvers. Qu'y serait devenue l'Église si Norbert de Xanten ne s'était pas porté à son secours ?

Quels pouvoirs possédaient donc ces hommes pour susciter une confiance aveugle, au point qu'on violait en leur nom tous les principes sacrés ? Il y avait là quelque mystère que je m'expliquais mal. Toute religion volait en éclats. Tout ce qui avait été solide chancelait. C'était l'effondrement de toute croyance au bénéfice d'une autre croyance, plus folle encore. Boire l'eau du bain en guise d'Eucharistie ! Et que dire des anabaptistes, qui voulaient tuer moines, prêtres et seigneurs et se firent tous massacrer à Münster sous le règne de leur roi, Jean de Leyde ? Ne leur avait-il pas promis qu'ils deviendraient tous de vrais ducs régnant sur de grandes portions de l'Empire quand commencerait le Millénium ? Autant de mensonges qui les conduisirent à la mort.

L'enthousiasme de Jérémie qui m'annonçait à toute heure l'arrivée du Messie se heurtait en moi au doute absolu. N'avait-il pas, comme moi, lu Maimonide et son *Épître au Yémen* ? Encore un Messie dont la fin méritait attention.

> « Finalement, au bout d'un an, il fut mis en prison, et tous ses adhérents s'enfuirent. Lorsque le roi arabe qui l'avait capturé lui demanda : " Qu'as-tu fait ? ", il répliqua : " Si vous me coupez la tête, je ressusciterai aussitôt. " Le roi s'écria : " Je n'ai pas besoin de témoignage plus convaincant. (Si ce miracle s'accomplit), non seulement moi, mais l'univers entier, nous reconnaîtrons l'erreur de notre foi ancestrale. " Sur

quoi ils tuèrent aussitôt le pauvre diable. Que sa mort soit une expiation pour lui et pour tout Israël. Les Juifs de nombreuses localités payèrent une amende. Il y a cependant quelques imbéciles qui croient en sa prochaine résurrection. »

Croire ? Ne pas croire ? Sur quelles certitudes s'appuyer ? Jérémie taisait les siennes mais ses yeux brillaient lorsqu'il évoquait le Messie. Ne connaissait-il pas les messies juifs qui n'avaient pas mieux réussi que les messies chrétiens ? C'était le monde à l'envers : j'expliquais à Jérémie ce qu'il aurait dû savoir. Je lui racontais les épreuves terribles qu'avaient dû subir nos prétendus messies.

Jérémie écoutait mes histoires comme un petit enfant, bouche bée, et pourtant incrédule. David Reubéni ne se prétendit-il pas l'envoyé de son frère Joseph, roi des dix tribus perdues qui survivaient en Asie centrale ? Ne fut-il pas princièrement reçu par le pape Clément VII à qui il offrit une armée pour délivrer la Palestine du joug turc ? Et ne fut-il pas rejoint par Simon Molko qui annonçait l'imminente arrivée du Messie ? On sait de quelle manière ils finirent. Molko fut arrêté et remis par Charles Quint à l'Inquisition. Le feu du bûcher le dévora. Quant à Reubéni, il mourut en prison. Étaient-ce là des exemples à suivre ? La Fin des Temps arriverait à son heure, expliquais-je à Jérémie. Rien n'obligeait à hâter cette fin. Elle était inscrite dans les livres. Pourtant, le visage de Jérémie s'illuminait lorsque je lui faisais part de ces découvertes, qu'il connaissait bien mieux que moi.

Le Messie ne se manifesterait qu'après des phénomènes effrayants annonçant sa venue : guerres, famines, catastrophes. La nature elle-même serait jetée dans le trouble. Toute loi deviendrait déraisonnable, toutes les saintes observances disparaîtraient.

Mais pour autant le Messie n'apparaîtrait pas. Le prophète Élie le précéderait. Il restaurerait l'ordre bafoué et préparerait les voies du Messie.

A son arrivée, les méchants se coaliseraient, conduits par l'Antéchrist. L'armée du Mal serait vaincue. Serait-ce par le Messie ou par Dieu lui-même ? Les textes étaient incertains.

Alors, les méchants défaits, l'ère messianique pourrait commencer. Le Messie trônerait à Jérusalem, la cité serait purifiée, ou remplacée par une Jérusalem céleste construite d'en haut. On connaîtrait alors un Âge d'or, de paix et d'abondance d'une durée de mille années. Les morts ressusciteraient au Jugement dernier. Un partage serait fait entre les hommes. Les bons entreraient dans le séjour de Dieu, pour contempler sa face divine et jouir d'une vie éternelle. Quant aux réprouvés, ils seraient avec les démons précipités dans la géhenne d'où jamais ils ne ressortiraient.

Je voyais Jérémie trembler comme un enfant ou s'arracher à mes dires en criant :

— Tu vois bien ? Tous les signes sont là... Ils sont là.

Il disparaissait quelques jours et revenait avec de nouvelles preuves à me proposer.

Je n'ignore pas aujourd'hui la force qui me poussait alors vers ces recherches, ces excursions dans les textes où la superstition se mêlait aux certitudes raisonnables. J'étais perdu, sans autre repère qu'une volonté de connaître le sens de mon existence. Je devins en peu de temps convaincu qu'une telle croyance en la Fin des Temps, reportée de siècle en siècle, n'était pas seulement une fable. Des hommes en étaient morts. Ils s'étaient jetés dans le repentir, avaient abjuré pour vivre dans un monde meilleur. Des hommes se déchiraient pour voir clair dans l'obscurité. Toute lumière leur était espoir. A Amsterdam, dans le grouillement des sectes anabaptistes, antitrinitaires, ariens, arminiens, baptistes, borelistes, brownistes, calvinistes, collégiants, gomaristes, curieux, enthousiastes, indépendants, quakers, lucianistes, luthériens, mennonites, sociniens, trinitaires et juifs —, tous tentaient de voir clair dans les ténèbres, quitte à s'entredéchirer. Moi, j'étais plongé dans l'incertitude.

CHAPITRE XI

Jérémie, depuis quelque temps, faisait mystère de tout. Josué sentait en lui un secret qu'il ne pouvait dévoiler mais qu'il aurait aimé partager. C'était la raison de ses mines de comploteur, de ses esquives. Jérémie attendait.

La lumière vint d'Orient sous forme d'une lettre que Jérémie brandit sous les yeux de Josué. Il pouvait se délivrer du poids de son secret, le partager dans l'allégresse. Et c'est d'une voix cassée par l'émotion qu'il lut :

> « Les nouvelles du 15 juillet concernant la Marche de nos Frères, les Dix Tribus d'Israël, nous sont maintenant confirmées de plusieurs endroits (...). Nous possédons certaines informations selon lesquelles ils sont d'un côté du désert appelé Goth, au Maroc, situé non loin du cap Vert, mais plus à l'intérieur des terres. Et de jour en jour, ils apparaissent plus nombreux (...). Ils sont au nombre d'environ huit mille compagnies ou troupes, chacune composée de cent à mille hommes. Ceux qui se sont rendus auprès d'eux pour savoir qui ils étaient découvrirent qu'il s'agissait d'étrangers, d'un peuple inconnu dont ils ne comprenaient pas la langue,

seuls quelques-uns de leurs commandants parlant hébreu. Ils sont armés de sabres, d'arcs, de flèches, de lances ; chaque homme est ainsi équipé mais ils ne possèdent aucune arme à feu. Ils ont pour chef, ou capitaine, un saint homme qui comprend toutes les langues et marche à leur tête en accomplissant des miracles. (...) Ils se sont déjà rendus maîtres de plusieurs lieux et villes, passant tous les habitants par le sabre, à l'exception des seuls juifs. Ce sont des gens de taille moyenne, d'un bon embonpoint, blonds... Ils possèdent de nombreux chevaux ; leurs vêtements sont bleus, leurs tentes noires. De la ville de Suse, on pouvait voir entièrement et distinctement toute leur armée tout au long de la semaine ainsi que leurs feux et leurs fumées ; mais le Sabbat, on ne discernait ni feu ni fumée dans tout le camp. Plusieurs d'entre eux sont montés sur une très haute montagne de sable qu'ils creusent en espérant trouver un instrument de cuivre, une trompette de laquelle ils doivent sonner trois fois et toutes les nations seront alors rassemblées dans une Unique Église Universelle. A leur tête se trouve un homme d'un extraordinaire esprit de discernement ; aussitôt qu'il voit quelqu'un, il connaît son esprit et ce qui est dans son cœur. »

Un prophète s'était levé, rassemblant les dix tribus perdues, et Jérémie lisait avec emphase tandis que Josué hochait la tête, incrédule. Mais Jérémie tenait bon. Ce qu'il ne pouvait dire autrefois qu'à demi-mot, il le disait maintenant, preuves à l'appui. La Mecque à son tour venait de tomber aux mains de cette armée. Toutes les lettres en provenance d'Orient l'affirmaient. En ces jours d'allégresse, l'activité principale de Jérémie consistait à recopier, pour des amis chers d'autres villes d'Europe, les missives qui parvenaient de Là-bas.

Aussi harassant qu'il fût, ce travail de copiste l'enthousiasmait.

> « La ville de la Mecque, siège de la superstition mahométane, est à présent assiégée par un peuple qui se disent les enfants d'Israël, étant seulement les avant-troupes de tous les corps de leurs frères qui suivent... »

Bientôt, Jérémie ne se contenta plus de copier des lettres. Il se mit à éditer des brochures pour faire savoir au peuple les prodiges qui se déroulaient.

> « Six cent mille d'entre eux se trouvent en Arabie et il y en a soixante mille de plus qui vinrent en Europe ; ils ont aussi rencontré les Turcs et en ont tué un grand nombre. Personne ne peut leur résister. Ils accordent la liberté de conscience à tous, excepté aux Turcs qu'ils tentent de faire disparaître totalement. »

Ainsi, les fils d'Israël étaient en marche vers l'Europe. Les chrétiens seraient épargnés, à l'exception de ceux d'Allemagne et de Pologne qui devaient payer pour leurs forfaits. De semaine en semaine, les prodiges grossissaient tandis que se répandaient en Europe les signes avant-coureurs d'un immense réveil messianique. La rumeur gonflait. Un nom revenait inlassablement : Shabtaï Zvi. Shabtaï Zvi, le Sauveur, celui qui conduisait les armées de Dieu, réunissant enfin les douze tribus afin que s'ouvrent les Jours du Messie. Il n'était plus une seule réunion à la synagogue, dans les maisons d'étude, qui ne fût animée de ce mouvement de joie. On en vit qui sortaient dans les rues d'Amsterdam, tapant sur des tambourins et dansant à perdre haleine. Les rouleaux de la Torah furent sortis de l'Arche et l'annonce faite aux Gentils que la Fin approchait. Le Grand Rabbin en personne, Isaac Aboab da Fonseca en était le garant. Après la pestilence viendraient les années de lumière. Une lettre l'attestait, qui circulait de main en main, relue, recopiée, enrichie de commentaires. Une lettre authentique où Nathan de Gaza, le prophète du Messie, celui qui parlait en son nom, annonçait avec précision le cours des événements à venir. Car le Messie écrivait peu. Il laissait à Nathan le soin de révéler au monde le message dont il était porteur.

> « Et maintenant je vais vous révéler quel sera le cours des événements. Dans un an et quelques mois, Shabtaï Zvi enlèvera le pouvoir au roi de Turquie sans guerre aucune car toutes les nations se soumettront à lui par le pouvoir des chants et des hymnes de louange qu'il entonnera. Il emmènera avec lui le roi de Turquie seul dans les pays qu'il conquerra et tous les rois lui seront assujettis mais seul le roi de Turquie sera son serviteur (...). Le rassemblement des exilés n'aura pas encore lieu à ce moment bien que les juifs seront grandement honorés, chacun à son endroit. De même le temple ne sera pas encore rebâti mais Shabtaï Zvi découvrira l'emplacement de l'autel et les cendres de la vache rousse et il offrira des sacrifices. Cela continuera pour quatre ou cinq ans. Puis ce rabbin se rendra au fleuve Sambatyon, laissant pendant ce temps son royaume à la charge du roi de Turquie qui agira comme un vice-roi ou un Grand Vizir et lui confiant particulièrement le soin de s'occuper des juifs. Mais après trois mois, le roi de Turquie sera séduit par ses conseillers et se rebellera. Suivront alors de grands tourments et le verset biblique

s'accomplira : " je les éprouverai comme on éprouve l'or, je les affinerai comme on affine l'argent " ; et personne n'échappera à ces épreuves excepté ceux qui demeureront à Gaza qui est la résidence du Messie comme c'était le cas pour la ville de Hébron sous David. (...) A la fin de cette période, les signes prévus dans le Zohar s'accompliront et il en sera ainsi jusqu'à l'année sabbatique suivante (...). La même année, il retournera au fleuve Sambatyon, monté sur un lion céleste ; il tiendra en guise de bride un serpent à sept têtes et le feu sortant de sa bouche sera dévorateur. A sa vue, toutes les nations et tous les rois s'inclineront jusqu'à terre. Ce jour-là aura lieu le rassemblement des exilés et il verra le Temple entièrement bâti descendre des cieux. Il y aura alors sept mille Juifs en Israël et en ce jour aura lieu la résurrection des morts décédés en Israël. Ceux qui ne mériteront pas de se lever à cette première résurrection seront sortis en dehors de la Terre Sainte et la résurrection générale en dehors d'Israël surviendra quarante ans plus tard.

« Voici quelques-unes de ces voies. Vous devrez avoir une foi parfaite en elles car je sais que vous craignez Dieu et c'est pourquoi je vous ai informés de tout ceci, en dehors de l'amour que je vous porte. Puisse votre paix s'augmenter et non décroître, selon votre désir et le désir de celui qui demande votre paix et celle de tous ceux qui se tiennent fermes dans la foi.

Abraham Nathan. »

Jérémie, tout à son enthousiasme, se heurta vite aux doutes de Josué. Quel était ce Messie dont la venue ne correspondait à aucune des étapes jusqu'alors admises par la tradition ? Il arrivait, et ses hymnes, ses chants faisaient s'écrouler les royaumes. C'était là pure affabulation. Mais il y avait plus grave. Un long débat théorique déchira la communauté, opposant Josué à Jérémie. Ce n'était plus la croyance au Dieu d'Israël qui ferait le partage d'entre les bons et les mauvais, mais la seule foi dans le Messie. Il fallait croire en lui, aveuglément, indépendamment de l'observance de la Loi. Qu'importait qu'on se fût conduit en juif pieux toute une vie dans la stricte observance des Mitsvot ! Seule la foi pure dans le Messie était le gage d'une âme sauvée. Et quiconque ne croyait pas en Shabtaï Zvi, le Messie qui s'était levé en Orient, ne pouvait avoir sa part de l'héritage d'Israël, ni dans ce monde ni dans le monde à venir. Pure hérésie aux yeux de Josué, qui le fit savoir.

— C'est que tu n'as pas assez étudié, Josué. Tu es comme un petit enfant égaré dans le monde de la kabbale. Tu ne peux comprendre. Shabtaï est le Messie et Joseph est son prophète. Le monde du Mal vient de trouver sa fin. Tout ce qui est écrit est vrai. Il suffit aujourd'hui de méditer sur le fait que Dieu est Un, d'unir les quatre éléments du tétragramme YH et VH...

Ainsi parlait Jérémie, fou de joie, fou de Dieu, ruminant les lettres parvenues d'Orient et qui annonçaient la véritable parole, les véritables actes à suivre. Les étincelles de la Chekina s'étaient dégagées de l'emprise du monde du Mal ; il n'y avait plus rien à réparer. L'heure n'était plus à la préparation de la rédemption, c'était l'heure de la rédemption elle-même qui avait sonné. La Chekina était sortie de l'exil. Elle se trouvait face à son fiancé : Shabtaï Zvi. Josué ne comprenait pas. Il avait cru que son retour dans la communauté et l'observance de ses règles de vie lui ouvriraient les chemins de la sagesse. Il se trouvait confronté au monde de la kabbale et ne pouvait maudire que sa méconnaissance. Il n'était vraiment qu'un enfant. Jérémie avait raison. Les phrases qu'ils prononçaient étaient si étranges que toute argumentation eût été inutile. Pour Jérémie, les grands maîtres, Haïm Vidal ou Louria, étaient dépassés, parce que le Messie s'était levé. Les lettres de son prophète qu'il recopiait avaient pour Josué l'attirance de l'inconnu et la répulsion de l'incompréhensible. On ne vit pas impunément son enfance, sa jeunesse, dans le monde des Gentils.

Il voulut comprendre, et Jérémie le guida comme lui, autrefois l'avait guidé. Il ne s'agissait plus de traverser l'Europe, mais d'une marche forcée dans l'univers mystérieux de la kabbale dont Josué revenait grisé, croyant avoir compris, avant de retomber dans l'obscur. Un tout jeune homme le tenait par la main dans le dédale du *Zohar*.

JOURNAL – *Amsterdam. 1687.*

Je me suis laissé conduire. Jérémie y tenait tant. Mais il nous fallut nous y préparer. Jérémie dut laver ses vêtements et prendre un bain purificateur pour être exempt de toute pollution. Il s'enferma dans sa demeure et il me fallut attendre douze jours entiers avant de le revoir. Il ne mangea et ne but que le soir, une fois par jour. Et le pain qu'il mangeait, il le préparait lui-même, et l'eau qu'il but était pure. Quant à moi, à qui il devait transmettre son savoir, je dus me plier à des épreuves tout aussi impérieuses. Je ne consommais plus que du pain et du sel, une seule fois par jour. Et le pain dont je dînais, Jérémie me le préparait. Il était pur.

J'ai appris à reconnaître les dix sephiroth, ces sphères, nombres ou émanations par lesquelles Dieu se manifeste, et dont chacune, symbolise les innombrables aspects sous lesquels l'intelligence humaine peut découvrir le reflet de Sa Gloire. J'ai appris les dix noms et dû comprendre que leur totalité formait une unité mais qu'elle n'était ni comparable ni identifiable à l'unité divine, telle un miroir recueillant la lumière d'en haut pour la réfléchir vers le bas.

J'ai médité avec Jérémie sur ce que le *Zohar* disait du commencement.

J'ai vu à quel point j'étais ignorant. J'ai compris la vie qu'avait jusqu'alors menée Jérémie. Chacune de ses nuits n'avait été qu'une longue méditation sur le *Zohar* dont il connaissait tous les recoins. J'étais un âne, j'absorbais tout goulûment, impatiemment : tout le contraire de l'humble disciple que j'aurais dû être. Je posais des questions stupides et lorsque Jérémie m'interrogeait, je répondais en élève appliqué, machinalement.

— Et qu'est-ce que la Chekina, Josué ?

— C'est le principe cosmique de l'élément féminin. Exilée dans le monde inférieur, elle représente l'âme collective d'Israël, elle est pierre fondamentale, gloire divine. Elle est la dixième sephira. Elle est l'Épouse, la fille du roi, l'ecclesia d'Israël séparée de Dieu, son époux.

Je répétais en perroquet, l'esprit embrouillé, sans comprendre les mots que j'utilisais. Jérémie ne s'en apercevait pas ; au contraire, il s'émerveillait de ma capacité à assimiler son enseignement. Jérémie ignorait que j'avais la tête vide, la tête qui tournait devant un tel déluge de nouveautés. Le mystère chrétien de la Sainte-Trinité n'était rien comparé au monde de la kabbale dont il me fallait saisir les rudiments au plus vite, puisque le Messie était sur terre. Jérémie ne savait pas se taire.

— Qui est la fiancée de Dieu, Josué ?

Je me souviens alors d'avoir pleuré. Elle n'était rien, la fiancée de Dieu. Elle n'était rien, rien ! Parce que l'image de *ma* fiancée m'était revenue. Cette image que j'avais cru oublier par une débauche de savoir : l'image de Maria, mon épouse bien-aimée. Jérémie prit mes pleurs pour ce qu'ils n'étaient pas. Il crut que les secrets du *Zohar* me pénétraient. Moi, j'étais pénétré d'une autre présence, bien plus forte : celle de l'absence. Ma vie avait perdu tout sens. Je me revois assis par terre, accablé, appelant Maria à mon secours tandis que Jérémie me faisait à nouveau réciter les dix Sephiroth.

Je me revois debout, les traits tirés, criant :

— Va-t'en Jérémie, va-t'en, laisse-moi seul. Ne vois-tu pas que ce sont des balivernes ? Ne vois-tu pas que tu m'as enfermé dans un monde qui n'est pas le mien. J'ai besoin de respirer. Tu ne me donnes que des mots. J'ai besoin de ma femme, Jérémie, et tu ne me la rendras jamais. Ni toi, ni ton Dieu, ni ton Messie. Je vous hais. Je te hais. Ne repasse jamais mon seuil.

Je vis sa face toute rouge, un « mais... » prêt à être lancé puis sa sortie digne, droite. Et son visage vers le mien :

— Tu as trop travaillé, Josué. Dors, cela te fera du bien. Nous en reparlerons demain.

Un mois déjà que nous étions enfermés dans la fièvre

de l'étude. Un mois de folie divine sans que je puisse même songer à ce qu'était devenue ma vie. Une succession de prières et d'exercices pénitentiels que Jérémie m'imposait alors qu'une autre force m'habitait, et qui se nommait la vie. Le départ de Jérémie me soulagea. Sa présence, ses questions m'oppressaient et les mystères infinis de Dieu avaient achevé de me rendre fou. J'avais abandonné une croyance pour une autre avec le même aveuglement que jadis, lorsque j'avais repoussé mes coreligionnaires venus à mon secours. J'avais toujours voulu esquiver la douleur mais elle s'était incrustée à mes chairs. Où était le temps du deuil, cette sourde blessure qui ne cicatrisait qu'avec le temps ? Je l'avais expulsée pour ne pas avoir à l'affronter. Mon étude des mystères divins avait réveillé ma folle envie de retrouver tous les miens, morts à jamais, toujours présents. Maria ! Je ne pouvais vivre sans toi, sans ton sourire, sans tes gestes de tendresse. Monsieur mon père, comment vous oublier ? Comment ignorer la dette que j'avais envers vous lorsque vous m'avez recueilli et enseigné la sagesse de la vie ? Mais la vie était folle.

Jérémie voulait que je dorme et je tournais dans ma demeure comme aux plus grands soirs de désespoir. Pourtant mes yeux demeuraient secs. Seul mon cœur débordait de tendresse et de haine conjuguées. Je n'avais nul autre maître que moi-même et je m'étais laissé mener par un jeune homme aux yeux pétillants d'intelligence, qui m'avait trompé en toute bonne foi. Un mois durant, le nez sur mes lettres carrées, je n'avais pas vu le soleil se lever ni la première étoile poindre au ciel. J'avais jeûné, meurtri mon corps en pénitence, pour hâter la fin. Et la fin ne venait pas.

J'avais voulu rejoindre les miens et les miens ne s'intéressaient qu'à eux-mêmes, à leur Messie qui venait dire la rédemption. Pendant tout ce temps, j'avais camouflé ma douleur, choisissant la discipline, le silence, la soumission. Je m'étais une fois de plus égaré dans une voie qui n'était pas la mienne.

Une nuit entière pour rassembler mes esprits avant qu'au petit matin Jérémie ne revienne à la charge. Une nuit meublée d'incertitude. Une nuit où, soudainement, ma certitude fut établie. Partir. Tout abandonner. Partir pour vivre, pour me frotter au monde, pour dissiper tout malentendu. Si le Messie s'était vraiment levé, c'était là que je devais être, près de lui, dans la foule qui le suivait et non dans l'attente anxieuse, ici, à Amsterdam où ne parvenaient à vrai dire que des bruits, des ragots, des commérages, colportés, amplifiés, déformés. Je voulais savoir. Savoir vraiment. Et je m'endormis soulagé.

Jérémie revint comme à l'accoutumée. Il ne comprit pas mon accueil. J'étais souriant.

Il crut l'épisode de la veille effacé. Tout n'était-il pas rentré dans l'ordre ? Mais au lieu d'aller chercher les textes, je restai assis dans le fauteuil de monsieur mon père, les bras croisés, souriant toujours, le cœur apaisé.

— Et l'étude, Josué ?
— Quelle étude ? De quoi me parles-tu ?

Il crut à une plaisanterie.

— On ne s'amuse pas ainsi avec le Seigneur, Josué. Du sérieux, beaucoup de sérieux. Ce n'est qu'à ce prix...

— Mais je le suis, Jérémie. Je n'ai jamais été aussi sérieux. Écoute-moi bien. C'est peut-être la dernière fois que nous nous voyons. Assieds-toi donc. J'ai pris la décision de quitter Amsterdam, d'aller voir le pays dont tu rêves, le Messie dont tu me parles. Il ne tient qu'à toi de m'accompagner.

Il resta figé à ce discours. Je poursuivis.

— Il n'existe nulle raison pour que je sois ici plutôt qu'ailleurs. J'ai tout perdu. Je m'en vais chercher meilleure fortune.

— Mais nos études?

— Elles ne m'ont rien appris. Je t'ai écouté longtemps, trop longtemps, peut-être. Je te remercie. Mais je n'y trouve plus goût. Je veux vivre, Jérémie, sans attendre quelque événement mystérieux. J'ai besoin de voir pour croire, de palper, d'exister ailleurs que dans cette maison.

— Alors je vais te perdre une fois encore?

— Qui sait si je ne reviendrai pas?

CHAPITRE XII

Josué liquida tous ses biens : sa demeure, son mobilier, ses effets. Il le faisait le cœur tranquille, paisiblement, ne marchandant pas, acceptant toutes les offres quitte à passer pour un benêt. Il dispersa l'immense bibliothèque de son père, ne gardant qu'une Bible graisseuse d'avoir trop servi. On le vit sur le port à la recherche d'un bâtiment en partance tandis que Jérémie, lui, refusait toujours l'évidence. Josué n'avait plus rien qui le rattachât à son passé. Il s'installa dans la chambre de Jérémie, couchant par terre sur un méchant matelas. Et toutes les nuits qui précédèrent son départ furent des nuits blanches. Jérémie ne cessa d'interroger son compagnon.

Parfois, il restait là, sur son matelas, la tête posée sur son bras, à regarder son compagnon que gagnait le trouble du départ. Jusqu'à cet instant précis, Jérémie avait nié ce départ. Pourtant, Josué n'avait pas été le seul à réaliser ses avoirs. D'autres juifs, comme lui, s'étaient mis à liquider leurs biens, vendant même à perte pour être sûrs d'arriver à temps en Terre Sainte et assister à la rédemption du monde. D'autres soucis poussèrent Josué, mais il faisait partie, lui aussi, de cet immense mouvement qui incitait les chrétiens à ricaner, prompts à de très juteuses tractations. Jérémie n'avait rien voulu voir, savoir, entendre. S'il avait osé, il se serait agrippé au bras de Josué, lui enfonçant les ongles dans la chair, le suppliant de ne point partir. Mais il connaissait la détermination de Josué. Il ne lui restait plus qu'à remoudre leur passé commun, et, une fois encore, il lui raconta leur course éperdue à travers l'Europe. Pour Josué, ce récit était désormais privé d'émotion. C'était comme s'il racontait l'histoire d'un autre, une très vieille histoire sans plus d'attache avec le présent. Seul lui importait l'imminent départ, cette renaissance qu'il avait si chèrement payée. Jérémie ne parlait plus de Dieu, du Messie, de la kabbale. Il s'accrochait à une image d'enfance dont l'unique témoin allait disparaître, et Josué sentait bien tout ce qu'en lui l'attachement à la religion avait camouflé. Jérémie n'avait jamais vraiment vieilli. C'était au petit garçon perdu que Josué avait à répondre, un tout petit garçon, les larmes à fleur d'yeux. Josué eut honte de la pitié qui naissait en lui. Il aurait voulu étreindre Jérémie, le presser contre sa poitrine, le bercer tendrement mais c'étaient deux adultes qui devaient se conduire en adultes. Et les paroles faisaient office de gestes. Et les silences disaient davantage que les paroles. Ce furent des heures éprouvantes. Puis il fallut sortir, se rendre sur le quai d'embarquement.

Josué n'avait pour tout bagage qu'une grosse malle et sa trousse de médecin. Sa qualité lui offrait le passage sur l'un des six vaisseaux marchands qui se rendaient à Smyrne, escortés de deux bâtiments militaires.

Les adieux de Josué et de Jérémie se firent dans le

plus grand silence. Ni l'un ni l'autre n'osèrent rompre une tristesse que les mots n'auraient su dire. Jérémie pleura. Josué lui serra la main de ses deux mains et, sans un regard en arrière, gagna le pont du navire. Il eut tout loisir de contempler la silhouette austère de Jérémie, immobile dans le grand mouvement du quai et qui restait, bras ballants, pleurant toutes ses larmes retenues. Une page était tournée. Les manœuvres de départ commencèrent et peu à peu le navire s'éloigna du rivage.

Le temps passa lentement pour Josué. Il lui arrivait de croiser quelques-uns de ces juifs singuliers qui, comme lui, avaient liquidé tous leurs biens et partaient à l'aventure, vers Jérusalem, là où la résurrection aurait lieu. Il les voyait prier nuit et jour, insoucieux du gros temps, des tempêtes, le regard absent, à la poursuite de leurs chimères. Était-il vraiment si différent d'eux ? N'espérait-il pas qu'un autre monde s'ouvre à lui, loin des drames de l'Europe qu'il avait traversée pour survivre ? Il s'agissait maintenant de vivre, en ouvrant les yeux, sans se laisser berner une nouvelle fois. Le navire toucha Messine, Zante et plusieurs autres îles de l'Archipel. Ils essuyèrent une attaque de la part d'un corsaire et parvinrent à lui échapper. Josué n'avait pas peur. Il s'abandonnait, admirant le bleu du ciel, les îlots rocheux qui affleuraient. Il aurait voulu dire à Jérémie de le rejoindre, là, sur le pont avant, d'abandonner ses sombres études, ces abîmes d'où jamais il ne reviendrait. Il commença plusieurs lettres qu'il n'acheva pas. Jérémie n'aurait pas compris. Le destin les avait réunis tout comme il les avait désunis. Rien ni personne ne pouvait changer le cours des événements. Plusieurs juifs pieux sou-

La folle rumeur de Smyrne.   5.

riaient à Josué. Ils le croyaient des leurs. Josué aurait aimé se lier à eux, prendre part à leur joie, à leurs prières, mais tout dans leur parole semblait écrit d'avance. Il les évita.

Josué entretint des relations de pure courtoisie avec des négociants chrétiens. Ils ne comprenaient pas la ferveur de ces juifs pieux à l'extrême et qui ne dissimulaient guère leur enthousiasme. Josué n'expliqua rien. Il jouait les ignorants. Pour tromper l'attente, et dissiper la tristesse qui l'accablait, il se donna tout entier à sa tâche médicale. Il avait fort à faire. Et quand son regard croisait les juifs en prière, il n'osait hausser les épaules. Ils souriaient au renouveau, à la renaissance du monde...

Arrivé à Smyrne, il verrait bien.

LETTRE DE JOSUÉ À JÉRÉMIE – *Smyrne. 1666.*

Me voilà à nouveau sur le départ. Dans quelques jours, par voie de terre, j'atteindrai Constantinople. Mais il me faut auparavant te relater les étranges événements survenus ici. Ils dépassent tout ce qu'une imagination fertile peut envisager. A peine débarqué, j'ai pris pension chez un drapier du quartier juif. J'étais à ses yeux un voyageur excentrique mais il ne s'en étonna pas. Smyrne est une grande ville maritime et tous les pays d'Europe y sont représentés. Mon hôte me prit en amitié et nous avons mis peu de temps à nous entendre. J'imagine qu'il projetait quelque plan simple pour marier son unique fille. Mais ce n'était pas là le sujet de mes préoccupations. Je mangeais à la table familiale, suivais avec eux scrupuleusement le Sabbat et me rendais lorsqu'il le fallait à la synagogue portugaise. Dans la communauté, il n'était bien évidemment question que du Messie dont l'arrivée était imminente. Pas un seul juif qui ne guettât le retour de l'enfant prodigue. J'ignorais que Smyrne était sa patrie et qu'il s'en était fait chasser, jadis, par la communauté rabbinique. Personne, à l'époque, ne le prenait au sérieux. Il passait pour un fou ou un imbécile. Il avait quitté sa famille et demeurait cloîtré dans sa chambre, à méditer, jusqu'au jour où, dans la synagogue, il se mit à désigner l'Ineffable par son véritable nom. Mais il n'y eut personne pour le prendre au sérieux. Ce n'était qu'un de ces illuminés que toute religion recèle en son sein : un esprit égaré. Pourtant, il fallut bien réagir. Pas un mois ne se passait sans qu'il provoque quelque nouveau scandale. Ses ennemis — et il s'en trouve ici en quantité — racontent qu'il réunit un jour, en plein midi, certains de ses compagnons dans un champ afin de tenter d'arrêter par leurs cris, la course du soleil. C'en était trop et, sous l'impulsion de Rabbi Eskapa, Shabtaï Zvi fut contraint de quitter la ville, non sans avoir reçu auparavant les trente-neuf coups de fouet réglementaires dans la synagogue. D'autres, avec autant de ferveur, prétendent qu'en l'année 1648, il s'était déjà révélé Messie ; ses frères affirment même que la voix divine s'était élevée, adjurant de ne pas toucher à Shabtaï, et que les trois patriarches Abraham, Isaac et Jacob l'avaient oint, si bien qu'une odeur, celle du jardin d'Eden, imprégnait tout son corps. Un médecin constata les faits. Le corps de Shabtaï était parfumé. Mais le médecin ne divulgua le secret à personne, du moins pendant un certain temps. A mon arrivée, j'ai trouvé une ville tout entière en tension et qui n'attendait que la venue du Messie en marche depuis Alep. Les clans rivaux s'injuriaient, se renvoyaient l'anathème sous les yeux moqueurs des Hollandais et des Français qui font ici commerce.

A la table de mon hôte, il n'était pas de jour où l'on ne fît l'éloge de Shabtaï en des termes que n'importe quel homme de bon sens eût rejetés. Plusieurs m'ont décrit Shabtaï comme s'ils l'avaient vu et, à les en croire, ses yeux étaient semblables à des diamants, cependant que nul ne pouvait résister à son pouvoir. Comme tu le vois, Jérémie, les mêmes fables ont cours dans tous les pays du monde.

Dans la cité, la ferveur était grande. Chacun, comme à Amsterdam, s'ingéniait à décrypter la lettre de Nathan que tu as tant de fois recopiée. Je puis t'en donner autant d'interprétations que de lecteurs. Je me souviens des heures passées ensemble à l'étudier mais, au fond de mon cœur, j'avoue n'y avoir rien compris, pas plus d'ailleurs qu'aux événements qui se sont déroulés ici.

Shabtaï Zvi est arrivé peu avant le nouvel an et rien pendant longtemps ne laissait prévoir ce qui allait se passer. La foule le suivait partout où il allait, mais la plus grande partie de son temps, il la passait enfermé dans la maison familiale. Je l'ai aperçu. Il semble honnête homme, grand de sa personne, le visage fourni d'une barbe et je puis jurer que ses yeux sont ceux d'un homme normalement constitué. Mais c'est la foule qui m'inquiétait. Chaque jour était prétexte à inventer quelque nouveau prodige qui n'était que pure invention. Elle parlait de tourbillons de feu qui s'embrasaient subitement au passage de Shabtaï. Mais ce que je puis t'affirmer avec certitude, c'est que pendant un certain temps le Messie ne fut guère prodigieux. Il se rendait fort tôt à la synagogue, récitait à très belle voix des prières dévotionnelles puis, en sortant, distribuait des aumônes aux pauvres. Il allait même jusqu'à les nourrir. Il lui arrivait de se lever à minuit pour prendre un bain rituel dans la mer toute proche. La masse le suivait comme elle peut suivre un homme pieux, parce que sa conduite était exemplaire. Shabtaï Zvi ne ressemble en rien à un chef de guerre dont les nouvelles parvenues d'Orient nous abreuvaient. C'est un saint homme comme on en approche tant dans notre communauté. Est-ce donc là le Messie, presque un homme du commun ? Ce serait mal le connaître.

Il n'a accompli nul miracle. Mais il a fait un bruit immense, tumultueux qui s'est répandu dans la ville pour atteindre Constantinople. J'ai vu, je puis te l'assurer, cet homme tout à fait paisible se transformer soudainement en loup furieux toute la semaine de Hanouka. Une semaine terrible qu'il me faut te raconter par le menu si tu veux vraiment savoir en qui tu as mis ta foi.

Rien n'indiquait que l'orage allait tonner sinon les réunions de plus en plus fréquentes des rabbins qui s'interrogeaient sur la conduite à tenir face aux mouvements de la populace. Pris de frénésie, le peuple en effet acclamait aveuglément son Messie. Les réunions succédaient aux réunions, si bien qu'un jour Shabtaï en prit ombrage et sortit brutalement de sa léthargie. Sachant qu'un certain Pena doutait de lui et le traitait de charlatan, il s'achemina vers la synagogue pour l'expulser, suivi d'une foule d'au moins cinq cents personnes. Mais il trouva porte close. De colère, il fit demander une hache et lui-même, dans une fureur sans pareille, brisa les portes. La synagogue fut envahie. On s'y battit, mais les infidèles furent mis en déroute. La place était nette pour les croyants. Shabtaï lut alors la Torah, puis il plaça ses mains en coupe autour de sa bouche et trompetta aux quatre vents. D'une voix claire, il déclara que la Loi pouvait être transgressée, qu'il était le Messie de la maison de David et que tous les interdits étaient levés. Les jeûnes étaient abolis, chacun pouvait manger les graisses interdites et dire le nom de l'Ineffable. Spontanément, quelques Croyants protestèrent. Alors Shabtaï monta à l'Arche, prit une Torah dans ses bras, et se mit à chanter *Meliselda*.

> « *Je montais dans la montagne*
> *Je descendais au fleuve,*
> *J'y rencontrais Meliselda*
> *La fille du roi, radieuse et belle*
> *Je voyais la rayonnante jeune fille*
> *Comme elle sortait du bain.*
> *Ses sourcils arqués, sombres comme la nuit,*
> *Son visage, une épée de lumière étincelante,*
> *Ses lèvres comme des coraux rouges et brillants*
> *Sa peau comme du lait, si claire et blanche.* »

Et plus Shabtaï chantait, plus il s'enthousiasmait. D'une voix très profonde, les yeux étincelants, il se déclara l'Oint de Dieu et le rédempteur d'Israël. Une immense clameur s'éleva dans la synagogue. Elle s'enfla encore lorsque Shabtaï annonça que, dans quelques jours, il enlèverait le royaume du Turc qui deviendrait son serviteur. La foule amassée buvait ses paroles. L'avoir dit, c'était déjà l'avoir fait. Chacun voulut lui baiser la main, et Shabtaï laissait faire, le sourire aux lèvres. Il les bénissait, les encourageait à toute transgression, et le nom de l'Ineffable revenait inlassablement. Shabtaï était devenu roi d'Israël de sa propre autorité.

Dès le lendemain, dans la synagogue portugaise, se déroula l'intronisation. Shabtaï fit son entrée, précédé d'une grande coupe d'argent remplie de sucreries et suivi de deux hommes portant des vases de fleurs. Lui, tenait à la main, pour sceptre royal, un éventail plaqué d'argent avec lequel il touchait la tête de ses fidèles. Rien qui ressemblât de près ou de loin à une cérémonie traditionnelle. Mais la ferveur était telle qu'il importait peu que la tradition fût respectée. Israël se choisissait un roi. Et, les uns après les autres, tous les membres de la communauté vinrent faire allégeance, hommes et femmes. L'un lui baisait la main, l'autre les pieds, un troisième apportait avec lui des dons d'argent, et chacun fut récompensé d'une bénédiction. Mais ne crois pas, Jérémie, que seule la vile populace se prosternait aux pieds de Shabtaï. Les notables étaient là aussi, sans compter Rabbi Haïm Benveniste, à la droite de Shabtaï, qui lui aussi recevait les honneurs de la foule. Tous les rabbins étaient présents, parfois à contrecœur, à l'exception de Lapapa qui fit preuve d'un grand courage en s'abstenant, terré dans sa demeure, ne voulant participer à ce qu'il considérait comme une mascarade. C'en fut une, Jérémie, je puis te l'assurer. Spectacle désolant. Les hommes avaient-ils perdu l'esprit ? Comprends-tu ? En quelques jours, les grenouilles se sont trouvé un roi, et le roi ordonne. J'ai peine à inscrire sur ces feuilles les nouvelles dispositions de la Loi. Tous les interdits sont levés. Tous les jeûnes qui commémoraient la destruction du

Temple et l'exil d'Israël ont été abolis par proclamation royale. Pis encore, le jeûne du 10 Tevet est supprimé. Il s'agit, comme tu le sais, de commémorer le siège de Jérusalem par Nabuchodonosor. Le temps des deuils n'est plus. Finis les jeûnes traditionnels, car ce ne sont que plaintes et lamentations dans la maison d'Israël, alors que le temps des réjouissances est venu. La joie remplace la peine puisque le Messie est là, roi d'Israël, et que l'heure est à la rédemption.

Tu n'imagines pas, Jérémie, ce qu'est une foule en extase, une foule pour laquelle chaque geste de Shabtaï prend sens alors qu'à dire vrai je crois que c'est la folie qui le guide. En quelques jours, il a mis la ville dans un état d'excitation et d'exaltation indescriptibles. Et des rumeurs circulent selon lesquelles à Constantinople, où l'on attend sa venue, la situation serait pire encore. L'intolérance est à son comble. Tous ceux qui ont refusé l'abolition du jeûne sont désignés du doigt, et, lorsqu'ils passent dans la rue, il s'en faut de peu qu'ils ne soient mis en pièces. Mon hôte est un croyant fidèle, et il me faut cacher mes véritables sentiments. J'ai quitté l'intolérance pour retrouver plus intolérable encore. A la tête de ses troupes, Shabtaï Zvi s'est mis en marche vers Constantinople pour ôter sa couronne de la tête du Sultan. C'est cette troupe que je vais suivre. Advienne que pourra. Sache, Jérémie, que je n'ai dit que la vérité, la simple vérité.

CARNET – *Janvier 1666*.

Non, je n'ai pas tout dit à Jérémie. Des événements plus importants ont eu lieu ici, trop privés pour être livrés à une missive dont Jérémie répandra la teneur. Je préfère les confier à ce carnet.

Quand Shabtaï est arrivé à Smyrne, il était devenu le centre de l'univers. Chacun suivait ses pas, guettait ses actes ou ses paroles, et mon hôte n'était pas le dernier. Il avait même fermé boutique et il faut bien admettre que tout le quartier juif vivait au ralenti et parfois plus du tout. Shabtaï accaparait croyants et infidèles, tous prêts à une lutte fratricide. Soudain, il fut question d'une femme, de la femme même de Shabtaï Zvi. Elle était l'objet de mille rumeurs qui ne cessaient de se répandre, multipliées en écho. Chacun vantait sa beauté. Mais c'est surtout sa réputation qui faisait jaser la populace. L'épouse du Messie n'était qu'une prostituée qu'il avait épousée quelques années auparavant, en Égypte. Elle passait alors pour folle, hurlant à qui voulait l'entendre qu'elle épouserait le Messie, que c'était son destin, qu'une tireuse de cartes le lui avait prédit. Elle l'avait clamé dans toutes les villes qu'elle avait traversées et chacune des communautés, à Mantoue, à Livourne et ailleurs l'avait chassée. Personne ne voulait de cette femme scandaleuse. Elle avait erré, traînant d'un amant à l'autre, jusqu'à ce qu'elle se trouve face à Shabtaï. Et là, sans que personne ne comprenne vraiment, il l'a prise pour femme. Il accomplissait peut-être les paroles du prophète Osée : « Va, unis-toi à une femme prostituée... » Et elle, Sarah, réalisait le rêve que tous avaient pris pour folie.

Pourquoi donc vouloir cacher ces faits à Jérémie ? En eux-mêmes ils étaient de notoriété publique, et je n'aurais fait que mon scrupuleux travail d'informateur, l'âme sereine. Mais le hasard en a voulu autrement. La femme du Messie, cette Sarah si vilipendée, à peine l'ai-je entrevue qu'une étrange émotion m'a envahi. Sarah ! Sarah, la petite gamine aux taches de rousseur, la petite fille au grand secret de l'orphelinat. Sarah, la rousse qui m'avait rendu malade en mon adolescence, celle à qui j'avais pensé jour et nuit, était devenue l'épouse de Shabtaï. C'était elle qu'on roulait dans la boue. Et même si les ragots étaient vrais, l'idée m'en était intolérable. Dès que je l'ai aperçue, une envie folle m'est venue de courir vers elle, de me faire reconnaître.

— Te souviens-tu, Sarah, des chansons que tu chantais ? Ces vieilles mélodies que j'avais perdues ? C'est moi, Josué, tu sais bien... à l'orphelinat d'Amsterdam...

Mais je suis resté muet, dans la rue, tandis qu'elle passait, accompagnée d'un groupe de femmes. Partout où je tentais de changer mon destin, la mauvaise fortune me le renvoyait en échange. J'avais mis des lieues entre mon passé et moi-même, et le passé revenait se couler dans mon histoire.

Et puis comment m'aurait-elle reconnu ? Quel souvenir aurait-elle gardé d'un gosse pitoyable, aussi miséreux qu'elle, il y avait de cela une vingtaine d'années ? Je gardai mon émotion. Le soir, à la table de mon hôte, personne ne me vit pâlir lorsqu'on évoqua la femme du Messie. Certes, on n'en disait guère de mal ouvertement, mais on laissait entendre... N'était-elle pas la femme du Messie-Roi ? Et s'il avait épousé une prostituée, il savait bien ce qu'il faisait. Loué soit le Seigneur ! Il n'en demeurait pas moins qu'elle se livrait à la débauche, séduisant l'un, abandonnant l'autre, avec ostentation. Le Messie laissait faire. Le Messie ne se prononçait pas. Il semblait parfois même approuver les agissements de Sarah. Et moi, je restais fixé à l'enfant d'autrefois, celle que ma communauté était venue rechercher tandis que je me cachais. Non, c'était impossible. Sarah n'était pas ce qu'on prétendait. Je me refusais à l'admettre, obstinément. Je dois à la vérité que tout conspirait contre elle et que mon obstination n'était que celle d'un enfant refusant qu'on noircisse son passé. Sarah était bien ce qu'on prétendait qu'elle fût.

Je l'ai suivie dans les ruelles de Smyrne. J'ai tenté de l'approcher. J'ai échoué. Dans ma course folle aux souvenirs, je lui ai même fait parvenir un message. J'y parlais des moments de bonheur qu'autrefois j'avais passés près d'elle. J'étais en quelque sorte, sans honte, devenu un soupirant banal. L'avoir revue m'avait remué jusqu'au fond de l'âme. Chaque jour qui passait, j'attendais une réponse qui ne venait pas. Et puis un jour, sans que personne ne s'y attende, Shabtaï Zvi proclama qu'il était temps de consommer son mariage. C'était le 7 Tevet. Il fit annoncer à grand bruit l'événement comme s'il voulait faire taire toute rumeur. Sans cette consommation, la mission messianique ne pourrait avoir lieu et la virginité de Sarah devait être établie au grand jour.

Je dois dire, à ma plus grande honte, que je ne fus pas le dernier à me présenter, tôt le matin, devant la demeure de Shabtaï. Une foule impatiente, vociférante, piétinait depuis l'aube, chantant des hymnes ou priant jusqu'au moment tant attendu. La porte de la demeure s'ouvrit et l'on vit deux vieilles femmes s'avancer, tenant chacune un coin du drap nuptial ensanglanté. La foule hurla sa joie. Les langues vipérines n'avaient plus qu'à se taire. Sarah n'était pas ce qu'on avait prétendu. J'aurais bien aimé le croire comme tous ceux qui criaient leur bonheur, mais les langues s'étaient trop déliées auparavant, les preuves trop flagrantes pour que je puisse être dupe d'une supercherie. Sarah était bien la prostituée que l'on disait et sa virginité perdue auprès du Messie n'était qu'une mise en scène. J'en eus la preuve quelques jours plus tard.

Tôt le matin, une vieille femme apparut chez mon hôte et me fit demander. Jamais je ne l'avais vue. Elle m'affirma être porteuse d'un message à mon intention, mais que le mieux était encore de la suivre, sans poser la moindre question. Je traversai à ses côtés la ville que la présence du Messie avait rendue totalement inactive. Toutes les boutiques étaient fermées. Seuls, quelques chiens erraient dans les rues. J'interrogeai la vieille. Elle ne répondit pas jusqu'au moment où nous nous retrouvâmes devant la demeure du Messie. Sur la chaussée, une foule était assise dans l'attente du moindre signe qui sortirait de la maison. Les uns priaient, d'autres dormaient encore, emmitouflés dans d'épaisses couvertures. La vieille m'aida à me frayer un chemin. Puis, soudain, me fixant dans les yeux :

— Poussez la porte et entrez.

Qu'avais-je à faire là ? Quel était le sens de cette démarche ? La vieille me conduisit vers une chambre sombre et s'éclipsa. Il fallut quelque temps pour que mes yeux s'accommodent à la pénombre. Je restai debout, en quête d'une présence humaine. J'en étais certain : il y avait quelqu'un tout près de moi. La saveur d'un parfum entêtant venait m'irriter sans que je localise son origine. Un parfum de femme, envoûtant, capiteux, sucré, insaisissable, et qui mettait mes nerfs à rude épreuve. J'avais beau écarquiller les yeux, je ne voyais rien. Un froissement d'étoffe attira mon attention, mon regard, maintenant habitué à la pénombre, distingua une forme féminine allongée sur un sofa, dans un coin reculé de la pièce. Une voix chantante s'éleva.

— Viens, Josué, viens. Rapproche-toi de moi.

Je fis quelques pas en direction de la voix et me trouvai soudain, le cœur battant la chamade, devant celle dont je ne distinguais que la silhouette et que je savais être Sarah. Je pus, en m'approchant mieux, cerner son visage. Une émotion intense m'étreignit. J'étais maintenant totalement accoutumé à la pénombre fraîche. C'était bien Sarah, s'éventant calmement avec la lettre que je lui avais fait porter.

— Approche, Josué, sois sans crainte.

J'esquissai quelques pas dans sa direction. Elle m'ordonna de m'asseoir à ses côtés. J'aurais aimé me serrer contre elle, lui dire le bonheur de l'avoir retrouvée mais je restai sans voix, interdit.

Sa voix était douce et chacune de ses paroles était pour moi un long retour en arrière.

— Je ne t'ai jamais oublié, Josué, malgré la vie que j'ai menée. Je suis certaine qu'autour de toi les langues se sont déliées, qu'on m'a traînée dans la boue et présentée comme une fille perdue, égarée sur les chemins du vice. C'est la pure vérité, Josué. La vérité. Je ne cherche pas à me défendre. Tout ce qu'on t'a dit est vrai et encore, ils ne savent pas tout... Si je te disais le nombre de mes amants... Si je te disais les lieux que j'ai fréquentés...

J'écoutais, stupéfait, cette accumulation d'horreurs que je n'avais pas suscitées, sans pouvoir interrompre Sarah. C'était odieux de l'entendre tant elle prenait plaisir à se souiller, à étaler devant moi des monceaux de bassesses et d'impureté. Pas un mot de regret. Une descente progressive dans l'abjection. D'un geste vif, elle m'agrippa la main.

— Tu es le seul, Josué, que j'aie évoqué toute ma vie sans salissure. Toi seul auquel je me raccrochais pour tenter de ne pas descendre plus bas : image lumineuse de notre enfance dont tu es le seul témoin. Je te revoyais, assis à mes côtés, tandis que je chantais. Tu étais mon unique réconfort, le seul à me dire que j'existais et que je n'étais pas seule au monde. Si tu savais, Josué... Si tu avais pu comprendre à ces moments-là...

Je ne savais rien d'autre que ma main qu'elle avait prise dans la sienne et les paroles d'apaisement qu'elle s'adressait à elle-même.

J'étais prisonnier de ses paroles, ébahi qu'elle se souvienne de moi. Mais ne m'étais-je pas, moi aussi, souvenu d'elle si longtemps ?

— Tu te rappelles, Josué, mon secret ? Celui que je n'aurais dit à personne ? Je rêvais d'être reine et je le suis. Reine d'Israël, Josué, l'épouse du Messie.

Sa voix avait brutalement changé. Elle ne s'adressait plus vraiment à moi. Elle divaguait.

— Tout un peuple est à mes genoux, tout un peuple m'adore. Ils savent tous que je suis une putain mais ils se prosternent devant moi après m'avoir injuriée. C'est ma vengeance, Josué. Je peux faire tout ce que bon me semble. D'ailleurs...

Elle n'acheva pas et m'attira vers elle, brutalement,

cherchant ma bouche. Je fus si surpris que je me retrouvai dans ses bras tout à la fois excité et révolté. Je dus me débattre, la repousser avec force. Je ne voulais rien de ce corps. Au mieux, j'aurais voulu poser ma tête contre son épaule tandis qu'auraient défilé pour nous deux, seuls, les instants magiques de notre enfance.

Elle se fit violente.

— Tu ne peux pas, Josué. Aucun homme, jusqu'à ce jour, ne m'a repoussée ainsi. Tu es fait de la même pâte, tu succomberas. Je suis reine, tu entends, reine ! Tu ne peux rien me refuser.

J'étais déjà debout. Je m'enfuis, la laissant dans la pénombre.

Le grand jour me fit du bien. J'étais oppressé, les larmes aux yeux. Mon passé n'était qu'un immense gâchis. Et j'étais prêt à hurler, pour la foule réunie devant la demeure du Messie, que tout n'était que mensonge, supercherie, tromperie. Mais qui m'aurait entendu ?

Mes pas me conduisirent vers la mer. Je m'assis sur un rocher, cherchant à apaiser ma colère et ma tristesse. Je vivais dans un monde de folie sur lequel Sarah régnait en despote. Sa volonté faisait Loi et j'aurais dû m'y soumettre tandis que sans doute, dans un autre lieu de la demeure, le Messie était en prière. Que faisais-je là ? Ma conscience était pour moi et je ne pouvais pourtant m'empêcher de songer combien j'étais seul avec mes souvenirs. Cette étreinte forcée éveillait en moi une innocence perdue. Des scrupules me vinrent. Sarah avait peut-être besoin de moi. Et puis, n'avais-je pas moi-même suscité notre entrevue ? Je me maudissais de m'être enfui, n'ayant su peut-être apaiser les souffrances d'une âme torturée. J'aurais peut-être trouvé des paroles de consolation, j'aurais... Non, ce n'était pas vrai. Le souvenir s'était heurté à la réalité. Sarah était folle et mon existence était folle dans un univers de folie.

CHAPITRE XIII

Josué ne sait que faire, que penser. Il reste pourtant, cheminant dans la ville entière qui s'est embrasée sous le regard moqueur des chrétiens et l'indifférence des mahométans. A chaque jour son prodige. Et ce ne sont pas deux ou trois habitants qui en attestent la réalité, mais la communauté tout entière. Le quartier juif est une marmite bouillonnante qui déborde. Il suffit que le plus insignifiant des mendiants ait vu passer dans la rue le prophète Élie pour que tous l'aient aperçu. Personne ne reviendra sur ce fait acquis, fruit de la pure imagination. Tous l'ont vu. Certains l'ont même touché. Tous peuvent donc en parler. Et l'on se bat pour savoir qui l'a vu le premier. Immense débordement où tout est possible, sans la moindre réserve. Et Josué est ballotté du soir au matin dans l'incertitude, le rêve, l'irréalité. L'un a vu une gigantesque colonne de feu s'élever vers le ciel au moment où Shabtaï passait dans la rue. L'autre, à minuit exactement, a remarqué une étoile qui tombait du ciel et s'abîmait dans la mer. Miracles et prodiges à chaque coin de rue. Surenchère. Monumental remue-ménage auquel le Messie apporte lui-même son concours. N'est-il pas arrivé lors d'une circoncision, et n'a-t-il pas, de son bras, retenu le mohel ?

— Ne vois-tu pas que le prophète Élie n'est pas encore assis sur son siège ?

Toute l'assistance avait retenu son souffle jusqu'au moment où Shabtaï Zvi, enfin rassuré, avait vu le prophète gagner la place qui lui était réservée. Et la circoncision put commencer. Le bruit d'un nouveau miracle se répandit aussitôt, et Shabtaï n'en devint que plus glorieux.

La présence de l'Oint du Dieu de Jacob maintenait la ville dans une curieuse atmosphère, que Josué avait du mal à définir. La peste d'Amsterdam lui avait appris jusqu'à quelles extrémités les hommes les plus sensés pouvaient être conduits, en cas d'absolue nécessité. Ici, c'était la joie qui prévalait, débordante, contagieuse, explosive. Chaque maison organisait sa fête. On banquetait d'une rue à l'autre, dans une liesse tapageuse que les Turcs regardaient d'un œil serein depuis qu'à force de bakchich on leur avait enseigné l'art de fermer les yeux. Soudain, sans qu'il s'y attende, marchant au hasard des rues, Josué se voyait entraîné dans une joyeuse sarabande où hommes et femmes mêlés, accompagnés de tambourins, dansaient jusqu'à l'épuisement. Il était étourdi par cette gaieté festive qui s'arrêtait aussi mystérieusement qu'elle avait débuté et versait alors dans la pénitence et la contrition. Un homme demandait qu'on le flagelle et tous se proposaient. En cercle autour de lui, la foule regardait faire, laissait faire, prise elle aussi au jeu du malheur. Les coups pleuvaient, violents, réguliers, tandis que l'homme avouait ses fautes, ses péchés, et tentait de revenir dans le droit chemin. Il souffrait, il pleurait. Et chacun de pleurer avec lui. Il pliait l'échine et la foule l'imitait. Puis l'homme implorait qu'on cessât de le frapper. D'un pas lent, suivi d'une cinquantaine de personnes, il se dirigeait vers la mer. Josué observait cette petite troupe qui dévalait vers le rivage.

L'eau glacée de cet hiver ne découragea personne. D'un même élan, ils s'enfoncèrent lentement jusqu'au cou, dans la froidure, récitant des psaumes, invoquant le Messie, s'immergeant totalement dans ce grand bain purificateur. Josué les vit sortir grelottants, hagards, les vêtements collés à la peau, et remonter avec lenteur jusqu'à la ville. Josué les abandonna. Quelle force, quelle puissance extraordinaire poussait les humbles à ces extrémités ? Certains, et Josué le savait, avaient jeûné une semaine entière. Rien dans leur attitude n'indiquait le moindre signe de faiblesse. Au contraire, il s'y lisait une force décuplée, une absolue certitude. Le Messie les habitait.

Les nuits n'étaient plus des nuits, traversées par des retraites aux flambeaux qui illuminaient la ville et que Josué, accompagné de son hôte et de toute sa famille, suivait sans y souscrire, observant cette masse sans pouvoir faire état de ses doutes ou de son incrédulité. Il était le témoin muet de scènes étonnantes qui le bouleversaient sans qu'il sût pourquoi. Car tout ce qu'il voyait, entendait, sentait, était vrai mais d'une vérité aux allures fantastiques et inquiétantes. On eût dit que la population avait oublié toute réalité pour s'engouffrer dans un autre temps : celui de la rédemption, qui n'exigeait plus qu'on s'occupât d'autre chose que de son âme. Une vérité extraordinaire qui ne ressemblait à rien de connu, et sur laquelle Josué promenait un regard inquiet, consterné.

Mais aux yeux attentifs de Josué, là n'était pas l'essentiel. Qu'une partie de la ville s'enflammât, rien que de très banal, malgré les excès en tout genre. Ce qui frappa Josué de stupeur, ce fut cette subite explosion d'enthousiasme qui s'empara du petit peuple juif. Certes, il avait côtoyé, au cours de ses études de médecine, quelques cas singuliers vite baptisés « hystériques », sans s'y attarder plus que de raison, avant de les oublier. Mais dans le petit monde qu'il fréquentait maintenant, c'était une véritable épidémie. Elle commença une matinée alors qu'il marchait à pas lents, tentant de comprendre les scènes dont il était le témoin. Une foule compacte entourait un homme allongé à même le sol, les yeux révulsés, la bave aux lèvres, respirant avec peine. Sa bouche était fermée et il demeurait immobile, semblant dormir. En s'approchant, Josué entendit distinctement les paroles qui sortaient de cette bouche close, et que toute la foule réunie écoutait dans le recueillement sans tenter un geste vers le malheureux gisant à terre. Josué voulut intervenir mais on l'en empêcha. Une femme s'agrippa à lui, le repoussa. Tous buvaient les mots hachés, les phrases saccadées de l'inconnu. Il parlait de l'Éternel, du nouveau royaume qui s'ouvrait à tous. Il disait la gloire de Shabtaï Zvi, le Messie, le Sauveur auquel rien n'était impossible. Le malheureux reconnaissait ses péchés et exhortait les autres à les confesser, entremêlant son discours de quelques versets bibliques. Tandis qu'il l'écoutait, Josué sentit la foule frissonner, bouger, reprendre quelques phrases, quelques versets et dans l'instant qui suivit une femme, qu'il n'avait guère remarquée, se mit à trembler de tous ses membres avant de tomber sans connaissance tandis qu'un homme hurlait les paroles du prophète Joël.

> « Je répandrai mon esprit sur toute chair, si bien que vos fils et vos filles prophétiseront, que vos vieillards songeront des songes et que vos jeunes gens verront des visions. Même sur les serviteurs et les servantes, en ces jours-là, je répandrai mon esprit. »

Ce n'était plus un seul individu qui déversait pour d'autres les paroles et les visions. C'était toute une communauté hantée par l'Éternel qui parlait par leur voix, par leur corps. Ils dansaient, se convulsaient, tombaient comme privés de vie. Puis, sortant d'une espèce de léthargie, ils s'éveillaient, ayant oublié jusqu'au moindre souvenir de leur gesticulation. Josué se remémora ses vieilles leçons médicales, dans l'espoir d'y trouver l'explication de cet étrange phénomène. Il fut surpris de voir que les enfants, eux aussi, étaient touchés, des tout petits qui entraient en transe et que le peuple écoutait avec gravité. Ils récitaient les versets, gesticulaient comme des forcenés puis, d'une seconde à l'autre, redevenaient des bambins innocents. Combien étaient-ils, ces fanatiques ? Une bonne centaine en tout cas qui parcouraient la ville et qui, quel que fût le lieu, chantaient la gloire de Shabtaï Zvi, assis sur son trône, régnant sur le peuple d'Israël.

Josué n'était pas le seul à suivre ces événements.

Carnet – *Smyrne. Janvier 1666.*

J'ai eu l'occasion de m'entretenir avec un médecin, un Hollandais, comme moi. Si j'étais inquiet, lui s'amusait de cette explosion et regardait cette agitation avec la certitude d'en comprendre les mécanismes. Selon lui, il ne s'agissait que d'une manie pure et simple dont étaient responsables les esprits animaux qui échauffaient le sang, et, par là même, les fibres du cerveau déjà ébranlées par des nuits sans sommeil ou des jeûnes prolongés. C'était alors le paroxysme de la crise. Puis, lorsque les esprits animaux se dissipaient, perdant de leur force, ils devenaient incapables de réchauffer le sang et le dérèglement des sens s'achevait. Ainsi s'expliquait médicalement ce phénomène somme toute banal.

J'ai, malgré tout, peine à croire qu'il puisse en être ainsi. Me voilà donc impie en médecine de surcroît !

Cette flambée prophétique qui rampe de jour en jour et qui explose soudainement, ne peut se réduire à une théorie médicale et mécanique. Il m'est impossible d'y souscrire.

CHAPITRE XIV

Josué ne savait que répondre. D'ailleurs, il n'y avait rien à répondre. Un prêtre chrétien eût expliqué le phénomène par l'obscure présence du démon — ce que laissaient entendre aussi les incroyants. Mais ils n'osaient guère se montrer tant était féroce la colère des croyants. Josué les vit faire régner la terreur dans Smyrne, à coups de pierre, de gourdins, d'excommunications. Quiconque doutait de Shabtaï Zvi voyait en un instant sa demeure saccagée. Aux yeux de Josué la violence n'était pas preuve de vérité.

Ce qu'il vit et qu'il relata longuement à Jérémie dont la première lettre ne lui parvint qu'après trois mois, ce fut l'étrange comportement des hommes le jour où le Messie partagea le monde et donna aux plus proches de ses fidèles des royaumes à gouverner. Non pas des royaumes illusoires, mais de véritables contrées, étant entendu que ses deux frères, Élie et Joseph dominaient les nouveaux rois puisqu'ils avaient été nommés « Roi des Rois », l'un d'Israël et l'autre de Juda. C'était ainsi que Shabtaï remerciait ses zélateurs. On vit de riches commerçants de la communauté élevés en un instant à la royauté, tel Chalom Cremona qui devint Roi Achab,

Ephraïm Arditti, qu'on ne nommait plus que Roi Joram. Josué songea à Picrochole, ce personnage du *Gargantua* que son père lui avait légué. Ce fut peut-être le seul sourire que Josué se permit, tant le spectacle tournait à l'absurde. Mais pourquoi ne pas rire de la folie ? « Pour ce que rire est le propre de l'homme. » Pour Josué, Shabtaï était un autre Picrochole, entouré du duc de Menuail, du comte de Spadassin et du capitaine Merdaille, tout échauffés à se partager un monde imaginaire dont ils allaient se rendre maîtres. Il se souvint de ces quatre excités qui gagnaient des batailles fantomatiques, s'attribuant des royaumes d'illusion, riches seulement de leur imagination fertile. Et tout s'achevait dans un désastre final, un gâchis de salive, de pleurs, de regrets. Shabtaï n'avait pas nommé moins de vingt rois qui se pavanaient dans les rues, exhibant au public ébahi des lettres patentes qui attestaient la vérité des faits. Certains embrassaient avec ferveur ces bouts de parchemins signés du Messie lui-même, et c'était acte pieux.

Il y eut plus comique encore. Abraham Rubio, mendiant bien connu de la communauté, se retrouva, sans l'avoir demandé, Roi Josias, et tous de s'empresser autour de lui pour lui racheter son titre. Josué vit des hommes que cet être répugnait autrefois l'inviter au cabaret, lui proposer force chopines et promesses d'argent. Mais Abraham Rubio résistait. Il était roi. Au nom de quoi aurait-il abandonné son royaume ? Ni la boisson ni l'argent ne réussirent à le convaincre.

Josué aurait aimé qu'une pause s'installe dans la ville, que croyants et incroyants fassent la paix, mais l'effervescence excitait la hargne du peuple, tant ils étaient certains de vivre le temps de la rédemption.

Allez donc apaiser de bonnes paroles un forcené qui vous menace d'un couteau ! Bientôt, l'agitation déborda les limites de la communauté pour gagner les Turcs. D'ailleurs, Shabtaï avait, de son propre chef, ordonné qu'on abolît la prière destinée aux dirigeants du pays. On ne priait plus pour le Sultan, mais pour Shabtaï. Josué nota dans ses carnets cette adaptation curieuse :

> « Celui qui accorde le salut aux rois et le pouvoir aux princes, dont le royaume est établi à jamais, qui délivrera Son serviteur David du sabre destructeur, qui trace un chemin dans la mer et une voie dans les eaux puissantes, puisse-t-il bénir, préserver, garder, et élever toujours plus notre Seigneur et notre Messie, l'Oint du Dieu de Jacob, le Lion céleste et le Cerf céleste, le Messie de Justice, le Roi des Rois, le sultan Shabtaï Zvi. Puisse le Roi des Rois suprême le préserver et lui accorder la vie. Puisse le Roi des Rois suprême élever son étoile et son royaume et inspirer le cœur des dirigeants et des princes en sa faveur, en notre faveur et de tout Israël, et disons : Amen. »

Toute prudence était oubliée. Les juifs de Smyrne avaient détourné la prière d'obédience. Ils ne craignaient plus rien, puisque le Messie s'était mis en route vers Constantinople et voguait sur un petit caïque pour aller détrôner le Sultan. Tel était son destin.

CARNET – *Smyrne. Janvier 1666.*

J'engrange, note après note, tout ce que je vois, tout ce que j'entends. Mais peut-être me suis-je caché l'essentiel ? Depuis que la fièvre s'est emparée de la ville, plus une seule fois le nom de Sarah n'est apparu dans ces carnets. Et pourtant, il n'est pas une page où je ne souhaite la nommer. Elle m'habite, elle me hante. Plus les jours passent, plus la scène qui s'est déroulée entre nous m'obsède. Je l'ai rejetée. Je m'en veux. Son corps si près du mien, et ma fuite qui a dû lui paraître lâche ou incompréhensible. Le goût de ses lèvres me revient, lancinant, dès que ma pensée se porte vers elle. Pourquoi l'ai-je repoussée ? Il y avait tant de mois que je n'avais osé porter le regard sur une femme. C'eût été trahir la mienne, Maria, laissée derrière moi dans ma fuite vers l'oubli. Aux yeux des autres, peut-être, ma fidélité m'honore, au nom de la vérité, de *ma* vérité, si l'image de Maria reste toujours vivace, je sens renaître en moi la puissance du désir. J'ai fui pour en finir mais tout n'est qu'à recommencer. J'ai pu, quelque temps, me cacher la tête dans le sable, m'étourdir de savoir, me faire l'observateur minutieux du mouvement incessant qui agite la ville : la vie est toujours la plus forte. Toujours, quoi que je fasse. Bien entendu Sarah a perdu toute raison. Ne signe-t-elle pas ses lettres d'un ridicule « Madame la Reine Rebecca » ? Mais dans la solitude de ma chambre, le soir, avant de m'endormir, lorsque enfin j'ai achevé mes notes, il me faut bien constater que je suis homme et qu'il y va de quelque hypocrisie à vouloir le cacher. L'évocation du corps de Sarah réveille des sensations que j'avais crues ensevelies à jamais. Et les images de mon adolescence resurgissent aussi fortes. Désir et faute dans le même moment. Sarah n'est rien, je le sais. J'ai eu raison de la fuir. Mais elle est l'image de la femme sans laquelle je ne puis être homme. Je sens en moi l'horreur de l'ascétisme, cette violence faite à soi-même. Tous ceux qui m'entourent sont animés d'une flamme qui les honore, sans doute, mais aussi les protège. Bienheureux ! Le doute est exclu de leur existence. Shabtaï Zvi est le sauveur. Il occupe leurs journées et leurs nuits. Il efface tout ce que la vie contient d'incertitudes. Le fanatisme leur tient lieu de raison. Il n'est plus homme ni femme qui tienne. Ils sont dans l'embrasement de la déraison, ayant perdu ce que l'humanité a de plus précieux. Quels véritables sentiments les animent ? Une adoration pour un être qui se pavane dans la synagogue, et chante après le sermon une de ces *romanza* espagnoles, vieille chanson d'amour castillane.

> « *Je montais vers la montagne,*
> *Je descendais au fleuve,*
> *J'y rencontrais Meliselda*
> *La fille du roi, radieuse et belle.* »

Vieille chanson d'amour, nouveau chant religieux et mystique qui célèbre son mariage avec la Torah. Mariage symbolique, mariage éthéré, tandis que Sarah est là, bien vivante. J'ai beau faire tous mes efforts pour l'oublier, pour poser des remparts entre elle et moi, elle est là, qui m'accompagne nuit et jour depuis son baiser dérobé. Mais les murailles que je construis ne sont jamais assez hautes. Je vois Maria. Elle est là lorsque je ferme les yeux. Je sens ses mains toucher mon corps. Je sais que je voudrais poser mon visage contre sa poitrine. Et les larmes me coulent des yeux. Elle n'est plus là, elle ne le sera jamais, oubliée parmi des milliers d'autres, dans un charnier, emportés par la peste. Il ne me reste rien d'elle que mes souvenirs qui s'émoussent. Quelques scènes vivantes, pleines d'amour, de sympathie, de mélancolie, parfois. Et puis un grand vide que ma mémoire se refuse à combler. Il ne me reste qu'à m'accuser de n'avoir rien voulu garder d'elle, pas même cette couronne de mariée que j'ai jetée au feu. Signe de rage. Geste d'un désespéré qui regrette aujourd'hui qu'aucun objet, qu'aucune babiole ne vienne annuler les effets perfides du temps. Voilà, sans doute, ce qui me pousse à prendre ces notes si précieuses, à tenir ces petits carnets qui établissent les faits pour que la mémoire ne meure pas, ni celle des autres ni la mienne. Il me suffit de me relire parfois et les souvenirs coulent comme miel et lait. Un mot en attire un autre et ce jusqu'à l'infini ; à moins que l'émotion trop forte, n'interrompe brutalement le fil de mes rêveries. Peu m'importe d'être une mémoire vivante, attentive, scrupuleuse. J'aspire à la clarté que je puis tirer de moi-même parmi les sentiments qui m'animent en ce moment. Je ne tiens nullement à faire œuvre de chroniqueur. D'autres le feront mieux que moi, oubliant sans doute que les hommes ne sont pas seulement faits de chair mais qu'ils sont aussi habités par l'esprit. Le mien souffre et je veux faire cesser cette torture. J'ai pu remarquer toutefois que toute vérité dite, écrite, en dépit de la douleur qu'elle engendre, fait reculer la souffrance. La morale, que je me suis donnée, me pèse. Je dois fidélité à ma femme morte mais je me dois aussi à ma vérité. La bienséance contre les affres qui me déchirent. Peut-être suis-je redevable à monsieur mon père de cette exigence de vérité. Je lui en suis reconnaissant. Je n'ai pas parlé de mes rencontres fortuites avec Sarah. « Fortuites », est-ce bien le mot qui convient ? Je ne crois pas aux hasards si nombreux, éternellement renouvelés. Je marche et je la trouve devant moi, suivie d'une foule de femmes qui l'escortent. Je baisse les yeux mais je sens son regard sur moi. Nous nous croisons. Elle disparaît et réapparaît le lendemain, le surlendemain, venant à ma rencontre sans que je m'y attende. Qu'elle m'adresse le moindre signe et je deviens sa chose, prêt à me précipiter vers elle, à assouvir tous ses désirs. Je sais ma fragilité du moment présent. Je sais qu'il me faut l'écrire pour reprendre quelques forces, quelque distance contre une envie avec laquelle je me bats depuis que j'ai revu Sarah. Peut-être aussi mon âme ne se nourrit-elle que d'une imagination toute puissante et que ce ne sont que chimères, intentions que je lui prête, produits de ma solitude. Mais quand je songe à nouveau à nos retrouvailles, mes yeux se dessillent et je retrouve la réalité. Non, mon esprit ne s'est pas égaré. Elle m'a tenu dans ses bras. Elle a posé ses lèvres sur les miennes et je me suis enfui, misérable, honteux. Non, je n'ai pas rêvé. Non je ne rêve point. Sarah n'a pas abandonné sa lutte amoureuse avec moi. C'est une autre tactique qu'elle a mise en pratique : m'attirer vers elle tout en maintenant entre nous une distance froide jusqu'à l'intolérable.

Qui lira mes carnets ? Qui saura jamais que, dans les mouvements les plus tumultueux, l'homme ne reste à jamais que ce qu'il est : un être nu, ballotté par ses émotions. Il peut aller jusqu'à sa perte. Il peut aussi, dans l'allégresse générale, dans la liesse qui emporte la foule, souffrir d'une rage de dents, seul événement véritablement important à ses yeux. C'est ainsi que je vis ces moments. J'ai l'esprit ailleurs, tiraillé par le souvenir d'une morte dont la mémoire s'estompe et la réalité de mon être, vitale, contradictoire. J'ai beau me mêler à la foule, tenter parfois de limiter les excès d'un peuple de malheureux qui rassemble ses hardes pour se rendre à Jérusalem où aura lieu la résurrection, l'image de la femme me tenaille, m'use, m'envahit. Qui pourrait le croire ? Ces mots l'affirment et le confirment.

CHAPITRE XV

Ce jour-là, lorsque Josué croisa Sarah, elle marchait à la tête d'une joyeuse bande de femmes qu'échauffait la montée vers la synagogue où, depuis quelque temps, sur l'ordre du Messie, elles étaient en droit de lire la Torah. Sur leur passage, on les interpellait de signes bienveillants. Josué suivit son chemin et rentra chez son hôte. Il avait vu Sarah.
Quand le groupe de femmes passa, sans qu'elles s'y attendent, juché sur un toit, un homme leur cracha son venin, hurlant les paroles d'Ézéchiel.

> « Malheur aux prophètes indignes qui suivent leur propre inspiration et des visions qu'ils n'ont pas eues. Comme des renards parmi les décombres étaient tes prophètes, ô Israël. Vous n'êtes pas montés sur les brèches, vous n'avez pas élevé de clôtures autour de la maison d'Israël, afin de tenir bon pendant le combat, au jour de l'Éternel. Ils ont annoncé des visions fausses et des oracles mensongers, eux qui disaient : " Parole de l'Éternel. " Alors que Dieu ne les avait pas envoyés, et qui se flattaient que la prédiction s'accomplirait. Ne sont-ce pas des visions fausses que vous avez annoncées et des oracles de mensonge que vous avez proclamés, en

disant : " Parole de l'Éternel ! " alors que je n'avais pas parlé ? »

Stupéfaites d'entendre cet homme ainsi perché oser s'opposer à leurs plus profondes croyances, les femmes s'arrêtèrent. Il les invectivait, protégé par sa position, et plus il hurlait, plus la foule grossissait. Hommes et femmes sortaient de leur demeure pour assister à cette scène inouïe. Un homme, un seul, réussissait à narguer la masse des croyants et rien ne pouvait l'en empêcher. Ni les hurlements qui répondaient aux siens, ni les quelques cailloux lancés malhabilement en sa direction.

Rien ne lui importait que de défier la foule des pécheresses. Sa certitude semblait si forte que, même mis à mal, il n'aurait sans doute cessé de crier sa vérité.

« Et toi, fils de l'homme, tourne ton visage vers les filles de ton peuple, qui s'érigent en prophétesses de leur chef, et prophétise contre elles. Tu diras : " Ainsi parle le Seigneur Dieu : Malheur à celles qui cousent des coussinets pour toutes les articulations des mains et confectionnent des coiffes pour des têtes de toute taille afin de capter les âmes ; vous iriez à la chasse des âmes dans mon peuple et vos âmes à vous, vous les feriez vivre ? " »

Une pierre l'atteignit à la tempe. Il chancela et l'on vit son corps basculer dans le vide, avant de s'écraser en contrebas aux pieds de la foule qui ne semblait pas comprendre. La victime, couchée sur le flanc, ne respirait plus, et sa tempe n'était qu'une plaie par laquelle s'échappait un sang épais, presque noir. Un homme, un homme de plus était mort pour une croyance. Mais personne ne voulait admettre l'évidence. On tenta de le relever, en vain. Un cercle qui s'était formé autour du corps hurlait encore des injures. La femme qui avait atteint le malheureux, restait indécise, une autre pierre à la main, prête à recommencer s'il l'avait fallu. Peu à peu, le silence s'installa, lourd, gêné. Personne n'osait plus regarder son voisin. Un gamin se détacha pourtant du groupe ahuri et se mit à courir vers la demeure de Josué. On le savait médecin, et lui seul pouvait encore quelque chose pour le mort. C'est du moins ce que devait se dire l'enfant, car, saisissant Josué par la manche, il le supplia de le suivre, comme s'il y avait encore quelque chose à faire.

Lorsque Josué parvint sur les lieux, il ne put que constater la vérité : le pouls avait cessé. Josué se releva péniblement. Il n'y avait rien à tenter. C'est alors que, jetant un regard à la ronde, il rencontra à nouveau le visage de Sarah ; ce qu'il y lut le surprit, car l'expression dure et méchante céda la place à une douceur sans mesure. Ils restèrent face à face, indifférents à tout ce qui les entourait, à nouveau réunis. Désormais, ils ne pouvaient plus se fuir.

Autour d'eux, la foule se déchaînait. Cette mort était la bienvenue, la revanche du Seigneur, la preuve que nul ne pouvait impunément insulter le Messie ou mettre en doute ses paroles. Parmi les insulteurs se trouvaient bon nombre d'anciens amis du défunt. Josué, qui n'avait pas assisté à la scène, fut pris à témoin. Il se contenta d'un silence prudent, évitant toute parole qui eût pu le compromettre. Mais toute fuite lui était interdite. Sarah le fixait à nouveau, de plus en plus durement. Comme si, pensa Josué, elle le tenait pour responsable de ce qui était arrivé. Cette pensée le révolta. Il était coupable de n'avoir pas répondu aux avances de Sarah. Quand il le comprit, il tenta de s'éloigner. Mais Sarah fit diversion. Elle se mit à hurler, à tourner sur elle-même, psalmodiant les versets préférés du Messie.

> *« La droite de l'Éternel est sublime.*
> *La droite de l'Éternel accomplit de hauts faits !*
> *Non, je ne mourrai pas, mais je vivrai*
> *Et je raconterai les œuvres de l'Éternel... »*

La foule des femmes qui avaient entrepris avec elle la montée vers la synagogue s'écartait, formant un cercle autour d'elle, et il ne resta plus qu'un cadavre devant lequel une femme dansait. Subitement, Sarah s'agenouilla et embrassa le cadavre. Le sang qui ruisselait encore barbouillait son visage. Elle colla sa bouche à la bouche morte, pétrit le corps inerte de ses mains ensanglantées. Josué voulut l'empêcher de poursuivre ces attouchements indécents, mais elle étreignait le cadavre avec tant de force qu'il lui fut impossible de l'en détacher.

Il demanda de l'aide, tout en sachant que nul ne lui prêterait son concours, s'il en croyait l'hésitation qui se lisait sur le visage des spectateurs. C'est que Sarah était la femme du Messie, et que son être était sacré. S'opposer aux desseins de l'Éternel, comme le demandait Josué, c'était s'opposer directement au Messie. La force n'y pouvait rien. Josué se mit alors à parler d'une voix douce et basse, certain que Sarah l'entendait en dépit de son excitation.

— Cesse, Sarah, cesse... Ne sens-tu pas que je suis

près de toi et que tu ne risques rien ? Laisse cet homme, Sarah... Ce n'est rien. Détends-toi. Donne-moi la main.

Le miracle s'accomplit. On vit le visage de Sarah se détendre, ses mains se décrisper et, d'un coup, son corps s'abattre à côté du mort. La foule regardait Josué comme s'il était doué d'un pouvoir surnaturel. Lentement, elle s'approcha de lui, le touchant d'abord avec crainte puis sans aucune retenue. Il était l'auteur du miracle : celui qui avait su arrêter le désordre de Sarah. Un tel homme ne pouvait qu'être béni du Seigneur. Quelques audacieux allèrent jusqu'à lui baiser les mains. Josué comprit la méprise dont il était l'objet. Mais il tenait la main de Sarah toujours serrée dans la sienne et contemplait ce visage émouvant tourné vers lui, un visage au sourire enfantin, lisse et beau. Quelques femmes voulurent aider Josué à relever Sarah. Il leur fit signe que c'était inutile. Elles avaient mieux à faire, dit-il, en prenant soin du cadavre dont plus personne ne s'occupait. Josué prit Sarah dans ses bras, la portant comme on porte un enfant malade et, d'un pas mesuré, se dirigea vers la demeure de Shabtaï Zvi. Il sentait contre lui la chair chaude de cette femme qu'il fuyait. Mais il avait un devoir envers son enfance. Jamais il ne serait l'amant de cette femme.

On murmurait sur leur passage : elle était si belle. Mais Josué, lui, l'avait connue dans le dénuement, couverte de haillons dans la paille d'une salle commune, où, le dos appuyé à l'un des piliers, elle chantait, chantait pour lui, de vieux chants yiddish.

Josué prenait garde de ne pas trop la serrer mais il sentait bien qu'elle se blottissait dans ses bras, qu'elle tentait de se couler contre son corps, que la chaleur qu'il ressentait, elle la ressentait aussi. Tandis qu'il la portait, elle ne cessait de fixer ses yeux tandis que Josué tentait par tous les moyens de regarder droit devant lui, pour ne pas trébucher, se mentait-il. Une femme. Une femme dans ses bras... depuis tant de mois... Pour l'oublier, il se récita un passage des *Passions de l'âme* de Descartes, qui l'avait profondément marqué lorsqu'il était encore étudiant. Josué pensait qu'il l'aiderait à chasser magiquement sa panique naissante.

> « L'Amour est une émotion de l'âme causée par le mouvement des esprits, qui l'incite à se joindre de volonté aux objets qui paraissent lui être convenables. Et la Haine est une émotion causée par les esprits, qui incite l'âme à vouloir être séparée des objets qui se présentent à elle comme nuisibles. Je dis que ces émotions sont causées par les esprits, afin de distinguer l'Amour et la Haine, qui sont des passions et dépendent du corps, tant des jugements qui portent aussi l'âme à se joindre de volonté avec les choses qu'elle estime bonnes, et à se séparer de celles qu'elle estime mauvaises, que des émotions que ces seuls jugements excitent en l'âme. »

Sarah avait passé ses bras autour du cou de Josué, et lui caressait doucement la nuque. Josué sentit qu'il avait perdu. Les doigts de Sarah remontaient dans sa chevelure, et lorsqu'il osa la regarder, les yeux de Sarah disaient l'amour. Il pressa le pas. Elle l'avait enlacé, non plus comme une femme qui se laissait porter par faiblesse, mais en possession de tous ses esprits. Et Josué se mit à douter de la sincérité du comportement de Sarah. N'avait-il pas été berné, ridiculisé par une femme capable d'une telle mise en scène, d'entrer en transes sur commande? En la voyant embrasser le cadavre, il n'avait eu aucun doute. A présent, sentant son corps contre lui, il savait qu'il avait été trompé, que le piège s'était refermé sans qu'il puisse abandonner Sarah au milieu de la ruelle et s'enfuir à grands pas. C'est qu'une foule les suivait, attentive à leurs gestes, et qu'il était devenu le centre d'intérêt du moment. N'avait-il pas su calmer la reine? N'avait-il pas accompli ce miracle? Sans qu'il l'ait voulu, Josué avait été adopté par les croyants comme un des leurs.

Devant la demeure du Messie, la foule s'arrêta, regardant une petite fenêtre à l'étage, là où devait se trouver Shabtaï, en prière.

Josué entra, portant toujours Sarah. C'était la même pièce sombre où il avait pénétré autrefois, inquiet et troublé. Il se dirigea droit vers le divan, y déposa Sarah avec délicatesse, la laissant aux soins de deux servantes. Comme il s'apprêtait à filer sans un regard en arrière, le chemin de la retraite lui fut barré par un homme qu'il ne reconnut pas immédiatement.

L'homme l'attrapa par le bras, empêchant sa sortie précipitée. Il était de taille imposante, portant la barbe et tout de noir vêtu. Ce qui frappa le plus Josué, ce fut la tristesse de son visage et de ses yeux. Pas un éclat dans son regard, mais une immense détresse, indéfinissable. Un regard tout à la fois perdu et riche d'une expression d'immense douleur. Josué ne tenta pas de se dégager. L'homme l'avait attiré vers lui, l'étreignant contre sa poitrine.

— Merci, mon ami, merci.

Pourquoi cette gratitude, puisqu'il ne pouvait rien savoir de ce qui s'était passé ?

Sa force était inouïe et Josué eut du mal à retrouver son souffle.

Une voix se fit entendre, venant du divan où gisait Sarah.

— Il m'a sauvé la vie, Shabtaï !

— Je le sais.

Shabtaï desserra son étreinte et invita Josué à le suivre. L'escalier qu'ils empruntèrent menait à une toute petite chambre ascétique aux murs blanchis à la chaux. Elle comportait, pour tout mobilier, une table, une chaise, un tapis.

Shabtaï parla d'une voix douce, monocorde comme si rien ne le touchait vraiment. Une voix d'outre-tombe, presque plaintive, désabusée.

— Occupe-toi de Sarah, mon ami. Elle le mérite. Elle a tant souffert.

Puis il se tut, arpentant la chambre les mains derrière le dos, indifférent à la présence de Josué. Celui-ci voulut s'éclipser, mais la voix de Shabtaï le retint.

— Reste, ne dis pas un mot. Je sais lire dans tes pensées. Je connais les mystères de ton âme.

Josué s'assit et le Messie parla, sans cesser de déambuler dans la pièce.

— Je sais que tu es Josué, que tu fus des nôtres, que tu nous a quittés et que tu es revenu dans le giron de ta religion. Béni soit le Seigneur. Je sais que ton âme est bonne, que tu as sauvé ma femme. Je t'en serais reconnaissant ma vie entière.

Puis il se tut brusquement, figé au milieu de la chambre, laissant Josué à une méditation pleine d'interrogation et d'inquiétude. Quel était cet homme qui avait lu dans son cœur ? En dépit de son scepticisme, Josué se surprit à éprouver une sorte d'admiration. Ce mouvement fut de courte durée. Il venait de comprendre. Sarah lui avait parlé : c'était tout. Le miracle n'était que supercherie. La colère s'empara de Josué. Il se leva, mais Shabtaï, qui, en silence avait allumé des bougies, se mit à chanter comme s'il était seul, dans la chambre illuminée. Ses yeux avaient retrouvé leur éclat. Il ne voyait plus ce que les humains voyaient. Il était dans un autre monde : le sien, celui de l'illumination. Peut-être parlait-il avec l'Éternel ? Il chantait, en tout cas, et les hymnes succédaient aux hymnes sans que Josué pût se détacher de cet homme extraordinaire qui, l'espace d'un instant s'était métamorphosé. C'était donc vrai, ce que disaient le petit peuple et les rabbins les plus savants. Cet homme possédait en lui une puissance sans égale. En un instant, le charlatan aux yeux hagards avait su convaincre Josué qu'il était un maître. Les deux hommes, enfermés dans l'étroite chambre du premier étage, n'arrivaient pas à se détacher l'un de l'autre. Car dans son exaltation, Shabtaï tenait Josué prisonnier. Il lui suffisait d'un regard et Josué restait pétrifié. Ses mains étaient moites, son front ruisselait de sueur. C'était pourtant le plein hiver et la fenêtre était restée ouverte. Le poids qui oppressait sa poitrine empêchait Josué de respirer. Il n'attendait plus rien, livré à une angoisse sans précédent. Aussi, lorsque Shabtaï se tourna vers lui et, d'une voix apaisée, lui murmura des horreurs, Josué put reprendre souffle.

— Sarah est une prostituée. Tu le sais, Josué. Ne le nie pas. Chacun le sait, le murmure mais personne ne sait pourquoi je l'ai épousée. Souviens-toi de l'Écriture. « Va, prends pour toi une femme de prostitution et des enfants de prostitution car vraiment le pays se prostitue en se détournant de Yahvé. » C'est ce que prophétisait Osée. Il savait comme moi que sous l'impureté se cachait la pureté, et je puis t'affirmer qu'aucun être n'est plus pur que la femme que j'ai épousée. Je connais ses amants, je n'ignore rien de ses désirs. Je sais qu'elle s'acharne sur toi, qu'elle te veut. Je sais que tu résistes. Mais tu as tort, Josué. Elle est ma femme, elle est reine, elle est sacrée. Tu peux la toucher. Sa sainteté s'étendra sur toi. Rien ne te retient. Va vers elle comme je suis allé à elle. Seul l'Éternel, par ma voix, peut te donner cette permission.

Josué fut bouleversé par ces paroles prononcées sans passion. Le Messie prostituait sa femme au nom du Seigneur. La fureur l'envahit. Shabtaï lui devint odieux, pitoyable. Il n'était qu'un homme dont l'esprit avait chaviré. A combien d'autres avait-il tenu le même discours ? A combien d'autres avait-il offert sa femme ?

LETTRE DE JÉRÉMIE À JOSUÉ – *Amsterdam. Mars 1667.*

Cher Josué, je te sais, par tes lettres, à Constantinople. Il n'a pas fallu moins de trois bons mois pour qu'elles me parviennent. Je les lis et les relis. Pas un mot ne m'échappe et les informations que tu me donnes sont aussitôt transmises aux amis qui les attendent. J'espère ne pas te trahir en dévoilant les faits que tu me confies. Des correspondants de l'Europe entière s'impatientent de recevoir des lettres comme les tiennes, qu'ils soient d'Italie, des Pays-Bas ou même de Pologne. Les nouvelles du Messie font attendre la terre entière. Les chrétiens n'osent plus leurs moqueries habituelles. Certains d'entre eux ont même pris notre parti : ils savent la rédemption proche. Notre communauté tient le haut du pavé, du plus misérable au plus riche. Comme une revanche de tout le mal qui nous a été fait.

Confidence pour confidence, je me suis installé chez un riche commerçant qui, en échange du couvert et du gîte, s'est mis à étudier la Loi nuit et jour, en ma compagnie. Il absorbe mes journées comme lorsque nous étions tous deux ensemble. T'en souvient-il ? Tu me manques, Josué. J'ai beau savoir que l'Éternel est maître de notre destinée, ta voix me manque ainsi que tes silences, ta mine renfrognée lorsque tu essayais de t'initier au monde de la kabbale et ta colère subite lorsque tu as osé me braver. Mon hôte est moins rétif. Il se laisse conduire sagement. Toi, bien des fois, je t'évoque partant d'un pas décidé. Je peux avouer aujourd'hui combien je t'ai maudit, mais seul le Seigneur pouvait te faire agir ainsi. Je t'envie. Tu es loin de moi et si proche du Messie. C'est toi qui, dans ta déraison, as vraiment compris. J'ai à avouer des sentiments bien peu charitables. J'ai péché. A moi d'en subir les conséquences d'aller jusqu'au bout de mes aveux. Haine, jalousie, colère, envie, dépit : autant de sentiments qui me dégradent mais il y va de mon honneur de te les avouer. Si tu voyais ici, à Amsterdam, le développement du mouvement de repentance et de pénitence, tu saurais que notre ville n'a rien à envier aux autres sous ce rapport. Chacun sait que, s'il ne participe pas au mouvement, il ne sera pas témoin de la consolation de Sion et de Jérusalem, et qu'il sera voué à la honte et au mépris éternels. C'est ce que nous répètent les rabbins. Moi-même, il m'arrive de jeûner une semaine entière, me levant à minuit pour réciter les dévotions que Nathan, le prophète du Messie, a écrites pour nous. Les bains rituels sont envahis, il faut se bousculer pour y avoir accès. Mais si tu voyais cette foule récitant la grande confession des péchés, tu serais étonné. Même les rabbins les plus acharnés à nous combattre ne peuvent qu'applaudir à cet élan de repentir. Il faut au moins leur reconnaître ce mérite. Il est certain qu'ils nous maudissent, qu'ils tiennent Shabtaï pour un imposteur, cependant notre ferveur est si grande qu'elle tient leur langue liée. De fait, ils sont peureux. Faire trop grand tapage, c'est s'offrir à nouveau en pâture aux chrétiens qui n'attendraient que cet instant pour nous poursuivre de leur haine — ils l'ont fait tant de fois. Mais tu sais quel climat de tolérance règne à Amsterdam. Chacun peut y proclamer la foi qu'il désire sans que quiconque ne vienne lui chercher noise. Et même les lettres que les chrétiens échangent entre eux sont la preuve vivante que notre Messie est bien arrivé. Sans se soucier du qu'en-dira-t-on, ils les communiquent à leurs amis juifs. Preuve est faite. J'ai même appris que quelques chrétiens s'étaient convertis à notre foi.

J'aimerais tout te dire à la fois, c'est pourquoi je souhaite que tu me pardonnes cette lettre qui va zigzaguant, abordant mille sujets dans le plus grand désordre. Et puis, je retarde, en vérité, de tout mon possible, la nouvelle la plus importante, pour moi, s'entend.

Je me suis marié, Josué, avec la fille cadette de mon logeur. Jessica n'a que quinze ans. C'est presque une enfant et pourtant déjà une femme. Un mariage raisonnable et contraint mais que j'assume avec joie. Tous les rabbins poussent les célibataires au mariage. On voit, dans la ville, chaque jour, des mariages célébrés au nom du Talmud. Le traité Yebamot ne dit-il pas que « le fils de David ne viendra pas avant que les âmes du gouf ne soient épuisées » ? Et tout ce qui permet aux Jours du Messie d'arriver plus vite doit être entrepris. Aucun jeune homme, Josué, ne doit rester célibataire. Les Jours sont venus. Tu verras Jessica. Elle est belle, de beaux yeux clairs, mais j'ai peu de temps à lui consacrer. Je suis à l'étude, à la prière, au repentir, aux jeûnes. Ce que tu racontes de Smyrne est vrai ici aussi, mais toi, tu as eu la chance de voir le Messie, de l'approcher, de le toucher. Quel bonheur, Josué ! Quel bonheur ! Les chrétiens ne comprennent pas que les souffrances que nous nous imposons ne sont qu'une étape vers la joie éternelle et que sans elles il ne peut être question de la résurrection des morts. Jessica, elle-même, participe, sans que je le lui demande, aux actes de contrition parfois fort douloureux. Elle jeûne chaque lundi et chaque jeudi. Mais, pour les hommes, la ferveur est à l'exacte mesure de leur foi. J'ai vu un de nos coreligionnaires se faire couler sur le corps de la cire bouillante sans laisser échapper un seul cri de souffrance. Mais le spectacle le plus éprouvant qu'il m'ait été donné à voir, même si la cause est la meilleure qui puisse être invoquée, ce sont ces hommes que l'on voit se flageller à l'aide de branches épineuses jusqu'à n'être plus qu'une plaie vivante. A côté de leur dévotion, j'avoue n'être qu'un pleutre. Je me suis fait fouetter par mon hôte — aujourd'hui mon beau-père — avec des branches d'orties, mais un moment, n'y tenant plus, je me suis mis à hurler, à demander grâce. Il a accédé à mon désir. Je n'aurais jamais dû me montrer si couard. Il n'aurait pas dû accepter la fin de l'épreuve. La volonté m'a manqué. Je me suis racheté le lendemain, faisant pénitence dans la neige, nu, durant plus d'une heure, puis j'ai jeûné quatre jours de suite. Pour que toute la vérité soit dite, il faut que tu saches que notre mouvement de repentir a parfois provoqué la mort de femmes et d'enfants, incapables de résister aux exigences trop fortes de la contrition. Mais cela n'engendre nulle douleur. Nous savons tous que la résurrection est là, toute proche. Tes lettres et toutes celles qui circulent en Europe sont pour nous un réconfort et bon nombre d'entre nous s'apprêtent à quitter leur confort pour se rendre en Terre Promise où ils attendront les Derniers Jours.

La communauté ne vit plus. Chaque jour est jour de Sabbat. Les activités commerciales ont pratiquement cessé. Plus de transactions entre nous sous peine d'excommunication. Mieux encore, les usuriers courent après leurs clients pour leur rembourser les agios de l'emprunt. Chacun se prépare au départ, à sa manière, parfois pitoyable. Ainsi ces gueux qu'on rencontre sur le port et qui tentent par tous les moyens d'embarquer vers l'Orient. Les matelots les rudoient ; rien n'y fait. Ils reviennent à la charge le lendemain, le surlendemain.

Voilà Amsterdam, Josué, dans la fièvre. Mais bientôt nous serons réunis et je pourrai te serrer dans mes bras. Et tu connaîtras Jessica.

J'ai tant envie de te parler qu'il me semble impossible d'achever cette lettre. Nous avons tous appris dans l'allégresse l'abolition du jeûne du 10 Tevet. Nous avons tout appris du Messie, mais ce ne sont que des mots. Toi, tu sais. Fais que nous sachions davantage.

Ton ami.

CHAPITRE XVI

Plus Jérémie désirait savoir, moins Josué se montrait enclin aux confidences. Il censurait ses dires, refusant avec obstination, d'étaler dans des lettres qui passaient de main en main ce qu'il considérait comme des turpitudes. Il n'était que l'échotier des nouvelles qui lui parvenaient. On apprit par lui que, dans quelques villages polonais, les habitants avaient détruit le toit de leurs maisons afin d'être plus vite emportés vers Jérusalem par le nuage divin qui viendrait les chercher le jour venu. Jérémie put vérifier par l'intermédiaire de Josué qu'on avait aussi ouvert les tombes et rassemblé les ossements des défunts pour que tout fût prêt au moment de la résurrection. Jérémie eut confirmation qu'à Smyrne comme à Amsterdam les riches avaient perdu toute arrogance, et qu'ils se livraient à des œuvres de charité dont nul auparavant n'eût pu les soupçonner. Ils laissaient leurs demeures grandes ouvertes : les déshérités de la ville y trouvaient à toute heure l'indispensable nourriture. Il apprit les séances de confession commune. L'un avait eu des relations avec sa femme alors qu'elle était impure ; l'autre, jeune marié, avait approché sa femme la nuit où justement il s'était immergé dans le bain rituel : autant d'infractions qu'un observateur sans bienveillance eût prises pour de la surenchère. C'était à qui confesserait la faute la plus grave, montrant ainsi la profondeur de sa foi. Josué songea bien souvent, devant ces scènes de contrition, aux sermonaires que possédait son père et dont il lui faisait parfois une lecture malicieuse. Josué retrouva chez l'ambassadeur de Hollande, par pur hasard, le *Sermon sur la pénitence* de Jean Raulin.

« Le lion tint chapitre. Différents animaux vinrent se confesser à lui. Le loup commença. Il avoua qu'il avait dévoré force moutons ; mais il ajouta que c'était dans sa famille vieille coutume, que de temps immémorial les loups avaient mangé brebis et qu'il ne se croyait pas si coupable. Le lion lui dit : " Puisque c'est l'habitude de vos ancêtres, un droit héréditaire, continuez ; seulement dites un Pater. " Le renard fit une confession semblable et il dit : " J'ai croqué beaucoup de poulets, dévasté beaucoup de basses-cours, mais de tout temps mes ancêtres l'ont fait avant moi et je croque de race. — Soit dit le lion, continuez ; faites comme vos ancêtres et dites un Pater. " L'âne vint à son tour. Il se frappa la poitrine avec componction. Il avoue qu'il a commis trois péchés. Le premier, c'est d'avoir mangé du foin qui était tombé d'une charrette sur des ronces. " Grand péché que de manger le foin d'autrui. Voyons, continuez ! " L'âne avoue alors qu'il a fienté dans le cloître des frères. Le lion se récrie plus vivement : " Souiller ainsi la terre sainte, c'est un péché mortel ! " Son troisième aveu, on ne peut le lui arracher qu'au milieu des pleurs et des sanglots. Il avoue enfin qu'il avait brait pendant que les frères chantaient dans le chœur, et qu'il avait fait de la mélodie pour eux. Le lion lui dit : " Oh ! c'est un grave péché de chanter pendant que les frères chantent, de les mettre en désaccord et de semer la zizanie dans l'église ! " Sur ce, il le condamna à être flagellé. »

Rien n'avait-il donc changé depuis deux siècles ? Pourtant, il semblait à Josué qu'il assistait à Smyrne à quelque chose de différent. Plus de riches ni de pauvres, mais un égalitarisme devant la vie qui lui faisait encore croire à une étincelle d'humanité dans chaque être humain. Quelque chose de précieusement bon, enfoui au tréfonds de chaque individu et qui, par période, s'échappait au grand jour.

Ce n'était pas ainsi qu'enfant, il avait entendu ce sermon. Il y avait de l'ironie dans la voix de son père, une incroyance, une dénonciation du pouvoir des riches qu'il tentait de transmettre à son fils. A cette évocation d'une voix qui s'était éteinte, Josué tenta de chasser toutes les images qui s'éveillaient en flot ininterrompu. La peste, l'horrible peste. Son père l'avait initié comme il avait pu à l'injustice du monde. Il avait oublié de l'aguerrir contre les fléaux imprévisibles. Ainsi Josué était perplexe, l'âme agitée par d'autres soucis qu'une correspondance courtoise avec Jérémie, même s'il était son meilleur compagnon, son ami, son camarade, son frère.

Josué ne songeait qu'à Sarah. C'est que le Messie, avant de s'embarquer sur un caïque pour Constantinople avec quelques-uns de ses zélateurs, avait fait convoquer Josué devant toute sa cour, au moment où la ville se préparait au départ de son roi. Sa seule présence, disait-on, allait ôter sa couronne au Sultan et établir un monde nouveau. Nul besoin de guerroyer, le fer à la main. Le sang ne coulerait pas. Le Sultan se prosternerait devant son nouveau maître, lui céderait l'ensemble de son empire et la résurrection aurait lieu à Jérusalem. On avait pu voir des familles entières quitter Smyrne pour être présentes en Terre Promise le jour où le Messie y reviendrait et assister à la descente tant attendue de la Jérusalem céleste. Une génération verrait ce que toutes les autres avaient attendu depuis tant de siècles.

— Josué, avait dit pompeusement Shabtaï, tu es homme de confiance. Je puis compter sur ta loyauté. Comme tu le sais, je me rends à Constantinople mais je ne tiens pas, pour le moment, à ce que ma femme m'accompagne. Je la laisse donc à tes soins s'il lui arrivait quelque malheur. Tu es médecin et je sais la confiance qu'elle te porte.

Sans attendre de réponse, Shabtaï avait salué courtoisement l'assemblée réunie dans la chambre basse et s'en était allé vers le port où l'accompagna toute la population juive, au comble de la félicité.

Sarah n'accompagna pas son roi. Elle demeura seule avec Josué. D'un geste d'exaspération, elle renvoya la domesticité et provoqua, sans que Josué s'y attende un tête-à-tête douloureux. Il avait devant lui l'objet de son désir et de sa répulsion morale. Il avait déjà fui dans des circonstances presque similaires. Fuirait-il Sarah de nouveau, et sous quel prétexte ? A-t-on vraiment besoin de prétexte pour fuir ? Il ne maîtrisait plus son désir. Elle lui demanda de l'attendre un moment.

Il attendit, torturé, le ventre secoué de spasmes, tordu par des pincements inexplicables. Son corps parlait pour lui, chaud et froid tout ensemble, peur et espoir accouplés, sachant qu'il ne pouvait partir, que les paroles de Shabtaï avaient été entendues par tous et qu'il le tenait responsable de Sarah. Une violente douleur tortura son estomac. Il tenta de l'apaiser en appuyant fortement de ses mains l'endroit sensible. Rien n'y fit. Il était déchiré. Jamais la violence n'avait atteint son corps de la sorte. Il eut juste le temps de penser à la violence d'un accouchement. Et soudain, magiquement, la douleur disparut. Sarah, qu'il n'avait pas entendue descendre l'escalier, était devant lui. Contre toute attente, elle s'était changée, parée à la turque. Elle était coiffée d'un *mandil*, cotonnade de la forme d'un mouchoir brodé, cachant ses cheveux et fixé par une couronne ornée de piastres. Une robe la couvrait ainsi qu'un manteau de dessus en laine légère et en précieux tissu de soie. Qui avait confectionné cette merveille aux couleurs chatoyantes ? Seuls les dons fournis par les croyants pouvaient faire que Sarah fût parée royalement. Un collier de santal enivra Josué, toujours debout devant elle, les jambes prêtes à se dérober sous lui et qui semblait tenir debout miraculeusement. Sarah se planta devant lui, sûre d'elle, apparemment, et posa doucement ses mains sur ses épaules. Elle murmura :

— Josué, je te veux. Tu seras à moi. Personne n'a jamais su me résister.

Josué était bien à elle. Il avait perdu la rigueur qui avait été sa force. Un brouillard voilait sa face. Il ne se raccrochait plus qu'à deux yeux verts qui, selon les jeux de lumière, passaient du gris sombre au vert le plus clair. Des yeux rendus plus fascinants, aux sourcils et aux paupières peints de *surmé* de couleur noirâtre. Josué se sentit guidé sans pouvoir résister. Mais en avait-il envie ? Sarah avait pris sa main et, empruntant l'escalier, l'avait conduit jusqu'à sa propre chambre. Il entra, n'osant aucun geste. Sarah le laissa démuni, puis, adossée à l'un des murs, elle lui ordonna de s'allonger sur le divan étincelant de couleurs chaudes.

— Josué, je t'interdis de parler. Tu ne feras que ce que je t'ordonnerai. Dévêts-toi et je viendrai m'allonger à tes côtés.

L'homme que Josué était, qu'il avait la certitude d'être, devint en un instant un petit enfant obéissant. Il se dévêtit lentement. Sarah le regardait-elle ? Il s'allongea. Il ne comprenait rien. Quand elle vint le rejoindre, il était nu, le sexe dressé, attendant qu'elle soit près de lui pour l'enlacer. Elle s'y opposa. Elle était étendue à ses côtés, les yeux fixant le plafond, attendant on ne sait quoi. Il tenta un geste vers elle, une caresse. Elle le repoussa sèchement, lui intima le silence.

Il se tut, ridicule, réduit à son corps d'homme, annulé par le désir de Sarah qui ne se manifestait pas.

Il eut chaud. Il eut froid. Il était humilié, réduit à néant sur ce divan où Sarah avait dû en humilier plus d'un. Son sexe, qu'il regardait avec inquiétude, ne montrait plus aucun signe de vigueur. Il y porta la main pour le cacher. Mais quoi qu'il eût pu faire, Sarah ne le regardait pas. Elle était ailleurs, annihilant sa présence. Allongé à côté d'elle, il n'était même plus un corps. Il n'était rien. Et c'est d'un bond qu'il se releva, se revêtit en toute hâte et s'enfuit en courant, les larmes aux yeux.

CARNET – *Janvier 1666.*

Une auberge sur la route qui mène de Smyrne à Constantinople.

Déjà cinq jours de marche. Il devrait m'en rester encore une dizaine. Shabtaï y sera et je tiens à voir cet escroc à l'œuvre. Sorti de sa demeure après l'épreuve que Sarah m'a fait subir, j'ai retrouvé l'état dans lequel m'avait laissé la peste d'Amsterdam. J'ai noyé mes larmes dans toutes les tavernes du port, ivre de tristesse, accablé, humilié, vaincu, méprisable à mes propres yeux. Toutes les boissons du monde n'ont pourtant pu laver l'affront qui m'avait été fait. Comment me suis-je retrouvé dans ma chambre ? Je l'ignore. Mais je sais qu'au matin ma colère était telle que, sans prendre le temps même de m'habiller avec décence, les poings serrés, je me suis rendu d'un pas décidé chez Sarah. Elle ne m'attendait certainement pas. J'ai bousculé, pour me rendre à sa chambre, toute une meute de femmes qui hurlaient au sacrilège. Qu'elles braillent ce qu'elles veulent. Sarah me devait des comptes. Elle me les rendrait. Et depuis cinq jours je rumine, pas à pas, sans compagnon de route à qui me confier, la scène qui fit de moi un être abject. Mais pourquoi ne pas répondre à l'abjection par l'abjection ? Pourquoi avoir sanctifié Sarah, sanctifié toutes les femmes, leur refuser cette méchanceté qu'on trouve au cœur de tous les hommes ? Les catholiques vénèrent Marie la pure, la chaste, comme si aucun mal ne l'avait effleurée. Toutes ces femmes valent-elles mieux que nous ? Je suis un niais, un ridicule bonhomme qui a cru que toutes les femmes étaient à l'image de mon épouse, Maria, morte au moment de mon bonheur.

Sarah m'avait fait payer très cher mon innocence. J'avais besoin de bras chaleureux pour adoucir ma peine. J'avais besoin d'une épaule tiède pour y poser ma tête et m'y endormir peut-être, mais avec la certitude qu'au réveil une femme serait là pour apaiser cette détresse immense qui me tenaille depuis que j'ai fui Amsterdam. J'avais besoin de la chaleur d'un corps contre le mien, pour rompre cette solitude qui est mienne. J'avais besoin de retrouver en moi l'homme que j'avais été, au sexe capable de donner du plaisir à une femme, de me donner du plaisir. Sarah avait abusé de ma faiblesse au moment où mes principes s'effaçaient devant la sève montante d'une passion que Sarah attisait. Jeu pervers et cruel dont j'ai été le jouet. A l'instant où tout basculait dans ma tête, je suis devenu une proie facile qu'elle pouvait manipuler à merci.

Dans le coin obscur de l'auberge où j'écris, je sens la déchirure regagner mon âme. Je regarde la flamme de la bougie qui vacille à mes côtés. Je suis comme elle. Amour et haine. La honte me gagne de ce que fut ma vengeance. Je souris cependant en recopiant de mémoire — mais elle est assurément bonne — ce que Descartes écrivait pour expliquer médicalement l'Amour, dans ses *Passions de l'âme*.

Quelle est la cause de ces mouvements en l'Amour.

> « Et je déduis les raisons de tout ceci, de ce qui a été dit ci-dessus, qu'il y a telle liaison entre notre âme et notre corps, que lorsque nous avons une fois joint quelque action corporelle avec quelque pensée, l'une des deux ne se présente point à nous par après, que l'autre ne s'y présente aussi. Comme on voit en ceux qui ont pris avec grande aversion quelque breuvage étant malades, qu'ils ne peuvent rien boire ou manger par après, qui en approche du goût, sans avoir derechef la même aversion. Et pareillement, qu'ils ne peuvent penser à l'aversion qu'on a des médecins, que le même goût ne leur revienne en la pensée. Car il me semble que les

premières passions que notre âme a eues, lorsqu'elle a commencé d'être jointe à notre corps, ont dû être, que quelquefois le sang, ou autre suc qui rentrait dans le cœur, était un aliment plus convenable que l'ordinaire, pour y entretenir la chaleur qui est le principe de la vie ; ce qui était cause que l'âme joignait à soi de volonté cet aliment, c'est-à-dire, l'aimait ; et en même temps les esprits coulaient du cerveau vers les muscles, qui pouvaient presser ou agiter les parties d'où il était venu vers le cœur, pour faire qu'elles lui en envoyassent davantage ; et ces parties étaient l'estomac et les intestins, dont l'agitation augmente l'appétit, ou bien aussi le foie et le poumon, que les muscles du diaphragme peuvent presser. C'est pourquoi ce même mouvement des esprits, a toujours accompagné depuis la passion d'Amour. »

Belle mécanique en vérité, admirablement logique et qui pour la haine fonctionne de façon similaire, à quelques variantes près. Une médecine du corps mais non de l'âme. Foie et poumons peuvent bien remplir leur office : la médecine ne sait appréhender les méandres du cœur. Seuls, peut-être, les artistes peuvent en rendre compte. L'art médical était impuissant à expliquer ou soulager ma rage. J'ai fait ce que j'ai pu, sans scrupule, victime d'une injustice, trop pressé d'en finir avec l'ignominie de Sarah. J'étais saoul de douleur et je voulais savoir.

Quand j'ai pénétré dans sa chambre, Sarah dormait encore. Son visage posé sur un coussin, sa respiration lente que je devinais sous une épaisse couverture, m'ont retenu un instant. Un instant de pardon, de mansuétude, de pitié. Mais la rage s'est ranimée en moi. J'ai couru jusqu'à son lit, la découvrant avec brutalité, l'arrachant à son sommeil. J'ai serré ses bras jusqu'à ce qu'elle crie, qu'elle me reconnaisse.

— Sarah, je suis venu pour me venger. Tu m'as blessé. Tu as fait de moi ta chose. Aucun homme digne de ce nom ne peut l'accepter.

Un moment seulement ma voix avait perdu de sa fureur. J'étais calme, sûr de moi. Je la tenais en mon pouvoir. C'était bien suffisant. Mais je n'ai pu résister longtemps. D'un geste violent, je lui ai arraché ses vêtements, les déchirant sans retenue. Elle a caché ses seins, son sexe mais elle était dévêtue devant moi comme je l'avais été devant elle. Une mise à nu sans qu'il lui soit possible de résister. Ses sanglots ne me touchaient pas. Ses soupirs non plus. Et les explications qu'elle aurait pu me fournir n'auraient fait qu'alimenter ma rage. Elle a dû lire dans mes yeux que je lui interdisais toute parole comme elle l'avait fait avec moi. Je n'avais plus devant moi qu'une femme malheureuse, tremblant d'épouvante, qui tentait de cacher son visage derrière ses longs cheveux roux. Je la lâchai.

D'un pas lent, fatigué, j'ai gagné l'escalier au bas duquel m'attendaient ces femmes que j'avais écartées avec rudesse. Elles m'ont laissé sortir, et depuis, je m'interroge sur mon acte. Pourquoi tant de brutalité? Pourquoi n'avoir pas pardonné à une pauvre folle? Ç'eût été admettre que je n'étais pas homme, qu'elle s'était servie de moi dans une mise en scène dont je ne comprenais pas le sens. Dieu avait donné un sens à l'univers. Quelle était ma place dans cette ronde infernale où les démons avaient pris plaisir à me rendre fou? Ma certitude était établie.

C'est avec tristesse que je quittai la ville, cette

Smyrne qui restera dans ma mémoire le lieu d'une ignominie. Non. Nul homme n'est maître de ses impulsions. Et c'est en jalousant la modeste tranquillité de monsieur mon père que je pris la route de Constantinople. Sur mon chemin, je dépassai sans la voir la masse des croyants qui s'y rendaient. Nous ne vivions pas dans le même monde. Leur Jérusalem céleste n'était guère que mon enfer intérieur. Serai-je changé en statue de sel si je jette un regard en arrière ? La Bible n'est plus aujourd'hui que ma seule compagne et les pages que j'y lis ne me sont guère consolation.

> « Les deux Anges arrivèrent le soir à Sodome. Loth était assis à la porte de Sodome. Loth les vit, se leva pour aller à leur rencontre et se prosterna le nez à terre. Il dit : " Voyons donc, mes seigneurs, tournez-vous vers la maison de votre serviteur et passez-y la nuit. Lavez-vous les pieds, puis vous vous en irez par votre chemin. " Ils dirent : " Non ! Nous passerons la nuit sur la place. " Mais il insista beaucoup auprès d'eux et ils se tournèrent vers lui, ils entrèrent dans sa maison et il leur fit un festin. Il fit cuire des pains sans levain et ils mangèrent. Ils n'étaient pas encore couchés quand les hommes de la ville, les hommes de Sodome cernèrent la maison, depuis le jeune homme jusqu'au vieillard, toute la population d'un bout à l'autre. Ils appelèrent Loth et lui dire : " Où sont les hommes qui sont venus chez toi cette nuit ? Fais-les sortir vers nous pour que nous les connaissions. " Loth sortit vers eux, à l'entrée, et il ferma la porte derrière lui. Il dit : " Je vous en prie, mes frères, ne faites pas le mal. Voici que j'ai deux filles qui n'ont pas connu d'homme, je veux bien les faire sortir vers vous et vous les traiterez comme bon vous semblera. Que seulement vous ne fassiez rien à ces hommes,

puisqu'ils sont entrés à l'ombre de mon toit ! " Ils dirent : " Va-t'en plus loin ! " et ils dirent : " Il est le seul qui soit venu séjourner et il voudrait juger ! Maintenant nous te ferons plus de mal qu'à eux. " Ils pressèrent l'homme, Loth, fortement et s'avancèrent pour briser la porte. Mais les hommes étendirent leur main et firent rentrer Loth vers eux dans la maison puis ils fermèrent la porte. Quant aux hommes qui étaient à l'entrée de la maison, ils les frappèrent de cécité, du plus petit au plus grand, si bien qu'ils ne purent trouver l'entrée.

« Quand se leva l'aurore, les Anges pressèrent Loth, en disant : " Lève-toi, prends ta femme et tes deux filles qui se trouvent ici, de peur que tu ne périsses par la faute de la ville ! " Comme il hésitait, les hommes saisirent sa main, la main de sa femme et la main de ses filles, grâce à la compassion de Iahvé pour lui, puis ils le firent sortir et l'emmenèrent hors de la ville.

« Quand ils les eurent fait sortir à l'extérieur, ils dirent : " Sauve-toi, sur ta vie, ne regarde pas derrière toi et ne t'arrête nulle part dans la plaine, sauve-toi à la montagne de peur que tu ne périsses ! "

« (...) Le soleil s'était levé sur la terre quand Loth arriva à Soar. Et Yahvé fit pleuvoir sur Sodome et sur Gomorrhe du soufre et du feu provenant de Yahvé, des cieux. Il anéantit ces villes et toute la plaine, tous les habitants des villes et les germes du sol. La femme de Loth regarda en arrière et elle devint une statue de sel.

« Loth monta de Soar et habita dans la montagne, ses deux filles étant avec lui, car il avait peur d'habiter à Soar. Il habita dans une grotte, lui et ses deux filles. L'aînée dit à la cadette : " Notre père est vieux et il n'y a pas d'homme dans le pays pour venir sur nous, suivant l'usage de la terre. Allons ! Abreuvons de vin notre père, couchons avec lui et faisons survivre la race par notre père ! " Elles abreuvèrent donc leur père de vin, en cette nuit-là, et l'aînée vint coucher avec son père. Il n'en sut rien, ni quand elle se coucha, ni quand elle se leva. Le lendemain, l'aînée dit à la cadette : " Voici que j'ai couché hier avec mon père. Abreuvons-le de vin cette nuit encore et viens coucher avec lui. Ainsi nous ferons survivre la race par notre père. " Cette nuit-là encore elles abreuvèrent leur père de vin. La cadette se leva et coucha avec lui. Il n'en sut rien, ni quand elle se coucha, ni quand elle se leva. Et les deux filles de Loth conçurent de leur père. L'aînée enfanta un fils et l'appela du nom de Moab. C'est le père des Moabites qui existent jusqu'à ce jour. La cadette, elle aussi, enfanta un fils et elle l'appela du nom de Ben-Ammi. C'est le père des fils d'Ammon qui existent jusqu'à ce jour. »

Genèse, 19-20

JOURNAL – *Amsterdam. 1688.*

Depuis combien d'années n'ai-je pas relu les lignes de ce carnet ? Le temps ne compte guère. Ce qui importe, c'est la survivance du souvenir. La présence immédiatement retrouvée de sensations enfouies au tréfonds de l'âme et qui s'avivent instantanément. Le Seigneur, à l'époque, me paraissait impitoyable. J'étais moi-même dans un tel état d'excitation que j'aurais tout comme lui détruit la ville que je venais de quitter. Mais combien d'innocents eussent été châtiés, condamnés pour ne punir qu'une seule femme qui n'en valait peut-être pas la peine ? Se méfier de ses premières impulsions. Mais dans le même temps, rien ne m'aurait fait davantage plaisir que la colère divine. Elle aurait été à la mesure de la mienne, à cet instant-là. Ce qu'il avait fait pour Sodome et Gomorrhe, pourquoi ne l'aurait-il pas fait pour moi ? Fuir et ne pas se retourner. J'attendais quelque cataclysme. Je priais en secret. Je haïssais cette femme qui avait révélé en moi une brute guidée par son seul instinct de vengeance, caché, enfoui sous les bonnes manières, la courtoisie, le savoir-vivre. Il se cache parfois des monstres démoniaques sous couvert d'honnête homme, des instincts qui nous avilissent sans qu'on puisse les maîtriser. Il en va de la haine comme du désir. Des fleuves qui renversent toutes les digues qu'on peut dresser sur leur chemin, des fleuves indomptables dont seul le temps, parfois, peut régler le débit. Autrement c'est la folie, celle que je fréquente quotidiennement où les hommes se mettent à nu sans le savoir, sans le vouloir. Je sais que mes propos passeront pour ceux d'un vieil original si jamais quelque confrère les lit. Mais ce sont propos de vérité. Il faut être passé par ces courts moments de folie que sont l'amour ou la haine pour savoir qu'il court au fond de notre être tout ce que la morale condamne et qui éclate parfois au grand jour, sans retenue possible. Folie passagère, mais folie cependant que j'ai vécue sans sombrer, pour autant. Est-ce la raison qui fait que je me sens si proche et si lointain, dans le même temps, des pauvres hères que je fréquente chaque jour à l'hôpital ? Je suis la seule oreille qui écoute l'insensé, la profondeur du mal, la souffrance indescriptible. Je ne sais qu'écouter, impuissant, attentif pourtant à tout ce qui pourrait bien se cacher derrière l'incohérence de leur langage. J'avoue mon impuissance, démuni de toute explication médicale. Toutes celles qui me sont proposées relèvent de la pure fantaisie. Je n'ai rien à défendre que la vérité de ce que je ressens et de ce que je vois. Aucune théorie ne résiste au spectacle de ces forcenés qui, chaque matin, m'assaillent de leurs cris, de leurs délires, de leurs malheurs. Sans doute est-ce la seule façon qu'ils ont trouvée pour dire quelque chose. Mais quoi ? Humblement, je l'ignore. Il est cependant des certitudes qui ébranlent l'homme qui refuse tout credo. C'est en relisant ces pages de l'histoire de Loth que je me mets à douter. Non seulement parce que je suis médecin, mais parce que je suis homme. Quelle est cette histoire saugrenue d'inceste ? Je veux bien admettre qu'il ne fallait pas que la lignée de Loth s'arrête, mais que ses filles, l'une après l'autre, abusent de lui alors qu'il était fin saoul, relève de la pure invention. Comment violer un homme dans son sommeil tandis que les vapeurs de l'alcool l'ont jeté dans les bras de Morphée et qu'il est incapable du moindre geste, que son sexe n'est que l'ombre de lui-même ? Et comment Loth a-t-il pu sans vergogne, offrir ses filles pour sauver ses hôtes ?

Je sais que j'avance des propos de libre penseur mais comment admettre un tel fatras d'inepties. En dehors de mon journal, je n'oserais proférer aussi sèchement mes pensées mais a-t-on le droit de transiger avec la vérité ? Par bonheur, nous vivons une époque de tolérance. Les bûchers de l'Inquisition fument encore en Europe, alimentés par les écrits sulfureux — paraît-il — de quelques hommes de vertu qui osent avec maladresse, mettre les textes sacrés en contradiction avec la réalité. Je n'ai pas ce courage ou cette innocence. Je garde mes secrets au prix parfois d'une violence que je dois retourner contre ma propre personne. Un silence qui a valeur de mensonge. Mais là n'est pas l'essentiel.

*

Lorsque j'ai quitté Smyrne, sans un regard en arrière, abandonnant tout — c'est-à-dire : rien —, j'ai vraiment imploré le Seigneur de tout détruire derrière moi. Une idée fixe qui n'aurait rien réglé, sinon apaisé ma furie. Le Seigneur a permis que ma peine s'éteigne avec le temps. C'est qu'aujourd'hui même, par l'entremise d'un de mes correspondants français, j'ai sous les yeux un extrait du *Procès verbal sur le sujet de l'incendie et le bouleversement de Smyrne survenu le dixième de juillet mil-six-cent-quatre-vingt-huit.* Smyrne, « perle de l'Orient », « couronne de l'Ionie » n'est plus que ruines.

> « L'accident est survenu un peu avant midi et a commencé par le château de l'entrée qui est tout à fait ruiné, s'étant enfoncé en terre jusqu'au milieu des embrasures et empli entièrement d'eau en sorte qu'on ne voit plus les canons (...).
>
> « Il est péri peu de Français à cause qu'ils étaient tous logés à la Marine ; mais leur quartier ou leur rue, a été le plus maltraité, principalement à cause du feu qui a pris à une maison et s'est communiqué ensuite à toutes les autres avec une impétuosité extraordinaire (...).
>
> « Les trois nations, française, anglaise et hollandaise y ont perdu plus d'un million de piastres, tant à cause des marchandises et argent comptant consommé et perdu dans cet incendie que par le nombre de dettes qu'ils avaient contractées sur le pays (...). »

Si cette catastrophe s'était produite à l'instant même où je quittais Smyrne, ma foi eût été confirmée. Mais qui sait quel cours eût pris ma vie ? Peut-être ma croyance en eût-elle été attisée. Inconditionnel fidèle, je n'aurais jamais mis en cause cette foi aveugle et qui ne sait se métamorphoser qu'en fanatisme. Il est triste de penser qu'un horrible cataclysme confirme aujourd'hui mon scepticisme et que tant d'innocents périssent. Au nom de quoi ? Qu'ont-ils fait qui mérite pareil châtiment ? Est-il bien certain qu'il s'agisse d'un châtiment ? Pourquoi la Nature n'obéirait-elle pas à ses propres lois ? Ne pourrait-on trouver d'autres causes à tous ces fléaux qui s'abattent sur notre monde si frêle sans faire appel au sempiternel châtiment ? Pestes, maladies, guerres, tremblements de terre, massacres sont-ils vraiment dans les desseins du Seigneur ? Pourquoi cette présence continuelle du Mal où chaque instant de notre vie est à gagner sur la vie elle-même ?

> « Tu ne mangeras de pain qu'à la sueur de ton visage, jusqu'à ton retour à la terre. »
> « C'est dans la douleur que tu mettras tes enfants au monde. »
> « Ton élan te poussera vers ton homme, mais lui te tyrannisera. »

Autant de certitudes acceptées depuis des siècles où douleur physique et morale sont imbriquées. Mais à qui s'adressaient ces propos ? A l'ensemble de notre peuple ou à chacune de ses individualités ? Notre peuple n'était que grain de sable dans l'immensité du monde. Une dispersion où chacun ne pensait qu'à lui-même. Le bon serait récompensé, le mauvais finirait au Shéol infernal. Chacun sauvait poltronneusement son âme.

Mais, à la réflexion, l'attente du Messie a soudainement mis fin à cet individualisme forcené. C'est le peuple juif dans son ensemble, de la Pologne au fin fond du Yémen qui s'est alors ressoudé et plié aux commandements divins, qui a accepté que le Seigneur punisse l'ensemble de son peuple s'il ne se pliait pas à sa Loi. Shabtaï Zvi — maudit soit son nom — était bien incapable de comprendre cette métamorphose qui se déroulait sous ses yeux et dont il n'avait cure. Il poursuivait ses lubies sans plan préconçu, idiot puis illuminé, sans le sentiment qu'autour de lui, ou grâce à lui, le peuple juif dans son ensemble se remettait à craindre le Seigneur comme avaient dû le craindre nos ancêtres dispersés, cassés par la destruction du Temple ou plus tard l'Expulsion d'Espagne.

Non ! En ces moments les paroles de *L'Ecclésiaste* ne prenaient plus le même sens. « Vanité des vanités » ? Non, tout n'était pas que vanité. Une espérance s'était levée, débordante, immense. Il fallait vivre les Derniers Jours. Mais ce n'est qu'aujourd'hui que je comprends. J'étais si jeune, alors, incapable d'imaginer que sous le désordre et le débordement religieux se cachait un sens que seul le temps pouvait mettre en lumière.

CHAPITRE XVII

Dans sa fuite, Josué n'avait pensé à rien d'autre qu'au châtiment qui méritait de frapper Sarah. Ce n'est qu'au soir de sa première journée de route, à l'auberge, qu'il se calma. Mais sa rage persistait, insistante. Autour de lui régnait une excitation à laquelle il ne pouvait participer, une joie sans partage, explosive, où les juifs qui quittaient Constantinople pour se rendre à Jérusalem et ceux qui se rendaient à la capitale surenchérissaient à propos du Messie. Josué aurait aimé hurler la vérité mais sa nature était ainsi faite que ses hurlements prenaient le détour de l'écriture et qu'il passait sa colère sur des mots, écrits minusculement. Des mots pour terrasser ses émotions extrêmes.

Accablé de fatigue, il s'endormit dans un coin, isolé, évoquant avec tristesse les dernières images de Smyrne. Une ville triste, commandée par un château ruiné, le grand amphithéâtre où saint Polycarpe fut martyrisé, le petit port où les vaisseaux ne pénètrent pas mais qui jettent l'ancre le long de la rade, forte et sûre, les maisons des consuls et des marchands francs, la petite enclave juive.

Dans son isolement, il comprit que les lieux

n'avaient pour lui aucune importance, qu'il pouvait les faire renaître à foison mais qu'il ne vivait que des sensations. Il errait davantage de sentiment en sentiment que de lieu en lieu. Chaque fois qu'il s'était fixé, il lui avait fallu partir, détruire ce qui avait été construit et tout quitter, d'un pas chancelant.

Au moment où il s'endormait dans le coin sombre de l'auberge où la chandelle s'était éteinte, il mesura son abandon absolu, tassé sur lui-même, tout petit, cherchant asile, mendiant une chaleur que lui-même n'était pas en mesure de se donner. Il n'était qu'un frêle enfant, sans aucune attache, abandonné, perdu, épuisé. Un bercement, seul, l'eût rassuré. Mais quel être humain, dans la frénésie de la délivrance prochaine, pouvait comprendre sa détresse, s'intéresser à ce vagabond barbu replié sur lui-même, immobile, grelottant d'un froid intérieur et qui sombrait dans le sommeil, la tête appuyée sur ses bras, les yeux rougis par les larmes ? Un ivrogne de plus qui cuvait son vin.

Aussi mal installé qu'il fût, il dormit d'un sommeil profond, sans rêve, réparateur. Mais la solitude, aussitôt réveillé, lui pesa tant, qu'il décida de se joindre aux autres, aux croyants, qui montaient vers Constantinople en caravane. Ainsi regroupés, ils n'avaient rien à craindre des voleurs. Anes et mulets lourdement chargés traversaient sans encombre des ponts branlants aux planches mal jointes, qui surplombaient des précipices. Josué était sans inquiétude. Il n'avait rien à craindre, pas même la mort. Égaré, apparemment sans force, il se traînait. Peu avant l'arrivée à Brouse, le convoi fit halte dans un caravan-sérail. Ce mot l'avait fait rêver autrefois lorsqu'il songeait aux splendeurs de l'Orient. Mot magique, évocateur d'un monde mystérieux où tout n'était que luxe et beauté. Il lui fallut déchanter. Ce n'étaient que de vastes bâtisses, toutes en longueur, faites comme une halle. Au centre, une grande place pour loger les chevaux, les mulets et les chameaux. Sur les côtés, les mastabez pour accueillir les hommes. C'est là qu'ils préparaient leur nourriture et s'installaient pour la nuit.

Le maître de la caravane, pour prévenir toute éventualité d'attaque par des brigands, avait loué les services de plusieurs cavaliers armés qui faisaient office de gardes. C'est sous cette protection que Josué, se soutenant à peine, avançait vers Constantinople. A Brouse, il ne vit rien des beautés d'une ville si souvent vantée par les voyageurs. Son attention était ailleurs. Mais à mesure qu'il cheminait, le brouillard de son âme s'éclaircissait. Adieu, Sarah! Une histoire sale qu'il nettoierait en même temps qu'il épousseterait les marques du chemin. Sarah n'était qu'une pauvresse qu'utilisait le Messie. Et c'est la silhouette, le visage de Shabtaï Zvi qui lui rendirent ses forces. L'aigreur, la violence, la vengeance convergeaient dès lors vers cet homme devant lequel chacun se prosternait et qu'il avait vu se conduire de façon ignominieuse, lui offrant sa femme en pâture. Quels étaient les véritables desseins de cet homme auquel il livrait bataille, à mesure que ses pas le portaient vers Constantinople ? Il y serait. Il le verrait, et l'espoir d'une vengeance lui donnait un but. Ce n'était plus Josué, l'homme attentif, pondéré, maître de lui-même qui marchait, mais un homme soulevé par la soif de faire le mal. Sarah était une marionnette que Shabtaï manipulait pour son propre plaisir. Il usait d'elle avec perversité. Elle était peut-être davantage à plaindre qu'à blâmer.

Et cette idée lentement fit son chemin, jusqu'à Constantinople. Il y verrait Shabtaï et laverait son honneur souillé. Obstinément, il retrouvait le goût de lutter, une vitalité qu'il avait oubliée à force de culpabilité. La vie, une fois encore. Il démasquerait Shabtaï, il clamerait au peuple entier qu'un charlatan le bafouait. Il révélerait la vérité, il ferait pénitence, il se repentirait. Shabtaï devait payer.

L'allure de la caravane l'agaçait, trop lente à son gré. Il regardait ses compagnons, déjà prêt à les apostropher, à ne pas attendre son arrivée à Constantinople pour étaler au grand jour les secrets qu'il avait surpris. Mais à les voir, il sut très vite qu'ils ne le comprendraient pas, qu'ils refuseraient d'entendre une simple parole. Ils étaient dans une telle attente, dans une telle ferveur qu'ils l'auraient écharpé pour un seul mot déplacé. Josué dut ravaler sa rage, serrer les poings et se calmer seul, trouver des arguments suffisamment forts pour patienter. Et puis non ! Sa vengeance serait encore plus virulente si personne n'était dans le secret. Il châtierait Shabtaï sans bruit, petit à petit. Il distillerait sa haine et sa vengeance à l'insu de tous. C'était une affaire d'hommes, à régler d'homme à homme. L'idée le fit sourire. Et sans qu'il comprenne, la boule de feu qui brûlait sa poitrine s'éteignit.

Josué était heureux, d'un bonheur qu'il n'avait pas connu depuis des mois. Un plaisir de vivre qu'il aurait aimé prolonger. Le pas de la caravane lui parut alors trop rapide. Il prit le temps de savourer les odeurs de l'hiver finissant, de contempler les paysages. Jamais il n'aurait pensé que la vengeance pût procurer du plaisir, libérer son âme, et lui permettre de regarder le monde avec une vision neuve.

Constantinople était à portée de vue. Josué tenait Shabtaï. Il lui romprait le cou, s'il le fallait. Il l'humilierait comme il avait été humilié. Qu'importait le prix à payer : il payerait.

Journal – *Amsterdam. 1688.*

A Constantinople, j'ai pris le temps de contempler la ville, de regarder du haut des collines cette cité que la mer traverse paisiblement. De ces hauteurs j'allais fondre sur ma proie. Rien ne pressait, désormais. J'ai admiré les mosquées, les jardins, les fontaines. J'avais suffisamment d'argent pour vivre, changer ma garde-robe et me loger avec aisance. Oui, j'étais heureux, libre enfin, débarrassé de mes compagnons de route perdus dans leur délire religieux. J'ai donc gagné le quartier juif, pour y découvrir une nouvelle qui me fit l'effet d'un soufflet : Shabtaï n'était pas là. On l'attendait. Et plus l'attente se prolongeait, plus les miracles qu'il était censé avoir accomplis se multipliaient. Il y avait plus de trente jours qu'il avait quitté Smyrne sur son caïque. Il n'était pas au rendez-vous.

Je m'aperçus que notre face à face ne se passerait pas comme je me l'étais imaginé. Je n'étais pas le seul à être venu à sa rencontre. Les lettres envoyées de Smyrne avaient gagné les régions les plus reculées, et l'on annonçait qu'une délégation venue du Kurdistan s'approchait de la ville. Petit à petit, je découvrais que j'étais bien seul à vouloir lutter contre la multitude qui, chaque jour, s'agglutinait dans le quartier juif. Je n'étais plus rien dans ce grand tourbillon, mais ma colère ne se dissipait pas. Il me fallait à tout prix me montrer patient, attendre mon heure. Un bref bonheur m'emplit lorsque j'appris que quelques opposants s'étaient rendus auprès du Grand Vizir pour dénoncer le charlatan que le peuple adulait. Mais lorsque je compris leur démarche, ce fut la déception. Le Messie ne les intéressait guère : seule leur importait leur propre tranquillité. Ils savaient que le Grand Vizir ne supporterait pas qu'une rébellion prît naissance à Constantinople, et n'agissaient que par couardise, ne cherchant qu'à protéger leur petite existence. Il y avait beaucoup de bassesse dans cette réaction. Ils pourraient se targuer, plus tard, d'avoir sauvé le peuple juif d'un hypothétique massacre. J'eus cependant la joie de constater qu'il existait une opposition farouche de Shabtaï Zvi, une opposition sérieuse, traditionaliste. Cette opposition était à mon image, muselée par le tourbillon qui emportait la masse toujours croissante des croyants.

Aucune différence entre ce que j'ai vu à Smyrne et ce à quoi j'ai assisté ici. Les mêmes scènes de rues, les mêmes rassemblements hystériques, avec quelques variations toutefois.

J'ai le souvenir d'une rencontre avec Suriel, prophète nouveau, venu de Brouse : tout jeune homme inconnu qui rassemblait dans sa demeure, le soir, un certain nombre de croyants réunis pour la prière et le chant. Le bruit courait qu'il était capable de deviner les péchés cachés de ceux qui venaient à sa rencontre. Une supercherie de plus, j'en étais certain. Mais par une curiosité qui confine parfois au scrupule, j'ai voulu voir, savoir, vérifier, quand bien même j'étais persuadé d'une manœuvre de charlatan. C'est ainsi que je conduis ma vie : observer, vérifier, craindre le qu'en-dira-t-on. Sans difficulté, j'ai réussi à rencontrer Suriel. C'était une période sans méfiance aucune : chacun apostrophait chacun, attendant que Shabtaï veuille bien nous honorer de sa présence. Il n'aurait su tarder d'autant que certains assuraient, à grand renfort de cris, qu'ils avaient vu passer le prophète Élie dans les rues. Il ne restait plus au Messie qu'à arriver. En attendant, Suriel s'agitait.

Quand il me vit entrer, il me dévisagea, et je me sentis instantanément mis à nu tant son regard était froid, soupçonneux, méfiant.

— Tu as gravement fauté, mon frère !

Ce furent ses seules paroles, suivies d'un silence impressionnant. Comment aurais-je pu nier ? Il avait percé mes plus intimes pensées. D'un signe de tête, j'acquiesçai. Tout était dit entre nous. Il m'ordonna de faire pénitence et de revenir le voir, une fois l'expiation accomplie.

Je m'en retournai, ébahi par tant de savoir, par l'acuité de cette perception qu'il avait eue de moi. Mais c'est en m'éloignant, me remémorant mes fautes insoupçonnées, que je me mis à sourire et à hausser les épaules. Qui n'avait jamais péché ? Qui n'avait jamais fauté ? Chacun porte en lui des secrets que la honte lui interdit d'avouer et qu'il garde avec méfiance. A l'évidence, en présence d'un regard perçant, cette honte, ces hontes camouflées remontent, et l'inquisiteur apparaît alors comme un homme hors du commun, magicien de l'âme ! La supercherie était si simple. J'étais capable à mon tour d'user du même stratagème vis-à-vis des autres. Que savait-il vraiment de moi, ce prophète qui jouait tout bêtement avec la culpabilité d'une foule aveuglée ? L'idée de m'être laissé prendre au piège m'amusa. Quant aux pénitences, elles attendraient. Oui, j'avais péché. Oui, j'avais fauté mais je ne me sentais pas l'âme d'un pénitent. Je n'avais à me repentir de rien. Assez de vivre dans la Faute. Je n'attendais qu'un homme appelé Shabtaï Zvi, qui m'avait humilié. Je n'espérais ni rédemption ni résurrection des morts : imagerie pour le petit peuple de laquelle je m'étais déshabitué. Je n'avais qu'une idée fixe et ma croyance religieuse avait perdu tout sens. Elle s'était effilochée depuis quelque temps. « Croyants » ou « infidèles », comme ils s'injuriaient entre eux, m'étaient indifférents. Je n'avais plus aucune orthodoxie à défendre. Je n'étais qu'un juif rapporté. J'avais fait du Messie mon ennemi juré. Je m'étais autorisé hypocritement tous les moyens pour le combattre. Tant pis — ou tant mieux — si mes arguments portaient, sous couvert de religion. C'était un bouclier commode. Que les orthodoxes attaquent Shabtaï, j'applaudissais des deux mains, sans me soucier un seul instant des arguments avancés. J'étais devenu libre penseur au milieu d'un tumulte religieux, toujours en marge, incapable de me prendre au jeu de la foi. J'avais trop fait la girouette pour croire en quoi que ce soit. Et si j'anticipe, je n'étais pas au bout de mes surprises. Mais j'étais incapable d'asséner — et à qui l'eus-je fait ? — les vérités qui naissaient en moi et que je retrouve aujourd'hui dans les documents qu'il m'est loisible de compulser.

Je ne suis guère courageux au regard d'un de mes compatriotes, mort sur le bûcher de l'Inquisition, un de ces êtres exemplaires, capable d'affirmer ses certitudes jusque dans les flammes. Un homme de la trempe de Giordano Bruno, de Vanini, de Campanella.

Je salue ce précurseur que le monde entier a oublié et qui, en l'an 1512, dut mourir dans les flammes au grand bonheur de la populace, aussi fanatisée que celle que j'ai rencontrée à Constantinople. Je salue Herman Van Rijswijek, précurseur de notre liberté de pensée. Mais je dois le dire tout net : si Shabtaï n'avait pas concentré toute ma haine, peut-être aurais-je été l'un de ses idolâtres.

Ce que je lis aujourd'hui des documents de l'Inquisition rassemble de façon fort concise ce qui n'était alors chez moi qu'intuition à propos du Messie, de cette ressemblance entre Jésus et Shabtaï Zvi.

> « Le monde a existé de toute éternité et n'a pas commencé avec la Création, qui n'est qu'une invention du stupide Moïse, comme il ressort bien de la Bible. Dieu n'a jamais créé d'anges, ni bons ni mauvais, car les Écritures n'en font pas mention. L'Enfer non plus n'existe pas tel qu'on le conçoit actuellement. La vie ici-bas n'est pas suivie d'une autre : lorsque Socrate meurt, son âme meurt avec lui, de même qu'elle a pris naissance avec son corps. Le savant Aristote et son commentateur Averroès ont frôlé la vérité tandis que le Christ était un sot, un esprit confus, un séducteur des pauvres d'esprit. Le Christ a condamné tout le monde et n'a sauvé personne : que d'hommes ont été mis à mort pour lui et son absurde évangile ! Tout ce que le Christ a fait est contraire à la raison et pernicieux pour l'humanité. Je nie expressément que le Christ soit le fils du Dieu Tout-Puissant et aussi que Moïse ait reçu la Loi de façon tangible et effective. Notre foi est pleine de fables comme il ressort des documents puérils, inventés, et aussi de l'absurde évangile. Que celui-ci soit contraire à la vérité apparaît clairement du fait que celui qui aurait

été capable de créer le monde sans être incarné aurait tout aussi bien pu le sauver sans cela. »

Peu sont morts du fait de Shabtaï lui-même, en comparaison de ceux que le Christ a conduits au trépas, de leur plein gré ou par la violence qui leur a été faite. Mais qu'on y réfléchisse, la même ardeur, le même aveuglement a conduit les uns à s'entre-massacrer dans les dernières guerres religieuses tandis que les autres se sont tués eux-mêmes par des jeûnes et des pénitences qu'ils croyaient nécessaires à la venue des Douleurs de l'Enfantement du Messie. Est-ce ainsi que le monde agira de toute éternité ? Il faudra bien que cesse un tel état. Mais que vaut un vœu pieux face à la folie des hommes ? La tolérance ne semble guère être la chose du monde la mieux partagée. C'est ce que m'a révélé ma présence à Constantinople. Et quant à moi qui prêche aujourd'hui la tolérance, le mieux que je puis, je n'ai guère à être fier de mon attitude passée. La haine n'est-elle pas l'ombre portée de l'intolérance ?

Dans l'attente de mon ennemi, à la recherche d'une introuvable vérité et d'un moyen pour frapper Shabtaï avec rudesse, j'entendais les bruits qui continuaient à ramper. La Fin des Temps était proche puisqu'on avait vu une comète dans le ciel, comme au moment qui avait précédé la Sortie d'Égypte. J'étais désœuvré. L'idée me vint de retourner voir Suriel dont le peuple avait fait une idole vivante.

Je n'ai rien à expliquer. Je n'ai pas à ricaner. Je ne puis dire que ce que j'ai vu et j'avoue que le spectacle m'impressionna fortement. Au milieu d'une vingtaine de personnes qui dansaient et chantaient avec lui, Suriel s'écroula soudain, pris d'une crise de haut mal.

Il bavait, raide, yeux révulsés. Personne ne se porta à son secours. On le laissa là, à même le sol. L'un des croyants, cependant, le couvrit d'un léger voilage et tous attendirent la prophétie. Elle monta, doucement, murmurée d'une voix qui semblait sortir du creux de son estomac, sans que les lèvres de Suriel ne bougent. Une voix sans voix. Aussitôt, deux croyants s'assirent et se mirent en devoir de noter ses propos, sans en omettre un seul. Cette « mise en scène » se répétait chaque jour, à heure fixe. Lorsque Suriel sortait de sa léthargie et reprenait lentement ses esprits, il était incapable — ou se prétendait tel — de se rappeler ce qu'il avait prophétisé et qui était pourtant couché sur le papier. Chaque jour, les scribes de service relisaient pour Suriel ses propres paroles.

> « Songez à faire pénitence, le temps du bonheur est proche, vous verrez couronner en terre Shabtaï Zvi fils de David notre véritable rédempteur, comme nous le voyons couronner dans le Ciel d'une triple couronne de gloire, de la restauration du Temple et de la rédemption du peuple affligé ; ces trois couronnes lui sont données en considération des trois patriarches, Abraham, Isaac et Jacob. Rendez-vous dignes de cette fête par la contrition, l'aumône et les jeûnes, et ceux qui voudront chercher les moyens de se perfectionner, n'ont qu'à s'adresser à moi dans le particulier je les enseignerai. »

Suriel m'avait déjà administré la supercherie d'un perfectionnement de l'âme qui m'avait fait sourire et démonter la mécanique de ses interventions. Pourtant, devant le spectacle auquel j'avais assisté, je restai frappé de stupeur. Tout était vrai, à moins que Suriel ne fût un faussaire de génie. Mais en toute honnêteté, et fort de l'expérience que j'ai acquise, j'estime qu'il est des moments où toute explication raisonnable disparaît et que s'expriment par le corps ou la voix humaine des phénomènes incontrôlables, inexplicables, rendus possibles par une exaltation religieuse. Suriel n'était certainement pas un charlatan, mais un homme du commun soudain plongé dans un bain de religiosité où l'échauffement des esprits pouvait tout rendre possible. N'avais-je pas été moi-même victime d'un traquenard semblable en allant le voir la première fois, afin qu'il lise dans mes pensées et me révèle les racines de mon âme ? Et toutes mes nuits d'étude penché sur les mystères de la kabbale, dans un état de surexcitation, procédaient bien du même ressort. Qu'attendre de sensé lorsque les hommes se vêtent, comme à Constantinople, de toile de sac, et que la fatigue et les pénitences les conduisent vers l'égarement ?

CHAPITRE XVIII

Le temps passait, et le Messie n'avait toujours pas daigné se montrer. La foule juive ne cessait de grossir. Et dans l'angoisse et l'enthousiasme de l'attente en cette fin de janvier 1666, elle passait de la crainte d'une farouche répression à l'exubérance la plus innocente. Certains restaient terrés chez eux, d'autres annonçaient la venue d'une armée invincible qui balaierait l'empire du Sultan. D'autres encore étaient assez fous pour tenter de convaincre Turcs et chrétiens de se convertir avant qu'il ne soit trop tard. Plus l'attente s'alourdissait, plus les juifs faisaient l'objet de quolibets. Il n'était jusqu'aux enfants, dans la rue, qui les apostrophaient : « Alors, il arrive ? » C'est que toute la ville était en effervescence. Josué ne pouvait constater que ce bouillonnement, ce déferlement par mer ou par terre, de délégations porteuses d'hommages que des villes lointaines d'Europe ou d'Asie souhaitaient remettre au Messie.

Pour tromper son ennui, Josué courait les bazars, les souks, les échoppes où se vendaient les produits officinaux et les parfums, gommes ou drogues. Encens, musc, opopanax, myrrhe, benjoin, scammonée, mastic, opium, pyrethre, casse, aloès, assa, n'eurent plus de secret pour lui. Il s'était imprégné des odeurs et, lentement, se souvint qu'il était docteur en médecine. Sur ses carnets, il notait les caractéristiques des produits que son art avait coutume d'utiliser mais qu'il voyait pour la première fois sous leur forme pure : gomme adragante, gomme arabique ou sang de dragon, dont le nom l'avait toujours fasciné. Il fut déçu de n'y voir qu'une résine rouge, amorphe et acide utilisée en pharmacopée comme astringent hémostatique. Mais dans le même temps, il reprenait confiance en lui. Il avait certes fui Amsterdam pour effacer le passé ; sa qualité lui revenait et ses certitudes s'affirmaient. Il possédait un état. Il n'était plus le vagabond désespéré, errant sur terre dans le deuil et la souffrance. Il eût aimé faire partager cette étrange nouveauté. Mais qui cela aurait-il bien pu intéresser ? Il reprit avec fierté visage humain. Selon la coutume turque, il s'était rasé le crâne et portait une barbe qu'il soignait méticuleusement. Le temps semblait effacer son amertume, son chagrin. Il serait rentré en Europe si sa morale ne le lui avait interdit. Le bruit qui se répandait autour du Messie le ramenait inéluctablement à une haine qui perçait par moments en bouffées soudaines, puis retombait.

Non seulement l'arrivée de Shabtaï était imminente mais on annonçait dans la communauté la venue de Nathan, son prophète. Josué se souvint de ses longues discussions houleuses avec Jérémie. Mais ce n'était pas le Jérémie adulte qui l'intéressait ; seulement l'enfant Jérémie auquel il était lié par le souvenir jusqu'à la fin de ses jours. Le passé avait perdu ses couleurs noirâtres douloureuses. Josué achevait lentement un deuil dont il croyait ne jamais voir la fin.

Dans le quartier juif, il se rendit compte que tout négoce avait cessé. Non seulement entre les membres appartenant à la communauté, mais aussi avec l'Europe. Des bruits fort inquiétants, que les juifs ne voulaient pas entendre, laissaient prévoir que le Grand Vizir lui-même s'en inquiétait et qu'il ne pouvait laisser cet état de fait se perpétuer. Certes, l'heure était grave, mais puisque le Messie arrivait, qu'avait-on à craindre de ces Turcs que Shabtaï balaierait d'un geste ? Josué ne pouvait deviner l'étendue des pertes que cette cessation du négoce représentait pour un Sultan qui s'apprêtait à mener une guerre étrangère. Il n'avait guère la tête politique. Pour les Turcs, c'était un grave objet de soucis. Pour les juifs, une affaire sans importance. Qui s'occupe de vendre ou d'acheter lorsque la venue du Messie va tout changer ? Bientôt, on apprit que le caïque de Shabtaï était sur le point d'atteindre Constantinople.

En ce 8 février 1666, ce fut jour de folie. Tout ce que la communauté des croyants comptait de valide et d'invalide se précipita sur mer, dans des embarcations de fortune, pour aller à la rencontre de son Sauveur. Les barques surchargées avançaient à grand-peine vers un point de l'horizon où l'on était certain de pouvoir enfin, après tant de nuits sans sommeil, apercevoir le Messie et ses compagnons de voyage. Victimes des tempêtes hivernales, ils avaient navigué trente-six jours, là où quinze suffisaient habituellement. C'est qu'il avait dû se produire quelques miracles ! La mer était à la ressemblance de l'agitation quotidienne du quartier juif. Les barques zigzaguaient, se heurtaient, repartaient tandis que des prières s'élevaient, aussitôt recouvertes par des commandements de prudence à bâbord ou à tribord. Un inextricable embarras dont le bon sens était exclu. C'était à qui entreverrait le Messie le premier.

Bien qu'on le lui eût proposé à maintes reprises, Josué hésita à embarquer. Il laissait Shabtaï venir à lui, enfin certain d'une vengeance tant de fois ruminée. Josué était un homme à principes. Pourtant, la fureur l'avait abandonné. Il agirait froidement, par devoir : celui qu'il s'était imposé. Il resta donc sur le port, regardant s'embarquer les croyants dans une cohue vulgaire, indécente à ses yeux, pour une foule qui aurait dû garder la dignité que lui conférait la certitude de vivre ce que toutes les autres générations avaient rêvé de contempler, et dont elle seule verrait la réalisation. Mais comment faire entendre raison à une foule fanatisée ? Josué dut prendre sur lui pour cacher son irritation et attendit, entouré d'un peuple de Turcs dont la curiosité était à son comble. Muets, interdits, ils regardaient ce bras de mer grouiller d'embarcations et se demandaient avec inquiétude si les juifs dont ils s'étaient tant moqués n'étaient pas dans la vérité. Josué put constater que l'angoisse des autres ressemblait bien à ce qu'il avait connu. Ce qu'il ignorait toutefois, et que tous ignoraient, n'était autre que l'ordre donné par Ahmed Köprülü, le Grand Vizir, d'intercepter le caïque de Shabtaï Zvi et de le faire escorter par deux navires de guerre dans la mer de Marmara, passé le détroit des Dardanelles. Le Messie ne pouvait s'échapper.

En mer, ce fut la débâcle. Dès qu'une barque

s'approchait du bâtiment de Shabtaï ou tentait simplement de s'en approcher, des soldats armés de bâtons et de perches frappaient à qui mieux mieux avec une belle férocité. La panique s'empara des croyants. Quelques-uns sautèrent dans l'eau glacée pour échapper à cette charge soudaine. D'autres, dans une absolue confusion, firent demi-tour tandis que les plus audacieux ou les plus fous poursuivaient leur route, en droite ligne vers le caïque, indifférents aux coups, tant leur détermination de contempler le Sauveur était forte. Du port, Josué vit refluer la flotte dans le même désordre qu'il l'avait vue partir. Mais à ses côtés, les Turcs avaient perdu toute appréhension. Ils se mirent à huer les premiers arrivants qui restaient sur le bord et qui aidaient leurs compagnons d'infortune à mettre pied à terre. Par groupes compacts, tâchant de se réchauffer, entourés de Turcs hilares, les croyants opposaient un silence inquiet.

Josué comprit que d'autres puniraient le Messie et que toute la rancœur qu'il lui avait portée allait lui être confisquée. Son appréhension se vérifia dès que le caïque aborda le port. Shabtaï en descendit le premier, les chaînes aux pieds, suivi de la vingtaine de compagnons qui l'avaient accompagné. Quand les croyants voulurent approcher, toucher les vêtements de Shabtaï tandis que d'autres s'agenouillaient en signe d'allégeance, la bastonnade recommença avec une vigueur à laquelle personne ne s'attendait. Les coups de bâton des soldats turcs qui entouraient le Messie tombaient sans discernement sur les femmes, les enfants, les vieillards. Les juifs, dans leur déroute, regagnèrent leur quartier et s'enfermèrent à double tour tandis que le Messie était directement conduit dans un cachot sordide. Une nouvelle attente commençait. Shabtaï, de sa prison, ferait des miracles et les dix plaies d'Égypte frapperaient le peuple turc. Tel un nouveau Moïse, aidé du Seigneur, le Messie sauverait son peuple et précipiterait dans la ruine Gentils et Infidèles. Il y eut trois jours d'attente, de prières, de peur. Trois jours durant lesquels les juifs n'osaient sortir de chez eux, dans la crainte d'être battus ou mis à mal. Mais ce qui les préoccupait le plus, c'était l'avenir de leur Messie. En dépit de leur confiance aveugle, ils savaient qu'il était entre les mains de ses ennemis et qu'il était dans le pouvoir du Grand Vizir de le faire exécuter.

Ces trois jours guérirent Josué de sa haine. La mort d'un homme était-elle indispensable pour assouvir une vengeance ? Sans bien s'en rendre compte, il se mit à prendre en pitié cet homme, à prier pour sa sauvegarde. Il lui venait même une sorte de sympathie pour celui qu'il avait maudit, ainsi que tout ce peuple qui s'était levé derrière lui, dans l'attente du grand événement. Le cœur humain est ainsi fait qu'il peut, en un tournemain, prendre la défense de son pire ennemi. Pauvre peuple abusé une fois encore, vivant dans la crainte du châtiment que d'autres allaient lui infliger ! Josué se promena dans des ruelles vides, vêtu à la turque. Des maisons qu'il longeait sortaient des prières plaintives pour l'avenir du Messie. La ferveur était grande dans ce quartier mort où régnait une atmosphère qui prenait au ventre tant il y avait de douleur, de désespoir et d'espérance.

Le peuple tremblait pour son Messie. Josué vivait dans la certitude que le Grand Vizir n'accorderait aucun pardon à celui qui venait défier, les mains nues, son autorité. Mais à imaginer la décapitation, la tête ensanglantée de l'homme qu'il poursuivait d'une colère confuse, son cœur se soulevait. Josué était prêt à tout pardonner.

Dans les jours qui suivirent son arrestation, Shabtaï fut conduit sous bonne escorte devant le divan et se retrouva face au Grand Vizir. Son sort était réglé. L'attente messianique qui avait embrasé le monde juif s'achevait dans la dérisoire exécution d'un messie de pacotille. Plus de rédemption, de résurrection. Rien d'autre qu'une mystification dont l'auteur n'était qu'un pauvre bougre qui allait, une fois encore, aggraver la douleur d'un peuple déjà si meurtri.

Quelques téméraires, persuadés que rien ne pouvait arriver à leur Seigneur, s'approchèrent timidement du palais, emplis d'un fol espoir. Ils furent violemment repoussés. Mais ils attendirent tout de même, longtemps, longtemps. Et le murmure de leurs prières disait toute leur adoration, plus forte que la peur.

Mais voici que, par le troisième côté du palais, séparé de la ville par de bonnes murailles garnies de tours, des témoins aperçurent, entouré de gardes en armes, celui qu'on eût dû décapiter marcher d'un pas grave pour regagner sa geôle.

Shabtaï était vivant, bien vivant, et des hurlements d'allégresse commencèrent à s'élever du quartier juif d'où accouraient tous ceux qui s'y étaient terrés. Un miracle venait de s'accomplir. Shabtaï vivant : c'était la preuve de son onction, le triomphe du Seigneur sur les mécréants. Shabtaï avait vaincu le Grand Vizir, et le bruit courait déjà qu'il l'avait convaincu de se convertir au judaïsme. La foule dansait dans les rues et bon nombre de juifs jusqu'alors sceptiques se fondirent dans le bonheur de la certitude. Josué était, lui, véritablement atterré. Comment une telle affaire était-elle possible ? Que s'était-il vraiment passé dans la salle d'audience du Grand Vizir ? Josué l'imaginait assis sur un sofa, dans la pièce connue pour sa fenêtre d'angle et ses colonnettes appliquées sur le mur, comme sur les tableaux qu'il avait vus en Hollande. Qu'avait pu faire Shabtaï pour sortir vivant du palais ?

Josué ne l'apprit que quelques jours plus tard, lorsque, moyennant bakchich, il fut loisible à quiconque d'aller rendre visite au Messie. Chaque jour, les prix montaient. Chaque jour, davantage de juifs se pressaient dans la nouvelle prison où il avait été transféré.

Josué, aux aguets, écoutait ce que l'on colportait : d'un simple regard, Shabtaï aurait envoûté le Grand Vizir qui l'aurait épargné sans qu'une seule parole fût échangée. De nouveau, c'était cortège de faits inouïs, invérifiables, de pures affabulations. Ce n'était pas l'envie qui manquait à Josué d'aller confondre le Messie dans son cachot doré. Mais il craignait de ne pouvoir retenir une violence maintenant maîtrisée. Un jour, pour calmer sa colère, il se glissa dans un groupe de croyants. Il lui fallait s'assurer qu'il ne poursuivait pas une ombre, mais un être de chair qui l'avait conduit à l'humiliation. Il vit Shabtaï, joufflu, serein, détendu, recevoir offrandes et baisers d'hommages. C'était bien là son ennemi. Viendrait le temps de la vengeance.

Chez les Turcs, Josué put glaner quelque once de vérité. Rien de miraculeux n'avait eut lieu et Shabtaï s'était conduit en couard. Au Grand Vizir qui l'interrogeait par l'intermédiaire d'un drogueman, il avait répondu qu'il n'était qu'un homme d'études, qu'il n'avait jamais prétendu être le Messie-Roi, que ce n'était que pures calomnies colportées par ses détracteurs. Il n'était qu'un juif parmi tant d'autres, semblable à eux, sans mission particulière sinon la collecte, de ville en ville, des fonds pour la communauté de Jérusalem.

Fourbe à ce point ! Josué s'emporta. Il eût aimé trouver dans l'orthodoxie juive les arguments qui auraient soutenu sa colère, mais il savait la vanité de sa démarche. Il haïssait un homme : c'était tout. Et tout ce qu'il voyait au jour le jour se remit à accaparer son corps et son âme. Moyennant finances, il fut permis à Shabtaï de se rendre à la mer pour ses immersions rituelles. Une gigantesque collecte eut lieu parmi les Juifs de Constantinople. Pour quarante mille réaux, il fut décidé qu'il serait permis de voir Shabtaï à n'importe quel moment. Et la communauté entière réussit à réunir les cent mille réaux que le Grand Vizir réclamait pour libérer le plus simplement du monde un prisonnier encombrant.

Josué, emporté par sa fureur, ne trouvait pas de mots assez forts pour qualifier l'attitude de Shabtaï. Ce dernier refusait d'être libéré, jouant les martyrs, prédisant que de grandes choses allaient arriver. Devant cette manœuvre qui rendait le Messie encore plus digne de foi, non seulement à la foule, mais aux chefs de la communauté, Josué décida d'agir. D'autant que la rumeur ébruitait de grands miracles censés s'accomplir : tantôt c'était la guérison d'un moribond conduit devant le Messie, tantôt des colonnes de flammes qui jaillissaient spontanément dans sa prison. Fable sur fable, et toujours ce silence que Josué devait garder par-devers lui. Pas un seul instant il ne songea à se joindre aux opposants, de moins en moins nombreux. Qu'aurait-il pu leur dire ? Que le Messie lui avait offert sa femme ? La honte l'étouffait. Agir, agir vite, maintenant. Réaliser enfin ce qu'il n'avait justement pas prévu.

C'est alors, après l'avoir gardé deux mois en captivité à Constantinople, que le Grand Vizir décida d'éloigner de la ville son encombrant prisonnier. Il y avait décidément trop de presse autour de lui, trop de bruit, trop d'émissaires venus de la terre entière et qui occupaient la ville alors que se préparait l'expédition de Crète destinée à reprendre l'île aux Vénitiens. Le Grand Vizir ordonna que Shabtaï Zvi fût conduit dans la forteresse de Gallipoli, de l'autre côté du détroit des Dardanelles. C'était veille de Pâques, le 19 avril 1666.

Shabtaï, tel un petit despote, avait ordonné aux juifs de reprendre leurs anciennes coutumes, de mettre une frange aux bords de leurs vêtements et un ruban bleu, de laisser pousser une touffe de cheveux sur leurs tempes, de ne point se raser la barbe ; ce fut lui-même qui, approchant de la forteresse, sacrifia un agneau pascal qu'il fit rôtir avec sa graisse. Il en mangea le premier, en fit manger à son entourage, sous l'inspiration divine qui venait de le saisir, transgressant toute la Loi, et récita la bénédiction : « Béni sois-Tu, ô Dieu, qui permets ce qui est interdit. » Il n'y eut personne pour réagir, sinon Josué bien décidé à ne plus quitter Shabtaï d'un pas, quitte à être enfermé avec lui dans la citadelle.

Était-ce encore la haine qui le poussait ou sa curiosité devant un être capable d'actions si étranges qu'elles échappaient à toute cohérence ? Josué ignorait qu'il était happé par Shabtaï, ensorcelé, alors qu'il croyait naïvement maîtriser ses actes. Et cette fascination, chevillée à son âme, était née dès leur première rencontre.

Lettre de Jérémie à Josué – *Livourne. Juin 1666.*

Oui, Josué, j'ai quitté Amsterdam. Rien ne pouvait plus m'y retenir. Je serai bientôt près de toi en compagnie de Jessica, mon épouse. Tu vois comme la vie peut nous unir, nous désunir pour nous rassembler à nouveau. Les nouvelles qui me parvenaient n'ont fait qu'alimenter mon impatience, et mes jeûnes et mes prières m'ont semblé inefficaces. Depuis que j'ai su que le Messie était enfermé dans la Tour Fortifiée comme le dit le proverbe 18, 10 : « Le Nom du Seigneur est une tour fortifiée : le juste s'y réfugie et est hors d'atteinte », je ne vis plus. Je tiens à être là-bas pour les grands événements. Tu ignores ta chance. Nous voudrions tous être à ta place. Mes beaux-parents ont fait d'énormes sacrifices pour que je fasse le voyage avec mon épouse. Ils sont en train de liquider leur fonds et nous rejoindront.

Tous les centres juifs par lesquels je suis passé sont en effervescence et des délégations partent avec régularité rendre hommage à notre Seigneur, chacune porteuse de ce que la communauté possède de plus riche à lui offrir. L'adhésion paraît quasi générale. Du petit peuple aux érudits les plus distingués, des riches aux pauvres. L'unanimité s'est faite, exception, semble-t-il à Venise, où la lutte semble très âpre. Mais les infidèles seront bien contraints de s'incliner, le Jour venu. Le seul qui, à ma connaissance, mûrisse contre notre Maître une aversion d'une extraordinaire violence est un certain Sasportas qui se tient à Hambourg. C'est un vieux radoteur que personne n'écoute. Il a inondé Amsterdam de lettres acides mais n'a réussi à faire naître que des haussements d'épaules. Il tient absolument à connaître l'avis des rabbins de Jérusalem qui connaissent Shabtaï, et s'étonne que personne ne veuille lui répondre. Croit-il vraiment qu'ils n'ont que cette préoccupation en tête ? Lui ne veut obtenir que des renseignements sûrs. Je le tiens pour un empêcheur de tourner en rond, mais il n'a que peu d'influence sur l'ensemble de notre peuple, même si parfois ses lettres peuvent ébranler la conviction des pauvres d'esprit. Il refuse en particulier de reconnaître en Shabtaï le Messie attendu. Pour lui, aucun des signes de la tradition ne se retrouve dans notre Maître adoré. Est-ce bien la question qui se pose quand de si grands événements se préparent ?

Ici, à Livourne, il est un personnage qui lui ressemble étonnamment et que rien ne fait plier. C'est Rabbi Joseph Ha-Lévi, qui répète à l'envi qu'il faut renoncer au péché et se conduire avec droiture envers son prochain sans besoin de se mortifier. Il tient le prophète Nathan pour un charlatan et ses manuels de dévotions pour des illuminations. Mais qu'est-il auprès de Rabbi Moïse Pinhero, qui fut autrefois le condisciple du Messie, à Smyrne ? Chacun se presse chez lui pour obtenir des renseignements, des informations. Il est le seul à lui avoir parlé, et ses paroles valent toutes les dénégations de ces infidèles incorrigibles. S'ils n'étaient si peu nombreux, la tension en ville serait grande mais leur nombre est négligeable et ce sont gens bornés.

Pourquoi le Messie est-il emprisonné ? Une lettre de Nantawa, que tu connais de Constantinople, nous l'explique mieux que tout autre. Il faut absolument que le Messie soit en captivité pour que s'accomplissent les Écritures.

> « Un roi sera enchaîné par ses tresses, jusqu'à ce que le temps soit venu. Son emprisonnement est plus apparent que réel car il est vêtu d'habits royaux (...) comme un roi sur son trône ; et les Turcs et les incirconcis de Constantinople, tous vont le voir et quand ils le voient, ils tombent face contre terre (...). Et cet emprisonnement était prédit dans la prophétie de Zorobabel où il est dit que les chefs et les sages d'Israël refuseront le roi messianique, qu'ils l'insulteront et le frapperont et qu'il sera emprisonné. »

Voilà pour faire taire tous ces détracteurs, ces grands maîtres érudits qui ne voient pas plus loin que leurs lorgnons.

Mon cher Josué, il se peut que cette lettre ne reçoive pas de réponse ; c'est que je serai auprès de toi, auprès du Messie, dans peu de temps. C'est toi qui avais raison de partir. Aujourd'hui, je puis te l'avouer le cœur pur, sans acrimonie.

★

Journal – *Amsterdam. 1688.*

Puis-je parler de Jérémie ? Je préfère encore me taire. Mais je conserve le souvenir très vivace du moment où sa lettre me parvint. J'étais sur le point de gagner Gallipoli par mer comme le faisaient des milliers de juifs, moyennant dix écus pour la traversée. J'avais passé quelque temps à Constantinople pour reprendre haleine après mon installation dans la forteresse, près du Messie. Des ruses qu'il me fallut employer, je parlerai plus tard, mais je n'en ai aucune honte.

J'aurais, sitôt lue sa lettre, aimé joindre Jérémie le plus rapidement possible, lui dire de rebrousser chemin, qu'il irait de déconvenue en déconvenue s'il parvenait jusqu'à Gallipoli et que Livourne avait autant d'attraits, sinon davantage, que cette Constantinople où grouillaient les délégations si nombreuses que l'on eût dit une ville assiégée. Il n'y avait plus de logis, les auberges étaient pleines, et les juifs dormaient à même le sol, en ce printemps naissant.

Un plaisir immense m'envahit lorsque je compris qu'il était encore quelques hommes pour avoir gardé la tête froide. La résistance farouche de Rabbi Ha-Lévi ou de Sasportas me remit en confiance.

Cette lettre venait à point nommé. Je venais de comprendre qu'à partir d'un simple mot du texte sacré, tiré hors de son contexte, chacun pouvait élucubrer à sa guise.

« Un roi sera enchaîné par ses tresses. » Un besoin inexplicable me renvoya au *Cantique des Cantiques* d'où cette phrase avait été extraite. Et je lus avec une émotion intense ce texte que je connais encore par cœur.

> « *Reviens, reviens, ô Sulamite.*
> *(…)*
> *Les contours de tes hanches*
> *sont comme des colliers,*
> *(…)*
> *ton nombril est un calice arrondi*
> *(…)*
> *ton ventre est un tas de froment*
> *entouré de lis;*
> *tes deux seins sont comme deux faons,*
> *(…)*
> *ton cou est comme une tour d'ivoire,*
> *tes yeux sont les piscines de Hesbon,*
> *(…)*
> *ta tête en haut est comme le Carmel*
> *et ta chevelure comme de la pourpre :*
> *un roi est enchaîné par ces tresses ! —*
> *Que tu es belle et que tu es gracieuse,*
> *amour, dans tes délices !*
> *Voici que ta taille est semblable à un palmier*
> *et tes seins à des grappes !*
> *(…)*
> *Que tes seins soient comme les grappes de la vigne*
> *et l'odeur de ta narine comme celle des pommes,*
> *et ton palais comme le bon vin,*
> *(…)*
> *Dès le matin nous irons aux vignes,*
> *nous verrons si la vigne a fleuri,*
> *si le bouton s'est ouvert,*
> *si les grenadiers sont des fleurs,*

là je te donnerai mes caresses.
(...) »

Le sens du sens caché sous le sens, voilà ce que recherchent nos érudits, nos maîtres en kabbale. Ils sont si préoccupés par les symboles cachés qu'ils finiront toujours par les trouver, au prix d'un contresens qui alimentera leur argumentation. Mais ils deviennent aveugles lorsque s'impose une lecture simple. Et c'est en lisant cette septième strophe du *Cantique des Cantiques* que je me suis soudain ressenti homme. La lecture de ce poème d'amour éveilla en moi, à mesure des vers et des images, un désir tout neuf, un débordement de vie, et je sentis mon sexe se tendre sans que rien ne pût réfréner ce bonheur de me sentir vivre à nouveau, d'échapper au confinement des prières, jeûnes et dévotions qui niaient toute chair. Pourquoi réprimer l'irrépressible ? Pourquoi ne pas accepter ce désir d'amour naissant, cette émotion violente et agréable à la simple célébration de la beauté d'une femme, de la Femme ? Oubliant la lettre de Jérémie, je me suis mis à lire *Le Cantique* dans son ensemble. J'étais redevenu l'adolescent rêveur et mon imagination courait, courait d'une femme à l'autre dans l'attente d'une étreinte amoureuse dans laquelle je trouverais la plénitude et l'apaisement, dans une offrande partagée.

« Qu'elles sont belles tes caresses, ma sœur, ma fiancée, qu'elles sont bonnes tes caresses meilleures que le vin et l'odeur de tes parfums, meilleures que tous les baumes !
« C'est du miel que tes lèvres distillent, ô fiancée, du miel et du lait sous ta langue,
« et l'odeur de tes robes est comme l'odeur du Liban. »

Adolescent ? Non plus. Mais il y avait dans ma rêverie cette fraîcheur, ce don, cette naïveté qui renaissaient, accompagnés subitement d'un fol désespoir. Depuis combien de temps n'avais-je pas été l'objet d'un désir franc, d'un désir serein où, caressé, aimé, j'aurais rendu caresse pour caresse et baiser pour baiser ? Un manque immense et cruel naquit en moi et il me faut admettre que je pleurai alors de ne rien pouvoir offrir, de ne savoir à qui offrir cette richesse dont je me sentais le dépositaire et qui ne trouvait pas son objet.

J'étais passé à côté de ma vie, trop préoccupé de Shabtaï et de Sarah, enfermé dans une haine qui ne s'alimentait que d'elle-même alors que quelques pages d'un livre sacré réveillaient subitement, en moi le bonheur d'être moi. Pouvoir fou des mots, simples signes d'imprimerie qui, par une étrange alchimie, faisaient naître rires et pleurs, réflexions et souvenirs. Admirable *Cantique* qui me révélait à moi-même, qui me permettait de prendre une honnête distance avec ce Jérémie lointain, la tête toute illuminée de ses croyances apocalyptiques, bien loin de se douter de ce que je vivais auprès de Shabtaï, à sa Cour. *Le Cantique* avait réveillé en moi l'envie d'être homme, ce manque qui renaissait depuis le décès de mon épouse et qui me disait aussi combien je m'étais menti, tentant d'annuler les désirs d'une chair qui ne demandait qu'à vivre. Une fulgurance, parfois, avait fait que je porte les yeux sur une femme. Une faute commise, la niait au même instant : il m'était interdit de trahir un amour défunt. Quel mensonge ! La vie l'emportait toujours, foisonnante, douce et cruelle, incapable de s'arrêter même au nom d'une morale que je m'imposais tout seul.

Le Cantique venait de me réconcilier avec moi-même.

Il y avait des jours et des jours, depuis que je m'étais installé près de Shabtaï, qu'Esther habitait mon âme et que je refusais de le reconnaître. Nuits mouvementées où son visage apparaissait, se dissipait et que j'essayais de réévoquer sans pouvoir y parvenir. Esther et son corps. Esther...

CHAPITRE XIX

Lorsque Josué arriva à Gallipoli, il fut immédiatement pris en charge par l'un des proches de Shabtaï et conduit dans la salle d'audience. Était-ce là le prisonnier ? Était-ce ainsi que les Turcs traitaient leurs ennemis ? Josué fut introduit avec infiniment de civilité et, lorsqu'il se retrouva face au Messie, ce fut pour lui l'inexplicable. Shabtaï l'attendait : ses informateurs avaient merveilleusement œuvré. Vêtu de rouge, portant dans ses mains le rouleau de la Torah également drapé de rouge, Shabtaï se tenait dans une pièce aux tentures dorées, au sol recouvert de tapis tissés d'or et d'argent. Assis à une table d'argent au plateau d'or, il posa la Torah et se mit à manger dans un service incrusté de pierreries. Josué resta pétrifié. D'un geste, Shabtaï lui ordonna d'avancer. Devant un tel déploiement de richesse, Josué ne comprit rien. N'était-il pas prisonnier du prisonnier ? Sans comprendre lui-même ce qu'il faisait, il s'inclina devant Shabtaï et lui baisa la main. Toute haine, toute aigreur avaient disparu tant sa surprise était immense. Shabtaï lui tendit une coupe de vin.

— Bois, Josué. Et réjouis-toi !

Josué balbutia, terrorisé à l'idée de la puissance de Shabtaï et de la faute qu'il avait commise en délaissant Sarah, en l'humiliant, en fuyant Smyrne.

— Je t'attendais, Josué. Je savais que tu viendrais à moi. T'expliquer? Va, ce n'est plus guère la peine. Je sais ce qui s'est passé et peut-être as-tu eu raison de fuir ma femme. Je te pardonne. Trop de grandes choses se préparent pour qu'on doive s'arrêter à ces mesquineries.

Josué avait été percé à jour. Sa vengeance s'écroulait. Lui qui s'était cru libre, n'était qu'en liberté surveillée. Josué tremblait.

— J'ai besoin de toi, Josué. Dorénavant, tu seras mon médecin personnel. Veille simplement sur moi.

Et il se mit à rire.

— Va, installe-toi dans les appartements qui te sont réservés et tiens-toi à mon entière disposition.

Ce fut tout. Josué sortit. Sa chambre était prête, d'une richesse tout aussi fastueuse que la salle de réception où Shabtaï accueillait ses hôtes et les délégations qui se prosternaient devant lui. De l'endroit où il était installé, Josué pouvait voir une grande vigne en contrebas. Mais avant qu'il ne la contemple, avant qu'il ne contemple les meubles, les objets qui l'entouraient, il se jeta sur le divan, les poings serrés de colère, les larmes aux yeux. Il ne comprenait rien. Il frappa les coussins cousus d'or, ne sachant en vérité à qui s'adressaient ses coups. A lui-même, à Shabtaï, au destin? Et le rire de Shabtaï continuait de le poursuivre. Était-ce celui du triomphe? Cachait-il quelque piège? Josué s'interrogeait. Dans sa solitude, il ne pouvait répondre. Son seul réconfort fut de noter quelques mots sur son carnet.

« Je suis prisonnier et j'ai construit ma propre prison. Je ne crois pas que Shabtaï soit le Messie. Je ne crois en rien sauf en ce que mon cœur me dicte. Ma tristesse est infinie. Médecin du Messie, moi l'infidèle ! Ironie du sort. »

Après maintes appréhensions, Josué se résolut à sortir dans la cour. L'air printanier le rassura. Il s'assit, sans réfléchir, las, se laissant bercer par les bouffées d'orangers en fleurs que le vent apportait jusqu'à l'écœurement. C'est alors qu'il entendit une voix qui l'appelait.

— Josué, vite, le Seigneur te réclame.

Était-ce un nouveau piège ? Josué le craignait en suivant le serviteur qui ne le conduisait pas vers la salle d'audience mais vers une cellule où il trouva Shabtaï comme il s'était retrouvé lui-même quelques heures plus tôt, allongé sur un sofa. Plus de brocarts d'or. Un simple habit d'étoffe rude. Mais ce qui frappa Josué, ce furent les sanglots qui secouaient ce corps épais. Josué s'approcha, se mit à genoux. Shabtaï pleurait tout en murmurant une inaudible prière. Comme il l'eût fait pour un enfant, Josué posa sa main sur la main baguée de Shabtaï et la tint immobile, comme pour la réchauffer. Shabtaï se retourna, les yeux rougis. Entrecoupées de hoquets, ses paroles n'avaient plus cette assurance qui avait tant impressionné Josué le matin même.

— Je suis un pauvre homme, Josué. Je puis te le confier, à toi, en secret. Crois-tu vraiment que je sois le Messie ?

Josué tenait Shabtaï à sa merci. Une vengeance à bas prix que son honneur refusait. Qu'en savait-il, au juste ? Il avait devant lui un homme souffrant, malade, le front perlant de sueur, les mains glacées. Shabtaï semblait ne pas attendre de réponse. Il monologuait.

— Je ne suis qu'un pauvre pécheur. Je ne comprends rien à ce qui m'arrive, à ce qui m'est arrivé. Aux yeux du peuple, je suis le Sauveur. Aux miens, je suis un être abject qu'on prend pour ce qu'il n'est pas.

Josué écoutait sans bien comprendre cet homme qui s'était redressé et qui essuyait ses larmes.

— Un être sans valeur que Dieu a éprouvé et qu'il veut éprouver encore. Je suis comme un enfant, Josué, perdu, sans pouvoir, sans force... Un rêve me revient toujours de mon enfance. Je n'ai jamais pu l'effacer. J'avais six ans. Une flamme me causa une vive brûlure au pénis et je me réveillai en hurlant. Puis à l'adolescence, les démons de l'onanisme me poursuivirent longtemps. Je ne voulais pas les écouter. J'ai lutté, lutté, étudié, malheureux et me voilà devant toi, l'incroyant à qui je demande secours. Aide-moi. Parle-moi. Trois fois déjà je me suis marié. Trois fois j'ai échoué. Je n'en puis plus, comprends-tu ? La souffrance est trop grande. Je ne sais que faire.

Et, plongeant à nouveau son visage dans les coussins du sofa, Shabtaï se remit à pleurer.

Josué ne chercha nul secours, n'appela pas à l'aide. Il continuait à tenir cette main. Un homme souffrant s'adressait à un autre homme qui n'avait qu'un peu de chaleur à offrir. Josué eût aimé pouvoir le calmer, l'apaiser d'une parole, d'un geste, mais il était trop étourdi par ce qui venait de se passer. Il resta là longtemps, à attendre. Shabtaï se recroquevilla, pris de tremblements. Josué alla chercher une couverture. Il borda Shabtaï comme on borde un petit enfant dans son sommeil. Il entendait toujours un murmure, une prière, puis Shabtaï lui serra la main, fortement. Un nouvel appel à l'aide.

« Les démons de l'onanisme ! » De quels démons s'agissaient-ils sinon de ceux qui l'avaient lui-même torturé et que monsieur son père avait un jour chassés d'une seule parole de bon sens. Josué, assis sur le sol, rêvassait. C'était donc cela, l'homme qu'il avait tant haï ! Un malheureux entouré d'une cour docile mais qui vivait isolé dans ses pensées, prisonnier du cercle de ses obsessions qui s'échappaient parfois, plaintives. Comment haïr celui qui cherche la vérité ? Comment ne pas plaindre celui qui n'avait pu consommer ses mariages et qui se croyait persécuté par les « enfants de la prostitution » ainsi que le *Zohar* nomme les désirs masturbatoires que Néama, reine des démons, attise au cœur des hommes par des visions lascives ?

Josué tenait toujours la main de cet homme qui geignait, apeuré. Il lui essuya le front. Puis, soudain, Shabtaï se redressa.

— Dis-moi, Josué. Jure-moi que je suis le Messie !

— Je n'ai rien à en dire, affirma Josué d'une voix apaisante. Toi seul crois être le Messie, d'autres te confirment dans ce rôle. Accepte d'être qui tu es ou ce que les autres veulent que tu sois. Pour moi, tu es un homme malade. Quant à être le Messie...

Josué se prit à sourire. Qui est-on vraiment ? Ce que voient les autres ou ce que l'on est au fond de soi ? Les deux ensemble, certainement, mais il n'existe pourtant qu'une unique vérité.

— J'ai commis des actes horribles, Josué. J'ai péché. Je mérite mille fois le châtiment divin. J'accomplis des actes fous dont je n'ai jamais compris le sens. Pourtant je l'ai quêté. Aide-moi, Josué. Aide-moi !

Et sur ces mots d'une rare violence, Shabtaï s'écroula, ivre de fatigue, lâchant la main de Josué.

Non, ce n'était pas un piège, mais un appel au secours qui laissa Josué indécis. Il resta quelque temps par terre, le dos appuyé au mur, puis il se redressa lentement, gagnant l'air tiède et embaumé de la nuit.

Mais quelle douceur trouver après une telle détresse, une telle violence ? Josué marcha le long du rempart de la forteresse. Une musique lui parvenait, mélodieuse. Il interrogea un serviteur au passage.

— Ce sont les ordres de notre Seigneur. Il veut que la musique l'enveloppe jour et nuit.

Josué pensa que, cette nuit, Shabtaï ne l'entendrait guère. Ce qu'il ne comprit pas cependant, c'était son rôle. Certes, il était médecin mais Shabtaï en avait déjà un à son service, à ses genoux, prêt à mourir pour lui s'il le fallait. Josué ne serait-il donc que le médecin de l'âme ? Le confesseur ? Il était partagé entre le sourire et la tristesse amusée. Comment aurait-il pu s'arroger le droit de condamner ou d'absoudre ?

Jusqu'à l'été naissant, Josué resta près de Shabtaï, sans statut bien défini. Seul, le regard haineux du médecin personnel du Messie lui indiquait véritablement sa place : un gêneur. Le Messie, lui, s'était enfermé dans un isolement pieux, se livrant à la méditation, jeûnant plus qu'il ne fallait ou se terrant dans un mutisme qui n'inquiétait aucun de ses proches. Josué aurait voulu aller vers lui depuis la fameuse nuit. Il n'avait fait que l'entrevoir quelques instants par jour, voûté, amaigri, se traînant sans force. Il n'écrivait plus. Son secrétaire expédiait les lettres à sa place. Shabtaï signait les yeux fermés, d'une écriture maladroite.

La Cour du Messie inquiétait Josué. Pourquoi ne faisait-elle rien pour celui qu'elle considérait comme son Roi-Messie ?

Installé, libre de ses gestes, Josué pouvait pousser sa curiosité comme il l'entendait. Le fait d'être resté si longtemps en tête à tête avec Shabtaï lui assurait une position privilégiée bien que jalousée.

Josué apprit qu'il en avait toujours été ainsi avec Shabtaï, depuis longtemps, très longtemps : ses vingt-deux ans. Il vivait de longues périodes méditatives, mélancoliques où le monde semblait ne plus exister et soudain, les signes d'un renouveau jaillissaient, s'accéléraient et Shabtaï retrouvait une aura, une vivacité qui soulevait l'enthousiasme. Ces périodes aiguës duraient peu de temps, puis il retombait dans l'angoisse, la peur, la tristesse, le doute, l'oubli de tout ce qui avait précédé.

Josué comprit qu'il avait rencontré Shabtaï à cet instant précis où il basculait d'un état à l'autre dans l'apparente indifférence de ses familiers. Et puisqu'il était « l'Oint du Seigneur », tout lui était permis et pardonné.

Restait à Josué, pressé par la curiosité, à pousser ses investigations. Chacun lui livrait avec réticence des bribes de vérité qu'il notait méticuleusement, sans chercher quelque explication que ce soit, laissant aller les confidences.

« L'esprit divin descendit sur lui alors qu'il marchait loin de la ville, en pleine méditation. C'est alors qu'il entendit la voix du Seigneur. " Tu es le Messie. " »

« Dans la synagogue, il se mit à hurler le nom de l'Ineffable. Seul le Messie avait ce pouvoir. »

« Un jour, il acheta un énorme poisson qu'il avait habillé en nourrisson et qu'il mit dans un berceau. Pour lui, la rédemption se ferait sous le signe des Poissons. »

« Il s'est mis à changer les dates rituelles et, dans la même semaine, il a célébré trois fêtes. C'est à ce moment qu'il a reçu la nouvelle Loi, bien plus forte que la loi rabbinique. Tout ce qui était sanctifié autrefois était alors transgressé. Mais c'est Dieu Tout-Puissant qui le poussait à agir ainsi. Lui, était porté par la parole divine. »

D'étranges folies ! Josué était l'hôte d'un homme que la communauté de Smyrne avait autrefois excommunié et qui s'en était allé de ville en ville. Smyrne, Salonique, Athènes, Patras, Jérusalem, Safed et Gaza enfin, où il avait rencontré son prophète, Nathan. Rien ne l'atteignait. Il était flagellé, considéré tantôt comme fou, tantôt comme un homme de grande valeur, faisant rire les uns, subjuguant les autres. Une vie de vagabond, incapable de s'en tenir à l'orthodoxie. Une longue errance, sans amis, sans véritables proches, triste ou exubérant mais de façon totalement imprévisible. A chacune de ses rechutes, il était incapable de lire ou de parler du mal qui le tenait prisonnier. Il supportait l'épreuve et soudain, bondissante, sa santé revenait. Il se remettait aux études avec chaleur, s'exaltait pour un rien, chantait, riait et retrouvait des dons charismatiques incontestables. Il n'expliquait rien, sinon que Dieu le faisait souffrir pour éprouver sa détermination. Et Shabtaï ne pliait pas. Nulle médecine, nul remède pour endiguer ce va-et-vient douloureux. Shabtaï était entre les mains du Tout-Puissant ; il devait, sans révolte, s'incliner. Il n'avait véritablement aucun interlocuteur et Josué, parfois, se sentait pris de compassion pour cet être qu'un peuple entier considérait comme son libérateur alors qu'il vivait dans un état de douleur extrême. Nathan, peut-être, aurait pu lui redonner courage. Mais Nathan n'avait pas quitté Gaza.

Les proches du Messie attendaient patiemment la fin de la désespérance du maître tandis que dans la capitale, la foule s'excitait de savoir que les Turcs le traitaient avec prévenance, autorisant par là même les croyances les plus folles.

CARNET – *Gallipoli. Été 1666.*

Les gardes turcs repoussent avec une incompréhensible sauvagerie les nouveaux visiteurs qui tentent de se rendre à Gallipoli. C'est que les fidèles parmi les fidèles qui veillent sur Shabtaï veulent le protéger, soudoyant plus que d'ordinaire ces gardiens qui n'ont d'autre fonction que d'amasser de l'argent. De fait, Shabtaï se garde lui-même, muré dans sa forteresse intérieure. Et pour que personne ne puisse voir le Messie-Roi dans l'abattement où il s'est réfugié, un nouveau rempart protège l'homme malade qui arpente sa chambre en silence, passe ses jours allongé sur les tapis et réduit la grande salle d'audience à un désert doré.

A Constantinople court une légende : Shabtaï est libre. Un nuage l'emporte chaque soir hors de la citadelle et le reconduit, parce qu'il le veut bien, au petit matin, à la Tour Fortifiée.

Je pourrais passer tout mon temps à rédiger des notes tant il ne se passe rien. Je sens toutefois que je recule à mesure qu'il me faut écrire la vérité. Les souffrances de Shabtaï et celles de l'enfantement du Messie me sont devenues indifférentes.

J'ai trop de difficultés à m'endormir pour que mes pensées aillent vers Shabtaï. La lecture du *Cantique* a réveillé mes vieux rêves d'amour et depuis quelques jours, sans que je comprenne bien pourquoi — mais faut-il tout comprendre ? — je suis bouleversé à la vue d'une silhouette féminine que j'entrevois et qui se promène en chantonnant dans les vignes. J'ignore qui elle est et ce qu'elle fait, son âge, son visage. Je ne connais d'elle qu'une forme frêle, une démarche légère et le son de sa voix. Elle chante de vieux airs judéo-espagnols, et, assis sur un rocher, à son insu, je la contemple toutes les fins de soirées lorsque le soleil s'évanouit, là-bas. Puis elle arrête sa marche. Longuement, immobile, elle attend comme moi que disparaisse le soleil dans les couleurs changeantes du soir. Et la vérité veut que je ne m'endorme pas sans penser à elle, que mon sommeil est perturbé par son existence et que me voilà amoureux d'une silhouette et d'une voix. Je l'aime. Je le sais. Je suis ridicule. Je le sais. Mais rien ne peut interrompre mes rêveries. Peut-être est-elle laide, idiote : les deux à la fois ? Je ne puis imaginer qu'une femme d'une intense beauté et qui réveille en moi les démons de la masturbation dont la honte m'a quitté pour toujours. Je veux que mon corps vive, qu'il vive aussi par le corps d'une femme. Pour l'instant, il ne se nourrit que d'imagination. C'est à la fois intolérable et délicieux. Reculer au plus tard possible notre rencontre de peur d'un échec. Mais l'ardeur à vivre est encore la plus forte (...).

(...) J'écris et je n'ai toujours rien entrepris. Une manie « malsaine » de la guetter chaque soirée et de tenter de l'entrevoir dans la journée. Elle n'est là qu'au soir tombant, fidèle à notre rendez-vous secret. J'ai peine à croire qu'il soit véritablement secret. Je ne me cache pas. Je suis installé sur un rocher. Si elle se retournait, elle me verrait. J'ai l'intime certitude qu'elle sent ma présence, qu'elle la devine et qu'elle agit de telle sorte que c'est, pour elle, un plaisir d'être contemplée et d'agacer mon désir. Peut-être est-ce là l'exaltation d'un amant redevenu adolescent ? Je n'y crois guère. J'ai pu constater qu'une présence se sent, aussi discrète soit-elle. Un regard porté sur soi, même à la dérobée, ne peut passer inaperçu pour celui qu'on regarde. C'est comme un parfum qu'on sent derrière soi. J'attends qu'elle se retourne. J'attends de la voir dans sa réalité de femme et non plus dans l'imagerie que je me construis. Il faudrait que j'ose. Je n'ose pas. Demain (...).

(...) Elle était là, vêtue comme à l'accoutumée, se promenant dans la vigne, chantonnant, l'air heureuse. Elle ne pouvait plus ignorer ma présence. J'étais à quelques pas derrière elle. Elle se figea tout à coup, cessant de chantonner. Et comme je voulus m'approcher, ce fut elle qui se retourna vers moi, sans rougir, un sourire éclatant aux lèvres. Dieu qu'elle était belle ! Dieu qu'elle était jeune aussi ! Peut-être parce que je me sentais vieux. Je n'ai pu lui répondre que par un autre sourire. Elle s'approcha de moi, nullement impressionnée. Je l'étais. Mon corps était de glace.

Toute parole m'était interdite. Ses yeux parlaient pour elle, d'un noir profond, étirés en amande. Elle était si belle que les larmes me vinrent aux yeux. Je sus vite les réprimer. Une femme, une femme enfin, se tournait vers moi, simplement pour me dire, d'un regard, ce que mon propre regard trahissait. La nuit tombait vite. Immobiles, face à face.

— Je savais que tu viendrais !

Elle avait prononcé ces mots avec une douceur dont je ne me souvenais plus qu'elle puisse exister.

— Je le savais. Je savais même que ce serait aujourd'hui. Je te connais, Josué. Tout le monde parle de toi, ici. En mal, bien sûr. Surtout mon père, le médecin du Seigneur. Ils n'osent rien contre toi parce que le Messie te protège, mais ils te détestent...

Elle confirmait mes certitudes. J'étais un paria parmi d'autres parias. Qu'importait ! Sa présence était à elle seule un réconfort si chaleureux que je voulus m'approcher d'elle, la prendre dans mes bras, la remercier de son courage, de sa franchise. Je n'en fis rien.

Je l'écoutais parler et ses mots, ses phrases lentement me berçaient. Mon regard le disait. C'était tant mieux.

— Je suis Esther. Je me suis renseignée sur toi. Je sais que tu n'es pas l'homme dont mon père et ses amis font le portrait. Je t'ai épié. J'ai espionné le moindre de tes gestes. Tu n'es pas comme eux et je ne supporte pas la calomnie.

Sa phrase s'acheva, sèche. Elle avait trop parlé.

Nous étions l'un et l'autre attirés par une force intérieure qu'on nommera comme on voudra et qui fait que deux êtres se rencontrent à un instant précis, avec une telle soudaineté que le monde disparaît autour d'eux.

La nuit était tombée lorsque je pris sa main, sans préméditation, simplement, parce que je le voulais, qu'elle le voulait. Elle posa son autre main sur la mienne et nous sommes restés ainsi longtemps avant que je ne l'attire dans mes bras, que je caresse son visage, qu'elle colle son corps contre le mien et qu'un baiser nous unisse, magique.

— Je t'aime, Esther.
— Moi aussi, Josué.

Propos si plats à transcrire. Paroles dites, si simples. Quelques mots d'une banalité qui cache une insoupçonnable richesse. Mots dérisoires où tout se dit, corps et âme.

Je l'enlaçai longuement, ne comprenant guère ce qui arrivait. Une femme dans sa rayonnante jeunesse, dans sa simple beauté, était venue vers moi. Ma solitude n'avait plus de sens, ma haine passée, mes désirs de vengeance, s'étaient évanouis d'une chiquenaude tant il y avait d'espoir dans ces deux phrases échangées et dans l'intensité de vie qu'ils représentaient. Qu'étaient Shabtaï, Sarah, Jérémie, la Fin des Temps, cette cour de flagorneurs auprès d'Esther, de ses dix-huit années et de mon bonheur retrouvé ? J'exultais, serrant Esther contre ma poitrine, caressant son corps que je devinais sous ses étoffes de soie. Ses mains caressaient ma nuque, mon dos, mes bras. Puis un léger baiser du bout des lèvres.

— A demain, Josué.

CHAPITRE XX

Shabtaï semblait vouloir sortir de sa léthargie. Il avait demandé que Josué lui rendît visite. Tous les fidèles attendaient et sentaient qu'une phase nouvelle allait commencer. Josué se serait bien passé de cette convocation qui dérangeait son rendez-vous désormais quotidien avec Esther. Que le Messie fasse vite ; qu'on n'en parle plus. C'était compter sans Shabtaï, sans cette attirance qui fascinait Josué.

Quand il entra, Shabtaï le prit dans ses bras et l'embrassa. Il lui baisa même les mains.

— Merci, Josué. Merci. Tu es le seul être ici en qui j'ai confiance. A toi seul je puis parler. L'épreuve que le Tout-Puissant m'a infligée s'achève et je vais te parler comme je n'ai parlé à nul autre. Oui, je suis le Messie. Je n'en doute plus à présent. C'en est fini de mes incertitudes.

Josué attendait que Shabtaï veuille bien achever pour s'incliner respectueusement et fuir vers ses appartements où l'attendait Esther, comme chaque soir. Mais Shabtaï devait se confier, s'épancher, prendre appui sur un autre pour que son existence retrouve les certitudes perdues.

— Josué, tu joues pour moi le rôle qu'a joué Nathan, autrefois, alors que je n'étais qu'un misérable pécheur. Lui, c'était un maître de la kabbale. Il a su reconnaître en moi le Messie. Toi, tu es ignorant — soit dit sans te vexer —, mais tu es un homme qui sait entendre. Lui, m'a entendu aussi. Il est mon prophète. C'est à Gaza que je l'ai rencontré, parce qu'on m'avait parlé de lui comme d'un grand sage, et que l'Ange de l'Alliance lui avait appris d'impressionnants mystères.

Shabtaï se dirigea vers son secrétaire, en sortit une lettre qu'il tendit à Josué, lui enjoignant de la lire.

— C'est ce que j'ai pu retenir des paroles de Nathan dans sa grande vision.

> « C'est maintenant le temps de la fin ultime, indiquée par le verset : " Car le jour de la vengeance est dans mon cœur. " De plus, l'Ange me dit qu'Israël devait croire au Messie sans être témoin d'aucun signe extraordinaire, ni d'aucun miracle. Et il est évident, pour celui qui n'y croit pas, que son âme est mêlée d'éléments mauvais provenant de la génération qui se révolta contre la royauté céleste et contre le royaume de David. »

Josué avait beau lire, ces fragments ne lui disaient rien, sinon que les Derniers Jours approchaient et que le Messie ne produirait nul miracle. Shabtaï le suivait du regard tandis qu'il lisait, attendant son approbation. Alors Josué oubliant où il était, devant qui il se trouvait, posa directement la question :

— Mais que s'est-il réellement passé avec Nathan ?
— Si tu savais comme c'est simple ! Nathan eut

une grande illumination avant même de me voir, de me connaître. Lis ! C'est le brouillon que j'ai réussi à lui arracher.

> « M'étant enfermé dans une chambre à part, en état de sainteté et de pureté, récitant les prières pénitentielles de l'office du matin avec de nombreuses larmes, l'esprit vint sur moi, mes cheveux se dressèrent sur ma tête, mes genoux tremblèrent et je vis la Merkaba et des visions divines tout au long du jour et de la nuit et il me fut accordé un véritable don de prophétie, comme à tous les autres prophètes alors que la voix me parlait et commençait par ces mots : " Ainsi parle le Seigneur. " Et mon cœur percevait extrêmement clairement vers qui était dirigée ma prophétie, de la même manière que Maimonide a déclaré que les prophètes percevaient dans leur cœur l'interprétation correcte de leur prophétie, de façon à ce qu'ils n'aient pas de doutes sur leur signification. Jusqu'à ce jour, je n'ai plus eu une si profonde vision ; celle-ci est restée enfouie en mon cœur jusqu'à ce que le rédempteur se révèle à Gaza et se proclame le Messie ; je reconnus qu'il était le vrai Messie grâce aux signes qu'avait enseignés Isaac Louria (...) »

Shabtaï poursuivit son monologue dans l'espoir de convaincre Josué.

— C'était l'époque pour moi d'un grand trouble, du même ordre que celui que je viens de vivre ce dernier mois. Je ne savais plus qui j'étais, j'errais, je me savais pécheur et il me fallait voir à tout prix ce Nathan pour confesser mes péchés et trouver un tikkoun pour le bien de mon âme. J'étais malade, désemparé. Et qui trouvai-je en face de moi ? Un homme qui me reconnut immédiatement comme le Messie. Un homme avec qui j'ai parlé des jours et des jours, qui m'a encouragé, qui m'a prouvé que je ne m'étais pas trompé sur moi-même, que j'étais bien le Messie et qu'il était mon prophète.

Josué demeura sans réaction à ce récit d'une parfaite limpidité. Parti malade, Shabtaï avait guéri, proclamant son avènement et faisant se lever derrière lui une armée de croyants, qui de bouche à oreille grossissaient l'image de ce messie en qui il suffisait de croire sans se poser la moindre question. Et le Messie se réveillait, là, devant lui, sortant de sa torpeur, l'embrassant, chantant, dansant, lui passant autour du cou le foulard de soie qu'il portait.

— Je te le donne, Josué, pour tout ce que tu as fait pour moi. Tu m'as écouté. Tu as vu dans quel abîme je suis tombé. Tu verras maintenant de quel abîme je vais ressortir. Mon règne est arrivé. Les Jours attendus sont proches. Mais ce soir, ce sera fête. Va, Josué, va. Je veillerai sur toi, sur ton âme, sur les tiens.

Josué sortit abasourdi, ne sachant que penser, tandis que les proches se précipitaient vers leur Seigneur.

Quand Josué rejoignit Esther qui l'attendait depuis des heures, il s'assit et se prit la tête dans les mains. Quelle imposture venait de lui être révélée ! Et personne pour le faire savoir, personne à qui le faire savoir. Qui le croirait ? Esther comprit tout de travers ce soir-là. Comme Josué restait silencieux, sans un geste vers elle, Esther crut qu'il lui en voulait. Elle s'approcha de lui pour l'aider, mais il la repoussa sans un mot. Elle resta debout.

— Qu'y a-t-il, Josué ? Tu ne m'aimes plus ? Pourquoi m'avoir tant fait attendre ? Que se passe-t-il ?

— Tu n'y es pour rien, Esther. Laisse-moi. Je n'en

peux plus. Je suis à bout. Je suis prêt à m'endormir à même le sol. Je t'en supplie, crois-moi. Tu n'y es pour rien. Ce que je viens d'entendre est trop dur, accablant. Le Messie se réveille de sa torpeur. Moi, je veux dormir. Laisse-moi. J'ai besoin de rester seul...

Esther le quitta vivement, sans un mot. Dans la cour, elle se mit à pleurer. Josué l'avait pressenti. Il aurait aimé la rattraper, s'excuser, mais il était paralysé de fatigue, de colère, sans force. A compter de cette heure, le Messie, revenu à lui, pourrait faire ce que bon lui semblerait et la foule qui attendait ses ordres se mettrait à lui obéir aveuglément. C'était impossible. Il fallait résister, agir, arrêter le mouvement. Et devant sa petitesse, Josué était impuissant. Il avait besoin d'Esther. Elle n'était plus là. Il s'endormit, trouva l'oubli et la solitude.

JOURNAL – *Amsterdam. 1688.*

J'ai encore le goût amer de cet endormissement, si longtemps après. Et le visage d'Esther à laquelle je n'ai rien su expliquer. Je pleure encore ses pleurs et mon incapacité à la soutenir. Je l'avais fait souffrir sans le vouloir. Elle s'était crue rejetée alors que j'avais tant besoin d'elle, que j'étais épuisé et que j'ai refusé son aide.

Au réveil, j'ai cru que plus jamais je ne la reverrais. J'étais à même le sol. Elle était à côté de moi, me regardant de ses yeux noirs, assise, immobile. Son sourire me rendit à la vie et, dans un élan de bonheur, je l'attirai à moi. Rien ne nous séparerait.

— Je n'ai pas compris hier soir. J'ai pensé que tu

m'en voulais... En sortant, j'ai entendu le tumulte qui s'emparait de la Tour. Et j'ai vu à nouveau le Messie dans ses habits somptueux...

D'une main, je l'ai empêché de parler.

Et notre étreinte fut longue. Sous sa robe, j'ai caressé ses cuisses dont la douceur me revient aujourd'hui. J'ai caressé ses seins, tout petits, dont les mamelons dressés disaient le plaisir. Jamais encore je ne l'avais vue nue. Jamais encore elle ne s'était offerte à moi. Il y avait dans notre étreinte, en cet été commençant, l'attente d'un corps à corps amoureux en dépit de la Loi, en dépit de l'Interdit, en dépit de tout. Jamais je n'avais vécu moment plus intense.

Jamais non plus, autour de nous, l'exaltation n'avait atteint ce paroxysme. Qui se préoccupait d'une Esther ou d'un Josué lorsque le Messie reprenait l'initiative, qu'il se lançait dans la plus vaste folie qu'un homme puisse accomplir, soutenu par cette horde qui l'excitait ?

Esther était éblouie. Quant à moi, je ne voulais pas que mon scepticisme pût ternir notre relation. Pour elle, Shabtaï était Dieu. Pour moi, ce n'était qu'un pauvre être, dangereux, qu'il eût fallu écarter de la scène.

En écrivant ces lignes, je me rends compte que j'avais déjà perdu la foi, que je ne croyais plus en rien, que le monde n'était gouverné par aucune puissance transcendante.

Esther m'apprit que la « Reine » Sarah venait d'arriver à Gallipoli. Elle ne me vit pas rougir, mais rien d'autre ne m'importait que sa présence à elle, ma maîtresse, mon amour. Rien de mal ne pouvait arriver. Elle était ma protection, mon bouclier contre le Malin puisqu'il faut lui donner nom.

Hommes et femmes participaient aux festivités dans le désordre de la joie. Et moi, petit être sans importance et dont la religion se résumait à quelques rudiments, je dus assister au piétinement de tout ce que j'avais laborieusement appris, sans pouvoir broncher. Shabtaï transgressait la Loi.

*

CARNET – *Juillet 1666.*

Le jeûne du 17 Tamouz approche. Ces douze heures commémorent la prise de Jérusalem par les Babyloniens en 586 avant le Christ et par les Romains en 70 de notre ère. Shabtaï, illuminé, le visage rayonnant, décrète son abolition. Les jours de deuil seront désormais jours de festivité.

Je garde par-devers moi une de ses déclarations qu'il faisait parvenir à toutes les communautés juives, même les plus lointaines.

« L'unique né de Dieu, Shabtaï Zvi, l'Oint du Dieu de Jacob et Sauveur d'Israël, à tous les fils d'Israël, paix. Puisque vous avez mérité de voir le grand jour de la délivrance et du salut d'Israël, qui n'a pas été accordé à nos pères (...) que vos douleurs amères soient transformées en joie, et vos jeûnes en festivités, car vous ne verserez plus de larmes, ô mes fils d'Israël, et ne souffrirez plus les tribulations du passé. Car Dieu vous ayant donné cette joie et ce réconfort indicibles, réjouissez-vous en vos oraisons, avec Tambours, Orgues et Musiques, rendez-lui grâce d'avoir accompli les promesses qu'Il fit à nos Pères depuis l'origine. Remplissez vos obligations chaque jour, comme il vous est coutume de le faire, et au jour de la nouvelle lune. Et ce jour qui est consacré à l'affliction et à la tristesse, transformez-le en un jour de joie pour ce que je suis apparu. Que nul dans votre camp ne s'adonne à aucune affaire, mais seulement à des œuvres de joie et d'allégresse. Ne craignez nulle chose, car vous exercerez l'Empire sur les Nations, et non seulement sur ceux qui se trouvent sur la surface de la terre, mais encore sur ces créatures qui sont dans les profondeurs de la mer. Tout ceci est pour votre consolation, votre joie et votre vie. »

Et devant des ordres aussi péremptoires tout le peuple juif de Constantinople s'exécuta, brisant le jeûne. Ceux qui voulurent résister furent contraints par force. Devant la bastonnade possible, certains infidèles durent faire amende honorable. Je l'ai vu de mes yeux. Mais la folie de Shabtaï ne s'arrêta pas là. Le jour le plus sombre de toute notre histoire fut, dans le même élan, décrété jour de réjouissances sans que personne ne s'y oppose farouchement. Shabtaï abolit le 9 AV, jour commémoratif de la destruction du Temple. Il dépêcha des émissaires dans toutes les villes turques. Malheur à qui désobéirait !

« Et vous ferez de ce jour un jour de grande réjouissance et de festins, avec des mets de choix et des boissons délicieuses, profusion de chandelles et de lumières, de mélodies et de chants, car c'est l'anniversaire de votre roi Shabtaï Zvi, très élevé parmi les rois de la terre. Et concernant la prohibition du travail, observez-la comme un jour saint entier, avec vos meilleurs vêtements et la liturgie des fêtes. »

C'était la nouvelle « Fête de Consolation ». J'ai dû m'y plier pour éviter la mise à mort. Esther était emportée par ce tourbillon. Je la laissais vivre ces jours où toute Loi était abrogée mais elle vit bien sur mon visage et devant mon peu d'enthousiasme mon entière réticence. J'avais l'esprit ailleurs, tourné vers mon village natal et la douleur qui s'en emparait en ces 9 AV, jours sacrés parmi les jours sacrés. Ne pas jeûner ? Qui aurait osé ? Shabtaï osait, et ses proches, tous kabbalistes de renom et le petit peuple... Il suffisait que Nathan arrive, le prophète, pour que se réalise la rédemption.

Esther m'interrogea. Je me gardai de répondre. Mon amour était trop fort pour que je la perde, même pour ces énormités. Je continuai à transcrire ce que je voyais.

La « Reine » Sarah fit comme si je n'avais jamais existé. C'était tant mieux. Et Shabtaï m'oublia.

Quelles furent les réactions dans le monde juif à l'annonce de cette nouvelle institution ? Je n'eus pas le cœur à le savoir. Seule Esther m'obsédait. J'avais touché son cœur, son corps. Je le voulais maintenant, pour notre bonheur commun. Et me vint alors l'envie sauvage de l'épouser. Plus rien d'autre ne comptait. Adieu Shabtaï ! Adieu Sarah ! Adieu peuple agité qui s'égarait. Et durant ces folles journées, dans mes appartements, je conversai longuement avec Esther.

Elle pâlit à ma demande. Je crus à l'émotion. Elle se mit à pleurer doucement et je crus que c'était de joie. Mais elle ne s'élança pas dans mes bras. Elle quitta ma chambre en courant. Que se passait-il ? Je ne compris pas, tandis que me parvenaient de loin les paroles du psaume 45 chantées pour la plus grande gloire de Shabtaï.

« *Tu es le plus beau des fils d'Adam*
la grâce est répandue sur tes lèvres,
c'est pourquoi Elohim t'a béni à jamais...

Ton trône subsistera à jamais, à jamais
c'est un sceptre de droiture que ton sceptre royal !
Tu aimes la justice et tu hais le mal,
c'est pourquoi Elohim, ton dieu, t'a oint
d'une huile de joie, de préférence à tes compagnons !... »

CHAPITRE XXI

Esther avait disparu. Cela faisait maintenant une semaine que Josué, privé de nouvelles, s'interrogeait sur les raisons de son silence. Avait-il quelque chose à se reprocher ? Ou bien son père la retenait-il prisonnière ? C'était improbable, dans cette Tour Fortifiée où les femmes étaient totalement libres, selon les ordres de Shabtaï. Lui était-il arrivé quelque chose ? On l'aurait appelé. Elle ne voulait pas de lui : Josué en était désormais persuadé. Mais pourquoi juste à cet instant, c'est-à-dire au moment où il la demandait en mariage ? Pourquoi ne pas expliquer ?

Amoureux, Josué endurait mille tourments. Il se vit, tel Job, victime de la colère divine, haïssant celle qu'il aimait parce qu'elle s'était servie de lui. Il engloba bientôt dans sa haine tous ceux qui l'approchaient. Mais Esther était-elle comme les autres ?

« Esther se cache, songea-t-il. Comme moi, elle souffre, et je la retrouverai. » Ses forces l'abandonnaient. Il est vrai que, depuis plusieurs jours, Josué négligeait de se nourrir. On le vit errer dans les vignes où il avait rencontré Esther pour la première fois, l'air égaré. Plus tard, quelqu'un l'aperçut sur le bateau de Constantinople : il avait renoncé à la retrouver.

La capitale offrit à son regard un spectacle identique à celui qu'il venait de quitter. Par milliers, les juifs criaient leur joie. Josué retrouva pourtant quelque espoir lorsqu'il apprit qu'un début d'opposition avait commencé de s'élever contre les ordres de Shabtaï. Pour l'instant, cette opposition se taisait, attendant dans l'ombre le moment de se manifester à nouveau. Mais quelqu'un avait osé.

Josué reprit ses recherches. Des jours durant, il marcha dans les rues de Constantinople avec le fol espoir qu'Esther s'y trouvait. Il marchait tête baissée, afin que nul ne remarque ses larmes.

Les gardes lui accordèrent un sourire lorsqu'il pénétra dans la citadelle. A pas lents, il gagna ses appartements. Une autre journée venait de s'écouler, douloureuse, où l'absence avait meurtri Josué. Pris d'un profond dégoût, il s'assit sur le sofa, la tête vide. Il n'avait pas remarqué le ruban bleu à ses côtés. Ce n'est que plus tard, lorsqu'il voulut se relever, qu'il le frôla du bout des doigts. Esther ! C'était bien un ruban, posé par quelque étrange mystère. D'un seul coup, la fatigue de Josué se dissipa. Ce ruban sur lequel il posait ses lèvres, c'était celui qu'elle portait, le premier soir où il l'avait entrevue, lorsqu'elle marchait de son pas élastique dans le vignoble de la forteresse. C'était certain. Elle serait là ce soir, à nouveau. Il suffisait d'attendre l'heure.

A la tombée du jour, Josué se mit en route vers les vignobles. Son esprit avait retrouvé son calme. Il l'aperçut de loin, près du muret. Le visage de la jeune fille était crispé, mais il s'éclaira d'un sourire dès qu'elle le vit s'avancer à sa rencontre. Sans un mot, ils s'enlacèrent.

Elle parla enfin.

— J'aurais dû te parler au lieu de m'enfuir. Mais j'avais tellement peur de te faire souffrir. J'ai tant souffert aussi, si tu savais...

Ils s'assirent au pied du muret, et c'est dans le silence de la nuit qu'ils échangèrent ces mots.

— Mais tu acceptes notre mariage, Esther ?
— Bien sûr... Mais mon père...
— Quoi, ton père ?
— Il venait juste de me convoquer pour m'ordonner de ne plus jamais te voir. Je n'ai pas eu le courage de te le dire. Je savais qu'il allait me séquestrer dès que j'aurais franchi ta porte : je lui ai tenu tête avec tant de violence...

Josué prit la main d'Esther. Il la porta à ses lèvres.

— Pour lui, poursuivit Esther tu n'es qu'un charlatan, un médecin de foire, un incroyant. Au retour, il m'a demandé si je maintenais ma décision de te revoir... Tu connais la suite...

Esther demeura silencieuse.

— Plusieurs fois, je t'ai aperçu de ma fenêtre. J'ai crié, mais tu n'as rien entendu... Maintenant, je suis là, près de toi.

Et elle se blottit dans les bras de Josué, dans un geste de chaleur retrouvée.

Josué ne pensait plus, n'écoutait plus, la gorge nouée d'émotion.

— C'est grâce à notre Seigneur que je suis dans tes bras, chuchota Esther.

Josué la relâcha brusquement.

— Notre Seigneur ?
— Il ne me voyait plus. Il a demandé de mes nouvelles à mon père et devant sa réponse, il est entré

dans une immense colère, l'obligeant à me rendre ma liberté au moment précis où je venais de réussir à te faire parvenir mon ruban.

Une fois de plus, Shabtaï était intervenu. Comme si le sort de Josué ne dépendait que du bon vouloir de cet être qu'il exécrait. Mais Esther était là... C'est lui qui la reprit contre lui. Il sentit qu'elle cherchait quelque chose sous son corsage. Elle le trouva et déposa dans la main de Josué une liasse de feuilles.

— Tout ce que j'ai écrit pour toi, durant ces jours. Je t'aime, Josué. Oui, je t'épouserai, quoi qu'il arrive. Le Seigneur nous a sauvés. Rends-lui grâce !

Journal – *Amsterdam. 1688.*

Le ruban bleu sur mon secrétaire. Son éclat a terni. Les lettres, en désordre. Et mon esprit qui bat la campagne. Il y a si longtemps... Je pourrais les réciter par cœur. Toutes commencent par « mon bien-aimé », et chacune dit un moment de tourment, de doute, d'espoir. Parfois quelques mots. Une petite musique pudique où l'impudeur se lit entre les lignes. Des appels désespérés, des prières adressées à Dieu, à Shabtaï. Mes yeux me piquent. Est-ce bien le moment de jouer avec mes émotions passées ? Ces brusques montées de souvenirs me submergent. Après tant d'années, l'amour est là à nouveau, alors que ma vie s'écoule auprès d'une femme que je n'ai jamais aimée et que j'ai épousée dans la plus pure indifférence. La violence de mon désir est intacte. Esther... C'était il y a vingt ans.

Dans la nuit, tandis que les chandelles brûlaient dans la Tour, nous marchions Esther et moi, vers mes appartements. Nous nous taisions. Sa main était froide dans la mienne.

La porte de ma chambre fermée à double tour, nous étions l'un face à l'autre, délivrés de tout interdit, balayés par le bonheur des retrouvailles et la force qui pousse deux êtres l'un vers l'autre. Je déshabillai Esther avec lenteur, caressant son visage, son cou, son corps. Elle se laissa faire sans pudeur, sans trembler. Je touchai son sexe, le caressant lentement et, la prenant dans mes bras, la déposai sur le divan. Elle me regarda me dévêtir et j'aimais ses yeux noirs découvrant mon corps, mon sexe raidi, avec une curiosité insoupçonnable. J'avais pensé qu'elle craindrait ce moment, qu'elle se détournerait. Non. Son désir pour moi était vrai. Allongé à ses côtés, nos attouchements nous excitaient et nous apaisaient en même temps. Elle toucha mon sexe, accepta mes baisers. Avec douceur, elle murmura :

— Je suis vierge, Josué. Tu le sais. Ne me fais pas mal.

Ses bras s'agrippaient à mon corps avec une force inouïe. Elle murmurait. Je prenais garde à sa joie, à sa souffrance et mon plaisir, longtemps différé, explosa en un éclair de bonheur.

Ma vie entière pour ces instants que les mots ne sauraient décrire. Il y faudrait un grand silence, si grand qu'il dirait tout.

J'étais attentif à son corps, à ses réactions, à ses paroles, à tout ce qui venait d'elle. Esther, mon amour, réduite à ce ruban bleu et à cette liasse de lettres. Combien de jours sommes-nous restés enfermés dans cette chambre, fermant les yeux sur ce qui se passait autour de nous ?

Mes carnets ne disent rien de ces moments que je n'arrive plus à faire revivre. Moments morts que nulle trace n'inscrit. Moments si vivants pourtant dans ma mémoire et dans ma chair.

Pure ? Impure ? Qu'importait à Esther. Elle vivait dans un monde neuf, celui de l'absolue permission que lui avait accordée le Messie. Le temps du Mal avait quitté la terre. Elle vivait hors du temps, dans l'éternité. Pourquoi l'aurais-je détrompée ? Tout ce qui était interdit était permis. J'avoue que je l'encourageai par mon silence. Je le regrette aussi : n'avoir pas su faire entendre ma voix, subjugué par l'amour, vivant dans une bulle de bonheur que je ne voulais en aucun cas faire éclater. Puissance de l'amour humain qui défie toute logique, qui rend muet lorsqu'il faudrait parler. C'est ainsi.

Tandis que je vivais ces moments si précieux, août s'achevait. C'est alors que le premier coup de tonnerre éclata. Un épisode absurde, ridicule, tristement comique. Un matin des premiers jours de septembre, Shabtaï convoqua sa Cour. L'ordre était sans appel. Je dus me rendre dans la grande salle d'audience où nous nous assîmes tous autour de la grande table. C'est alors que Reb Néhémie fit son entrée. Il arrivait de Pologne et personne ne semblait le connaître. Je crus, comme tout un chacun, qu'il venait rendre hommage à Shabtaï et que ce dernier, par une subite illumination, avait décidé de lui offrir un accueil somptueux. C'était méconnaître Néhémie. Après les embrassades d'usage, il se recula de quelques pas et, regardant Shabtaï droit dans les yeux, l'interpella.

— Comment peux-tu te prétendre Messie de la tribu de David, alors que le Messie de la tribu de Joseph n'est pas encore apparu et que je suis ce Messie-là ? Shabtaï, je tiens à le dire solennellement, tu n'es qu'un imposteur.

Shabtaï accusa le coup. La Cour était consternée. Quant à moi, je riais, sans rien en montrer, de ces deux hommes qui se prétendaient chacun Messie. La voix de Néhémie se fit furieuse. Devant l'assemblée médusée, il entama la série des preuves qui faisaient de Shabtaï un vulgaire escroc.

— Rien de ce qui se trouve inscrit dans *Les Signes du Messie* n'est arrivé. Où est la guerre entre Gog et Magog ? Quand le fils de Joseph a-t-il remporté la victoire ? Quand est-il mort aux portes de Jérusalem ? Où est la dispersion de notre peuple dans le désert ? Où est la poignée de justes rescapés ? Quand Élie est-il venu pour annoncer la rédemption ?

Autant de questions que Néhémie posait non seulement à Shabtaï, mais à l'aréopage consterné qui l'entourait. Des questions simples auxquelles les kabbalistes qui se trouvaient là ne purent répondre que par des symboles incompréhensibles. Je m'amusai devant cette scène inattendue : deux messies qui se combattaient comme des coqs de basse-cour. La dispute dura trois jours et trois nuits. La pensée d'Esther ne me quittait pas tandis que les deux hommes discutaient âprement, point par point. Le plus étonnant est que Shabtaï dut s'efforcer de prouver qu'il était bien le véritable Messie. Plus il avançait de preuves, plus Néhémie le contredisait, jusqu'au moment où Shabtaï, écumant, menaça de se jeter sur ce Néhémie venu lui disputer sa place avec des arguments si terre à terre qu'il ne trouvait rien à répondre. L'épuisement, la peur firent soudain que Néhémie se leva, ivre de colère, injuria Shabtaï, l'accusant de conduire le peuple juif à sa perte et de n'être qu'un vil renégat. Et, sans que personne ne comprenne, Néhémie quitta la salle, courut vers les gardes turcs, hurlant qu'il voulait se convertir à n'importe quel prix et coiffer le turban.

Jamais plus je n'entendis parler de Néhémie. Mais sa folie avait conforté mon incrédulité. Il ne manquait plus qu'un troisième messie pour que la confusion fût à son comble.

Je retrouvai Esther et, dans ses bras, j'oubliai ma fatigue. Cet épisode drôlatique ne pouvait ternir notre bonheur, malgré les regards parfois méprisants que le père d'Esther avait pu me jeter durant ces journées de disputes.

Je viens de relire la première des lettres de la liasse qu'Esther m'a donnée. Je n'ai pas le cœur à poursuivre.

A la même date, me parvint une missive de Jérémie m'indiquant qu'il restait encore quelque temps à Livourne. Enfin, une once de bon sens. S'il avait su... M'aurait-il cru ? Je préférai le laisser dans l'ignorance. Lui crier la vérité n'aurait servi à rien. Il était dans *sa* vérité. Qu'il la garde. Mais, surtout, qu'il ne vienne pas.

CHAPITRE XXII

Tandis que Shabtaï se remettait de son entrevue pénible avec Néhémie, ce dernier prit réellement le turban et dénonça devant le cadi de Gallipoli les agissements troubles du Messie. Mais que dénonça-t-il que les Turcs ne savaient déjà ? Depuis quelque temps, plaintes sur plaintes étaient déposées légalement contre le Messie, accusé de tous les maux, même les plus insensés. Ainsi, on racontait qu'il entretenait des relations sexuelles avec des femmes et des favoris. C'était, pêle-mêle, un ramassis d'accusations plus ou moins fondées de débauche, de perversion, d'immoralité, de libertinage. Mais qu'importait la véracité de ces accusations ? Il était un fait que Shabtaï, enfermé dans la Tour Fortifiée, ne pouvait imaginer : Constantinople vivait dans un état qu'il n'était plus possible au Sultan de tolérer. La masse des juifs réunis, le bruit fait autour du Messie perturbaient tant l'activité de la ville qu'il fallait à tout prix que cesse ce tapage inutile, menaçant de troubles graves la paix du pays.

C'est alors que, sans crier gare, quatre soldats arrivèrent d'Andrinople, où le Grand Turc Mehemed IV tenait sa Cour, pour enlever Shabtaï. Une heure fut accordée à Shabtaï pour réunir ses effets et, chassant les disciples avec détermination, les gardes entraînèrent le Messie vers la voiture qui attendait.

Un silence accablant accompagna le départ précipité de Shabtaï et de trois de ses proches vers Andrinople. La consternation fut générale. Même Josué fut stupéfait. Peu à peu, cependant, quelques chants s'élevèrent, quelques psaumes, et la certitude s'installa : le Messie allait véritablement ôter sa couronne au Sultan. Les chants montaient à nouveau, dans une allégresse que les gardes ne comprirent pas. Ce n'était plus d'un enlèvement qu'il s'agissait, d'une décision prise par l'autorité politique, mais la volonté du Seigneur qui s'accomplissait. Enfin Shabtaï, sorti de la Tour Fortifiée, après tant d'épreuves, allait montrer au plus puissant monarque de la terre qu'il était Messie et que les Derniers Jours étaient venus.

La rumeur alla plus vite encore que les ravisseurs. Entre Constantinople et Andrinople, se répandit le bruit de cette nouvelle fantastique et, quand le 15 septembre, Shabtaï fut enfin rendu, il n'était pas un juif qui ne doutât que les Turcs se convertiraient en masse, après que le Messie aurait paru devant le Sultan.

La certitude était si grande que le lendemain, au moment où Shabtaï, sorti de sa geôle, était conduit chez le Sultan, tous les juifs d'Andrinople étendirent sur la chaussée les tapis les plus somptueux qu'ils possédaient. Le parcours de Shabtaï était ainsi tracé jusqu'à l'entrée du palais. Et c'est dans une allégresse indescriptible que la foule accompagna son sauveur accomplir sa dernière mission, récitant la bénédiction sacerdotale.

Shabtaï semblait avoir perdu toute sa superbe. Il se

plaignit de se rendre chez le Sultan ceint seulement d'une ceinture verte. Il eût préféré, disait-il, le rouge, sa couleur favorite, celle dont il était toujours vêtu, dont il avait drapé les rouleaux de sa Torah.

Le Messie était-il donc devenu couard ? C'est ce que beaucoup pensèrent à ce moment, et ils prirent peur.

Que se passa-t-il vraiment à l'intérieur du palais ? Shabtaï fut bien mis en présence d'un conseil privé que le Sultan pouvait observer depuis une alcôve à claire-voie. Quelles paroles s'échangèrent ? Nul ne le sait vraiment. Mais il est certain que le sort du Messie avait été convenu par avance. Il fallait éviter à tout prix d'en faire un martyr, mais le contraindre, par la force, si nécessaire, à un acte tel que le monde juif perdrait à jamais toute espérance, toute foi en cet être qui, l'espace de deux années, l'avait embrasé.

Ce que les témoins rapportèrent, c'est que Shabtaï ne se montra pas d'un grand courage, qu'il nia être le Messie et que la négociation fut de courte durée. Il lui fut demandé de prouver sa qualité par un miracle, faute de quoi il serait immédiatement mis à mort, à moins d'embrasser sur-le-champ le turban. Quel miracle attendait-on de lui ? Un observateur a rapporté que :

> « Shabtaï serait dépouillé tout nu et servirait de blanc aux plus habiles tireurs d'arc, que si sa chair et sa peau résistaient aux flèches sans qu'il fût blessé, sa majesté le reconnaîtrait pour le messie, et celui que Dieu aurait désigné à tant de grandeur et à la possession des états qu'il prétendait... Qu'en fin s'il refusait d'embrasser la doctrine du Prophète, le pal était prêt à la porte du sérail. »

Shabtaï se garda bien de prouver quoi que ce fût. Il embrassa solennellement la religion du Prophète, piétina son couvre-chef, cracha dessus, et profana sa propre religion. Il fut conduit au bain, drapé d'une pelisse d'honneur et coiffé du turban. Shabtaï, le Messie était devenu mahométan. Il prit le nom de Mehemed Effendi, reçut la fonction de gardien des portes du palais, et un traitement de 150 aspres par jour lui fut alloué en sus de sa pension.

CARNET – *Gallipoli. Septembre 1666.*

L'attente.
Les croyants ne vivent plus que dans l'attente du miracle. Ils s'enferment et prient tout le jour, entourant Sarah comme ils entouraient autrefois son époux. Esther et moi, nous sommes hors du temps, trop préoccupés par notre amour pour nous intéresser vraiment au tumulte d'alentour.

Esther, lorsque tu me quittes au petit matin après que nos corps se sont parlé ou que nous sommes restés côte à côte, dans le silence, nous endormant dans l'assurance des retrouvailles du lendemain, je pose mon visage là où tu as posé le tien. Je m'enivre de ton parfum, de ton odeur. Je suis sans inquiétude. Nous vivrons des jours encore plus heureux, loin de ce bruit, de ces querelles qui nous ont pourtant permis de nous trouver.

Esther, mon amour, même si je sais que je vais te retrouver, la peur m'envahit. Peur de ton absence soudaine pour une raison que j'ignorerais. Peur que ta voix, à mon oreille, ne vienne à disparaître. Cette voix qui chantonne et berce ma vie, qui la protège du mal qui viendrait de l'extérieur. Je suis un amoureux des voix. Ce sont elles qui m'attachent aux gens depuis mon séjour à l'orphelinat d'Amsterdam. Je comprends mon attachement à Sarah, l'enfant Sarah, et mon incapacité provisoire à me détacher de l'adulte à Smyrne. Elle était la voix qui remplaçait celle de ma mère absente, à cette source de vie, même après tant d'années. Une voix qui s'était tue brusquement et que j'ai tenté de retrouver tout au long de mes amours. Ce n'est qu'aujourd'hui que je m'en rends compte, lorsqu'Esther a quitté ma couche et que je ne puis me rendormir. Il me manque ses mots murmurés au creux de mon oreille, ce timbre léger puis grave par moments et qui module pour moi l'éternité de notre lien. Ce n'est plus Esther qui semble me manquer, mais ses mots, sa voix, son chant.

Esther, je t'aime. Je t'épouserai. Nous aurons un enfant.

(...)

Les nouvelles d'Andrinople sont arrivées, répercutées avec rapidité par les Turcs. Le Messie a apostasié. Il a dénoncé ses disciples et conjuré Sarah d'apostasier à son tour. Personne ne veut croire cette nouvelle accablante, invraisemblable, néanmoins confirmée par toutes les parties présentes. Une lettre de Shabtaï à son épouse l'atteste. Et les égards que les gardes turcs lui prodiguent le confirment. Elle aussi abandonne la religion de ses pères et prend le nom de Fatima Cadine, lors d'une cérémonie à laquelle nous sommes tous conviés. La consternation qui s'abat sur Gallipoli est sans aucun rapport avec celle qui ronge Constantinople. C'est l'effondrement de toutes les croyances, les pleurs, les hurlements, les cris. D'un coup, tout a chancelé. Quelques croyants s'obstinent à nier l'évidence, mais ici la foule est désemparée. La révolte gronde, et si Shabtaï avait été présent, d'aucuns l'auraient lapidé. Les injures pleuvent dans la communauté, mais c'est davantage le silence et l'abattement qui l'emportent. Personne ne semble écouter les prêches singuliers des croyants qui assurent que Shabtaï se devait de subir une nouvelle épreuve, et qu'il est demeuré fidèle à sa véritable foi. Les railleries des chrétiens et des Turcs poursuivent tout juif qui ose sortir de chez lui. Quelques illuminés, qui veulent à tout prix prouver que le Messie reste bien ce qu'il est, prétendent qu'il est monté au ciel, et que sa forme extérieure seule se manifesterait comme celle d'un apostat. Ce n'est là qu'un des mille exemples de ce que l'on raconte, ici et là. La consternation a frappé les juifs de Constantinople. Comment réagiront ceux du monde plus large, lorsque la nouvelle leur sera répercutée. D'ici l'hiver...

J'ai eu raison contre la meute déchaînée. J'accepte mal toutefois cette espèce d'orgueil déplacé. Shabtaï n'est qu'un être malfaisant, en même temps qu'un pauvre homme qui n'a réellement rien fait. Il n'a rien d'un chef, plutôt d'un malade.

Mais le plus surprenant est encore le désarroi des infidèles. Les croyants peuvent inventer toutes les fables qu'ils veulent : les Infidèles ne comprennent pas que Shabtaï soit encore en vie. Il aurait pu mourir en martyr, avoir ce courage d'affronter la mort ou prouver qu'il est bien le Messie en ôtant sa couronne au Sultan. Au lieu de cela, Shabtaï vit recroquevillé dans une hypocrite imposture.

Avoir transgressé le jeûne du 9 AV, avoir bafoué tous les commandements pour en arriver à cela... Il n'était pas possible qu'une lame de fond si forte retombe en quelques jours, sauf pour les plus sages. Ceux-ci reconnaissent immédiatement leurs torts et s'en retournent vers leurs pays d'origine, accablés, dans un regain de repentir. Ils sont pitoyables et dignes dans le même temps, ces égarés, embarqués dans une aventure qu'ils ont eux-mêmes nourrie de leurs propres élucubrations. Dans une tristesse désolante, ils quittent Constantinople dans la honte et le désarroi. Pauvre peuple qui s'est abusé tout seul.

(...)

Esther a changé. Son visage s'est creusé, ses traits sont tirés. Elle maigrit. Son amour pour moi, elle me le prouve à chacune de nos rencontres. Je sens en elle l'horrible épreuve de devoir penser seule. Elle connaît mon scepticisme et la rudesse des propos que je peux tenir à l'endroit de ce Messie de comédie. Elle n'ose m'en parler, tenaillée par ses propres doutes et les certitudes absolues de son père qui l'incline à penser en croyante fanatique. Je sens monter entre nous un silence de peine dans lequel chacun s'enferme, dans la crainte de la douleur qu'il pourrait causer à l'autre. Seule la parole, en vérité, nous délivrerait, mais nous n'osons aborder cette tension soudaine que l'apostasie du Messie a réveillée. Nos étreintes semblent avoir perdu de leur intensité. Nous nous endormons dans les bras l'un de l'autre avec le sentiment d'une incompréhension mutuelle. Il y a quelque ridicule, je l'avoue, à cette situation : deux amants hésitant à engager une dispute théologique. Et pourtant, il faut que nous nous parlions. Je sens, à son regard triste, qu'Esther m'adresse chaque jour un appel au secours, une demande dont je diffère la réponse. Elle attend de moi les mots qui libéreraient son inquiétude. Mais je ne sais que la serrer dans mes bras, caresser son corps, attendre que revienne son sourire. Je dois mal m'y prendre.

(...)

Que fais-je dans cette citadelle, au milieu des derniers fidèles qui expliquent à qui veut entendre que le mal s'est à nouveau emparé du Messie, mais que ce n'est qu'une ordalie qu'il lui faut encore accepter ?

N'était la présence d'Esther, je serais déjà loin.

Elle vient à peine de me quitter, en pleurs. Elle est entrée en courant et s'est jetée dans mes bras, implorante.

Elle a parlé la première. Il fallait que je cesse de lui en vouloir. Shabtaï était véritablement le Messie. Son père lui avait affirmé qu'après chaque apparition de faux messies dans notre histoire, il s'en était suivi une terrible répression. Mais là, Josué, personne n'est persécuté. Le Sultan a accordé son pardon à tous les juifs. Shabtaï Zvi est notre Sauveur, entends-tu, notre Sauveur !

Serrée contre moi, elle a laissé exploser notre différend, n'ayant cure d'écouter mes réponses. Elle récitait un credo auquel elle adhérait si fortement qu'il eût été ridicule de l'interrompre. J'avoue qu'à cet instant, j'ai eu peur. Esther me rappelait Sarah, une Sarah candide, ni perverse, ni exaltée. Elle parlait avec tant de ferveur que l'inquiétude n'a fait que s'amplifier. Étais-je encore en face d'un être capable de raison ou d'une femme au bord d'un délire dont elle avait été gavée par son père et ses proches, et dans lequel nulle place n'était permise au doute ?

Elle m'enlaçait si fortement, pour mieux me convaincre, que je me suis retrouvé prisonnier de sa voix, de ce déferlement de preuves qui n'en étaient pas et d'arguments qui ne trahissaient que la répétition d'un discours tenu par d'autres. Étais-je vraiment sans haine à son égard, à ce moment-là ? J'avais perdu toute force, toute tendresse. Un échec de plus qu'il me faudrait affronter. Mais j'avais déjà enduré tant de souffrance...

Esther, mon amour, courait à sa perte. Je ne trouvais ni les mots ni les gestes pour la ramener dans le droit chemin de la raison.

Elle s'est tue brutalement, sans que je m'y attende et s'est jetée à mes genoux.

— Ne me rejette pas, Josué. Je connais tes pensées, mais je ne peux vivre sans toi. Tu me manques chaque minute où je ne te vois pas... J'ai quelque chose de très grave à te dire.

J'ai pâli. Elle me quittait, c'était certain.

— Le Messie a ordonné à mon père de se rendre à Andrinople et de prendre le turban. Je suis obligée de le suivre. Mais j'aimerais mieux mourir que de m'y rendre sans toi. Il faut que tu viennes, Josué, je t'en supplie.

Elle se releva et me regarda droit dans les yeux.

— Tu viendras ?

J'ai haussé les épaules en me détournant. Je n'ai eu que le temps de la voir s'enfuir en pleurs.

★

Journal – *Amsterdam. 1688.*

Relire ces notes m'est pénible. Elles m'ont toutefois permis de mesurer la force de mon amour. Esther a voulu m'entraîner avec elle. Je l'ai suivie. Je lui ai obéi, au lieu de fuir comme la raison l'ordonnait. Aujourd'hui seulement, je comprends qu'elle vivait dans un autre univers que le mien, que le doute ne pouvait pas exister pour elle parce qu'elle vivait intérieurement quelque chose de trop fort, hors de raison. Elle n'était plus de notre monde, mais dans un monde intérieur bouleversé par la croyance en la Fin des Temps. Tout entière prise à sa croyance, elle n'obéissait plus même à son père, et j'étais peut-être, pour elle, le dernier lien avec la réalité temporelle. Mais que d'amour était en jeu !
(...)
Est-ce véritablement un journal que je tiens depuis quelque temps ? Celui où je noterais au quotidien les menus détails d'une vie faite de petits riens ? Non. Je suis en train d'écrire le journal de mon passé comme s'il était présent. « Comme si », dis-je. Il l'est vraiment. Un présent qui se nourrit d'une douleur sans nom. Grimmelshausen, dont je relis le texte qu'il a consacré à l'hérésie, a bien du talent et bien du mépris pour les juifs. Ses fantasmagories ne sont guère plus étranges que la réalité que j'ai vécue. Tout est vraisemblable dans son incroyable histoire. Le plus fantastique n'est guère loin de la vérité. Et puis... Esther, Esther... prénom qui revient à longueur de pages et qui me ramène, par un livre acheté au hasard, à ma douleur la plus secrète. Mais puis-je le lui reprocher alors que

mon ressentiment s'alimente aux mêmes sources ? C'est folie d'avoir suivi le « Messie ».

Je pourrais inscrire chaque jour les propos qui m'ont frappé, les paroles de mes enfants, de mes patients, de mon épouse. Il n'en est rien. Je n'en ai pas envie. Je m'enferme dans mon cabinet, remuant un passé de boue pour je ne sais quelle obscure raison. Esther est toujours là, encore là, présente, sans cesse, présente chez « monsieur le Docteur ». Et « monsieur le docteur Karillo » n'est pas bien fier de lui.

CHAPITRE XXIII

Malgré tous ses scrupules, Josué se rendit à Andrinople. Les supplications d'Esther avaient suffi à le convaincre. Mais n'était-il pas convaincu d'avance ? Lui, ne le pensait pas. C'en était fini. Tout cependant recommençait. Elle le tenait à sa merci, sans arrière-pensées.

Dans sa détresse, Esther s'était persuadée que Josué ne voulait plus d'elle, que leur amour s'achevait dans la méprise et le ressentiment. Le lendemain, lorsqu'elle le vit, son bagage prêt, dans la cour de la forteresse, en compagnie des fidèles qui prenaient le chemin d'Andrinople, elle ne put retenir son bonheur. Elle courut vers lui, au vu et su de tous, et se jeta dans ses bras. Jamais Josué ne l'avait vue si heureuse. Chacun fit semblant de n'avoir rien remarqué, exception faite du père d'Esther dont le visage exprimait une haine mal dissimulée. Mais que pouvait-il contre Josué et cet élan indécent de sa fille ? Josué était trop proche du Messie pour qu'il se hasardât à l'attaquer.

Andrinople, enfin. Josué n'existe que par Esther. Il est sa chose. Son carnet reste vierge de notes. Il passe le plus clair de son temps à la regarder, sans se soucier de

Shabtaï qui porte le turban et des quelques fidèles qu'il a contraints à suivre son exemple. Seule Esther le soutient dans sa désespérance. Elle sait, profondément, que Josué n'est présent que pour elle et que c'est le plus bel hommage qu'il ait pu lui rendre. Josué s'est tu. Elle s'efforce de le faire parler, il résiste. Il a déjà tout dit. Elle tente d'imaginer ses pensées les plus secrètes. Elle le voit qui lui sourit. Qu'y a-t-il derrière ce sourire ? Josué, seul, le sait. Les allées et venues des disciples de Shabtaï lui laissent le temps de méditer. Assis par terre, sur le bord des fontaines, il ne poursuit qu'un seul but : éloigner Esther de l'influence délétère de Shabtaï. Quand ce dernier n'exige pas que ses proches se convertissent tout en demeurant juifs, il se désintéresse d'eux pour courir de synagogue en synagogue prêcher sa vérité, sans le moindre remords, indifférent aux bouleversements que sa conversion a suscité chez les siens.

Esther et Josué se sont juré le mariage. Aussitôt après la cérémonie, Josué enlèvera Esther et la conduira vers le pays qu'il n'aurait jamais dû quitter. Le premier voilier en partance pour la Hollande sera le bon. Encore faut-il convaincre le père d'Esther d'accepter un infidèle pour gendre. Et Josué rumine la difficulté de l'entreprise.

Esther, lorsqu'elle le rejoint, constate peu à peu que Josué reprend goût à la vie. Elle le trouve, le soir, en train d'écrire. Il note les nouvelles qui parviennent à la Cour : l'excommunication de Shabtaï par les rabbins de Constantinople, les transactions du renégat auprès du Sultan pour obtenir un territoire dans lequel il regrouperait ses fidèles et les mènerait vers l'islam, ou les justifications qu'il invente à l'usage de son entourage. Comme ils sont convaincus d'avance, ils n'ont guère de mal à se forger tous les alibis possibles. Les Temps sont proches, tout proches : il suffit d'une dernière épreuve, et c'est elle que traverse leur Messie. D'ailleurs le roi David n'avait-il pas fait de même lorsqu'il contrefit la folie en face d'Abimelech, roi des Philistins ? Que répondre à pareil argument ?

Une espèce de joie s'est emparée de Josué. Il a pris tant de recul que l'ironie se réfléchit sur son visage. Ses yeux moqueurs sont une provocation quotidienne pour ceux qui l'entourent. Seule Esther a remarqué l'air narquois de son amant, sans pour autant en comprendre la cause.

Carnet – *Andrinople. Novembre 1666.*

Esther est d'une pâleur effrayante. Elle s'est approchée de moi en titubant, s'appuyant au mur pour se soutenir. A distance, elle a murmuré :

— Père veut me marier. Mon futur époux est trouvé. Nous sommes perdus, Josué.

Ma propre pâleur a dû lui paraître terrible. Notre aventure s'achevait. Il n'y avait rien à faire. Notre face à face s'éternisait. Nos baisers, baignés d'amertume, ne nous ont pas soutenus. Tout a chaviré. Esther est partie lentement, sans se retourner.

Elle est revenue.

— Josué, j'ai un secret à te confier. Je ne puis le garder pour moi seule. Je porte un enfant de toi, depuis deux mois. Je n'ai rien dit jusqu'à ce que je sois certaine de notre mariage. J'ai cru que tu fléchirais mon père...

Un enfant ! Un enfant de moi ! Un bonheur sans mélange m'émeut aux larmes.

— Mais tu ne peux te marier avec l'autre, Esther ! Tu es ma femme. Tu m'appartiens pour toujours. Un enfant ! Que le Seigneur te bénisse. Fuyons cet endroit putride. Allons vivre ailleurs... Partons, Esther, partons...

Elle m'a regardé avec une telle tristesse que j'ai compris à la fois l'impossibilité où elle se trouvait de désobéir à son père et la profondeur de son amour. Elle en épouserait un autre : c'était son destin. Assez de pleurs.

Mais la nuit fut insupportable. Elle portait l'enfant, notre secret.

Elle est entrée, sans un geste pour moi, le visage supplicié. Elle avait pleuré.

— Je t'en prie. Je ne peux pas.
— Qu'y a-t-il, Esther ? Parle.
— Je ne veux pas... C'est mon père. Il m'oblige. Il m'oblige, comprends-tu ?

Elle s'est accrochée à mes genoux. Mes doigts caressaient ses cheveux. Elle a tout fait pour fuir mon regard. Puis a voulu s'échapper, mais je l'ai rattrapée. Quand j'ai voulu lui bâillonner la bouche de ma main, pour étouffer ses cris, elle m'a mordu.

Pourquoi cette scène au sujet du mariage dont elle m'a parlé ? Il ne pouvait s'agir que de cela.

Elle est pourtant revenue pour me confier ce qu'elle n'avait pu se résoudre à me dire : son père la donne au Messie. Il lui livre sa fille. Quant au reste, je ne puis l'écrire... La douleur est trop vive.

CHAPITRE XXIV

D'un pas il est dans la cour. Un jet d'eau retient un instant son attention, mais il marche déjà vers le seuil du palais. Il court, il court dans la campagne, sans se retourner, dans la nuit. Il a tout perdu : son honneur, Esther, son enfant. Il laisse tout. Il a perdu son âme, son amour. Il est aux portes de la folie.

Journal – *Amsterdam. 1688.*

Je ne garde nul souvenir précis du voyage de retour, sinon mes jours et mes nuits à pleurer sur une couchette, et rien pour venir à mon secours. Mes souvenirs étaient autant d'échardes qui me meurtrissaient. Esther et mon enfant, perdus à jamais... Qu'allais-je faire de retour à Amsterdam ? Une seule idée me guidait. Dénoncer l'imposteur, dénoncer cette religion que j'avais embrassée et qui m'avait conduit à tout perdre à nouveau. Me venger, me venger, encore, toujours, inlassablement. Toutes les religions ne sont qu'une ignoble escroquerie. Jésus ne fut qu'un Shabtaï un peu plus courageux : il n'a pas reculé devant le martyre. Mais qu'a-t-il réussi ? A fonder une religion sanguinaire ; ce malgré lui. La Fin des Temps, l'Apocalypse, le meilleur, la Jérusalem céleste : tout n'est qu'imposture.

Personne ne m'attendait à Amsterdam. Mon arrivée passa inaperçue. Jérémie était-il déjà revenu ? J'aurais tant aimé le serrer dans mes bras, poser ma tête contre son épaule. Mais il fallait d'abord que ma rage éclate, que la communauté approuve la vérité. Je me suis rendu à la synagogue, en plein office. Comme un fou, j'ai hurlé mes certitudes. Le Seigneur n'existait pas, le Messie ne viendrait jamais. Tout n'était que mascarade. Des cris ont immédiatement couvert ma voix. Ils faisaient tous mine de n'avoir jamais été mêlés au mouvement. Ils étaient saints, n'avaient jamais donné que dans l'orthodoxie. C'est à peine si le nom de Shabtaï Zvi leur était parvenu aux oreilles. Ils avaient tout effacé, se réfugiant dans la pénitence. Ces fourbes, ils baissaient la tête, contrits. Mais pourquoi faire pénitence lorsqu'on n'a rien à se reprocher ? J'étais le semeur de trouble, celui qui venait leur rappeler leur passé. Avaient-ils au moins le courage de reconnaître leurs torts ? Non. Ils vociféraient et, dans un élan meurtrier, ils allaient se jeter sur moi. C'est alors que je croisai le regard de Jérémie. Il hurlait avec les loups mais, le temps d'un éclair, ce que je lus dans ce regard ressemblait à de l'amitié.

Je quittai la synagogue, poursuivi par ces furieux. J'avais blasphémé, j'avais nié le Seigneur. Il m'avait trop fait souffrir. J'étais épuisé mais libre. Devant moi s'ouvrait le silence.

Je passai quelque temps dans une auberge. Esther vint m'y hanter la nuit. Je cherchai une demeure pour y exercer de nouveau ma profession. Je n'avais plus assez de larmes pour pleurer. Il me fallait agir. J'ai réussi à m'installer, mais la clientèle était rare et mes souvenirs trop nombreux pour que je leur échappe. Période d'infinie tristesse. Je pouvais encore pardonner à Esther mais il m'était intolérable de lui avoir abandonné notre enfant. J'inventais des plans diaboliques pour le lui ravir et m'effondrais sur ma couche dans des sanglots que j'étouffais.

Un jour, en ouvrant la porte de mon cabinet pour y faire pénétrer un patient, je tressaillis. Jérémie était devant moi, le visage grave, inquiet. Je fermai la porte, allai au-devant de lui pour marquer mon bonheur immense : il resta de marbre, ne me tendant pas même la main.

— Josué, dit-il, d'une voix cassante, tu dois faire amende honorable. Tu as outrepassé la mesure. Nous sommes tous indignés.

Je ne sais quelle rage s'empara de moi. J'attrapai un livre qui se trouvait sur mon bureau et le lui lançai au visage.

— Toi ! Toi, dans ma propre demeure, oser m'accuser ! Alors que tous ceux que tu représentes, et toi avec, vous avez adulé votre messie de boue ! J'ai honte. Honte pour toi. Honte pour la communauté. Non. Tu leur diras non. Le Seigneur n'existe pas, sinon pour le Mal. Le Messie n'est qu'une invention de fous. Vous l'êtes tous ; hypocrites, qui plus est.

CHAPITRE XXV

Josué s'assit, épuisé. Il regrettait son geste, non ses paroles. A présent il avait perdu Jérémie, irrémédiablement. Jérémie n'était-il pas, lui aussi, son enfant ?

Pendant des semaines, les membres les plus influents de la communauté défilèrent chez Josué pour le convaincre de revenir sur ses dires, de regagner enfin sagement le rang des repentis. Josué les laissait parler, le visage sombre, l'œil moqueur. Et chaque fois qu'ils le quittaient, il leur lançait un « N'oubliez pas Shabtaï Zvi que vous avez adoré comme le Veau d'or ! ». Puis il ferma définitivement sa porte.

Un soir, lui fut apportée une lettre.

« A l'aide du jugement des saints et des anges, nous excluons, chassons, maudissons et exécrons Josué Karillo avec le consentement de toute la sainte communauté en présence de nos livres saints et des 613 commandements qui y sont enfermés. Nous formulons ce *herem* comme Josué le formula à l'encontre de Jéricho. Nous le maudissons comme Elie maudit les enfants et avec toutes les malédictions que l'on trouve dans la Loi. Qu'il soit maudit le jour, qu'il soit maudit la nuit ; qu'il

soit maudit pendant son sommeil et pendant qu'il veille. Qu'il soit maudit à son entrée et qu'il soit maudit à sa sortie. Veuille l'Éternel ne jamais lui pardonner. Veuille l'Éternel allumer contre cet homme toute Sa colère et déverser sur lui tous les maux mentionnés dans le livre de la Loi ; que son nom soit effacé dans ce monde et à tout jamais ce qu'il plaise à Dieu de le séparer de toutes les tribus d'Israël en l'affligeant de toutes les malédictions que contient la Loi. Et vous qui restez attachés à l'Éternel, votre Dieu, qu'Il vous conserve en vie.
« Sachez que vous ne devez avoir avec Karillo aucune relation ni écrite ni verbale. Qu'il ne lui soit rendu aucun service et que personne ne l'approche de quatre coudées. Que personne ne demeure sous le même toit que lui et qu'aucun de ses propos ne soit rapportés. »

Journal – *Amsterdam. 1688.*

J'ai ri. J'ai pleuré. Ces messieurs du Mahamad m'infligeaient la même excommunication qu'à mon pire ennemi : Shabtaï et moi partagions le même sort. J'ai pleuré parce que j'étais rejeté, nié dans ma propre existence, que mon nom même était effacé et que ce qu'il me restait de mon passé véritable, ce bain de sang dont j'avais pu m'échapper, n'existait plus aux yeux des miens. J'ai pleuré parce que Jérémie avait lui aussi approuvé la sentence. Il ne me restait rien de mon enfance, de ma foi naïve, des prières que mon père m'avait apprises.

J'ai relu cette lettre, mot à mot, m'en imprégnant. Quand la fureur me prit, sans bien comprendre pourquoi, je déchirai cette feuille d'indignité et la jetai au feu.

De fait, ma vengeance avait lentement mûri au souvenir de monsieur mon père et de sa droiture. Il m'avait élevé dans un climat de tolérance, mais aussi de vérité. Sa probité avait été pour moi un modèle qu'il m'avait fallu bien des fois transgresser dans le tumulte des années folles d'après la peste. Mais toujours j'avais tenté de rejoindre le droit chemin de la vérité. Les miens s'étaient comportés comme des pleutres, faisant parfois repentance pour les moins malhonnêtes. Quant aux autres, ils s'étaient conduits en déments sous le masque de la révélation. Ils m'avaient volé la femme que j'aimais. Ils m'avaient contraint à la fuir, à abandonner un enfant qui était mien et qui, à l'heure présente, est un enfant perdu que je poursuis toujours. J'ignore son sexe, son prénom. Toute ma vie ne sera qu'un long supplice parce que je sais que jamais je ne le retrouverai malgré les informateurs que je paye et qui abusent de mon argent. Jamais je ne retrouverai mon enfant. J'ai du mal à poursuivre. Attendons demain...

(...)

Ma résolution était prise. Au grand jour, sciemment, je reviendrais à la religion de monsieur mon père, pour que la honte rejaillisse sur mon ancienne communauté.

Le Seigneur n'avait plus d'existence pour moi. Le monde suivait sa ronde : celle de la Nature. Moi, je me devais à ma vengeance.

Trop heureuses d'un tel ralliement, les autorités d'Amsterdam m'accueillirent dans leur sein et pour cet acte qu'ils croyaient de contrition me nommèrent médecin municipal. Ils entourèrent ma conversion d'une tapageuse rumeur, prenant une revanche hautaine sur la communauté juive.

Mais ce n'était que grimace de ma part : la seule façon de me venger. Je pris femme sans enthousiasme. L'amour n'avait plus droit de cité dans mon cœur meurtri. J'eus trois enfants qui jamais ne remplacèrent celui qui était au loin et dont la recherche occupait tout mon esprit. Sous une paix apparente, ma vie n'est qu'un long remords.

Oui, j'aime mes enfants. Il en manque un, pourtant, le plus précieux.

Le bruit de la folie m'enveloppe à l'hospice chaque matin. Il couvre celui de ma douleur. Esther, mon enfant, où êtes-vous ? Que faites-vous ? Je suis un médecin reconnu, un être estimable en apparence. Je sais que je suis un lâche et que rien ne viendra jamais me le dissimuler à mon propre regard.

Shabtaï est mort. Tout est mort, pour moi. Seuls demeurent les quelques instants de bonheur que je ne retrouverai plus. Esther ! Esther qu'es-tu devenue ?

*

Journal – *Amsterdam. 1689.*

Jusqu'à ce jour, une vie paisible. Et puis, ce midi, rentrant de l'hospice après tant d'années d'une fausse paix intérieure, alors que je marchais sans trop prendre garde à ce qui m'entourait, je vis s'avancer vers moi la silhouette d'un homme que je n'ai jamais pu oublier.

C'était l'enfant Jérémie, celui que j'avais sauvé, que la foi avait égaré et que je retrouvais après tant d'années de solitude. Mon unique lien avec mon passé. Le dernier, le seul, le plus fort, capable de me faire chavirer. J'accélère le pas, je cours à lui. Il m'a reconnu. Je sens chez lui une hésitation, le même désir de m'étreindre. Et puis un revirement soudain, fruit de la raison. Il s'écarte au moment précis où nous nous croisons, crache par terre, à mes pieds et poursuit son chemin sans se retourner.

Je suis resté figé et les larmes me sont venues. Tant d'années pour tenter d'oublier, et me retrouver soudainement face à mon mensonge. Oui, j'avais renié les miens. Oui, je n'avais pas su vivre dans la vérité. Il m'aurait fallu pardonner. J'avais vécu dans la haine. Pardon ! Pardon « monsieur mon père » de n'avoir pas su suivre votre exemple de dignité !

J'avais vécu dans le mensonge. J'étais juif, juif, juif. Mais j'allais à l'office des chrétiens. J'élevais mes enfants comme des chrétiens, moi qui ne croyais ni Dieu ni Diable. Mais juif au plus profond de mon cœur, resté là-bas, en Pologne, devant le trou que j'avais creusé de mes mains pour enterrer mon père à qui je devais tout.

Pardon, père ! Pardon Esther ! Pardon mon enfance naïve ! Je reviens vers vous.

CHAPITRE XXVI

Josué ne dormit plus. Son épouse s'en inquiétait. Était-il malade ? Il ne disait mot, l'âme perdue. A peine s'il écoutait ses patients.

Un matin, il alla retrouver sa femme aux cuisines.

— Je ne vais plus à l'hospice. Je pars.

Elle le regarda sans comprendre.

— J'ai trop longtemps vécu dans le mensonge. Je vais vers ma vérité. Tu diras à mes enfants que leur père est juif. Je n'ai pas le courage de les entraîner avec moi, ni toi non plus. Pardonnez-moi. Il faut, que je me retrouve avant de revenir. J'ai besoin des miens. Sois sans inquiétude, je reviendrai m'expliquer mais la vie ne reprendra pas comme avant...

Il sortit.

Il chercha Jérémie, le trouva. Il s'effondra en larmes devant lui. Les deux hommes s'embrassèrent, soulagés. Tous les mots étaient inutiles. Ils comprenaient.

*

Josué dut plier. Les trente-neuf coups de fouet qu'il reçut dans la synagogue lui rappelaient, l'un après l'autre, les étapes de son calvaire. Non, il n'avait aucun espoir dans le Seigneur. Non, il ne croyait plus. Il retournait simplement vers les siens, pour être quelque part, pour retrouver son nom et sa vérité, pour ne pas se trahir. Il laissait derrière lui d'autres enfants perdus. Mais ils sauraient qui était leur père, un jour, sans mensonge. Ils choisiraient leur chemin. A eux de vivre dans leur vérité. Et c'est à la sortie de la synagogue, meurtri, piétiné, qu'on vit un sourire s'épanouir aux lèvres de Josué.

REMERCIEMENTS

Il m'est impossible de citer tous les ouvrages qui ont servi à la documentation de ce roman. Si toutefois quelque historien y rencontrait ses enfants au détour d'une phrase ou d'un paragraphe, qu'il soit persuadé que ce sont bien les siens.

Pour les traductions bibliques, j'ai jonglé avec celle de La Pléiade et la *Bible de Jérusalem*.

Je voudrais saluer Gershom Scholem et son *Sabbataï Tsevi*, œuvre monumentale, fine et intuitive sans laquelle *La folle rumeur de Smyrne* n'aurait vu le jour.

Je remercie Olivier Cohen qui, par son amitié, a soutenu mon courage jusqu'à l'achèvement de ce livre.

DU MÊME AUTEUR

DANS LE MITAN DU LIT, *en collaboration avec Évelyne Gutman, Éditions des Femmes*, 1974.

LES RÉPARATIONS, *Mercure de France*, 1981.

LES LARMES DU CROCODILE, *Mercure de France*, 1982.

TOUFDEPOIL (Prix Bernard Versele 85, Lauréat France Ibby) (international 86) *Bordas*, 1983.

PISTOLET-SOUVENIR, *Bordas*, 1984.

LA FOLLE CAVALE DE TOUFDEPOIL, *Bordas*, 1985.

DANGER : GROS MOTS, *Syros*, 1986.

TOUT FEU, TOUT FLAMME, *Syros*, 1986.

LA MAISON VIDE (Prix des Libraires Spécialisés Jeunesse et association des Libraires de France, 1990, Prix du roman historique, 1989, Lauréat France International, 1990), *Gallimard*, 1989.

DARDOU Ier, *Rouge et Or*, 1989.

COMMENT SE DÉBARRASSER DE SON PETIT FRÈRE, *Rouge et Or*, 1989.

COLLECTION FOLIO

Dernières parutions

2111.	Roger Nimier	*D'Artagnan amoureux.*
2112.	L.-F. Céline	*Guignol's band, I. Guignol's band, II (Le pont de Londres).*
2113.	Carlos Fuentes	*Terra Nostra*, tome II.
2114.	Zoé Oldenbourg	*Les Amours égarées.*
2115.	Paule Constant	*Propriété privée.*
2116.	Emmanuel Carrère	*Hors d'atteinte ?*
2117.	Robert Mallet	*Ellynn.*
2118.	William R. Burnett	*Quand la ville dort.*
2119.	Pierre Magnan	*Le sang des Atrides.*
2120.	Pierre Loti	*Ramuntcho.*
2121.	Annie Ernaux	*Une femme.*
2122.	Peter Handke	*Histoire d'enfant.*
2123.	Christine Aventin	*Le cœur en poche.*
2124.	Patrick Grainville	*La lisière.*
2125.	Carlos Fuentes	*Le vieux gringo.*
2126.	Muriel Spark	*Les célibataires.*
2127.	Raymond Queneau	*Contes et propos.*
2128.	Ed McBain	*Branle-bas au 87.*
2129.	Ismaïl Kadaré	*Le grand hiver.*
2130.	Hérodote	*L'Enquête, livres V à IX.*
2131.	Salvatore Satta	*Le jour du jugement.*
2132.	D. Belloc	*Suzanne.*
2133.	Jean Vautrin	*Dix-huit tentatives pour devenir un saint.*
2135.	Sempé	*De bon matin.*

2136. Marguerite Duras — *Le square.*
2137. Mario Vargas Llosa — *Pantaleón et les Visiteuses.*
2138. Raymond Carver — *Les trois roses jaunes.*
2139. Marcel Proust — *Albertine disparue.*
2140. Henri Bosco — *Tante Martine.*
2141. David Goodis — *Les pieds dans les nuages.*
2142. Louis Calaferte — *Septentrion.*
2143. Pierre Assouline — *Albert Londres (Vie et mort d'un grand reporter, 1884-1932).*

2144. Jacques Perry — *Alcool vert.*
2145. Groucho Marx — *Correspondance.*
2146. Cavanna — *Le saviez-vous? (Le petit Cavanna illustré).*
2147. Louis Guilloux — *Coco perdu (Essai de voix).*
2148. J. M. G. Le Clézio — *La ronde (et autres faits divers).*
2149. Jean Tardieu — *La comédie de la comédie* suivi de *La comédie des arts* et de *Poèmes à jouer.*

2150. Claude Roy — *L'ami lointain.*
2151. William Irish — *J'ai vu rouge.*
2152. David Saul — *Paradis Blues.*
2153. Guy de Maupassant — *Le Rosier de Madame Husson.*
2154. Guilleragues — *Lettres portugaises.*
2155. Eugène Dabit — *L'Hôtel du Nord.*
2156. François Jacob — *La statue intérieure.*
2157. Michel Déon — *Je ne veux jamais l'oublier.*
2158. Remo Forlani — *Tous les chats ne sont pas en peluche.*
2159. Paula Jacques — *L'héritage de tante Carlotta.*
2161. Marguerite Yourcenar — *Quoi? L'Éternité (Le labyrinthe du monde, III).*
2162. Claudio Magris — *Danube.*
2163. Richard Matheson — *Les seins de glace.*
2164. Emilio Tadini — *La longue nuit.*
2165. Saint-Simon — *Mémoires.*
2166. François Blanchot — *Le chevalier sur le fleuve.*
2167. Didier Daeninckx — *La mort n'oublie personne.*
2168. Florence Delay — *Riche et légère.*

2169.	Philippe Labro	*Un été dans l'Ouest.*
2170.	Pascal Lainé	*Les petites égarées.*
2171.	Eugène Nicole	*L'Œuvre des mers.*
2172.	Maurice Rheims	*Les greniers de Sienne.*
2173.	Herta Müller	*L'homme est un grand faisan sur terre.*
2174.	Henry Fielding	*Histoire de Tom Jones, enfant trouvé, I.*
2175.	Henry Fielding	*Histoire de Tom Jones, enfant trouvé, II.*
2176.	Jim Thompson	*Cent mètres de silence.*
2177.	John Le Carré	*Chandelles noires.*
2178.	John Le Carré	*L'appel du mort.*
2179.	J. G. Ballard	*Empire du Soleil.*
2180.	Boileau-Narcejac	*Le contrat.*
2181.	Christiane Baroche	*L'hiver de beauté.*
2182.	René Depestre	*Hadriana dans tous mes rêves.*
2183.	Pierrette Fleutiaux	*Métamorphoses de la reine.*
2184.	William Faulkner	*L'invaincu.*
2185.	Alexandre Jardin	*Le Zèbre.*
2186.	Pascal Lainé	*Monsieur, vous oubliez votre cadavre.*
2187.	Malcolm Lowry	*En route vers l'île de Gabriola.*
2188.	Aldo Palazzeschi	*Les sœurs Materassi.*
2189.	Walter S. Tevis	*L'arnaqueur.*
2190.	Pierre Louÿs	*La Femme et le Pantin.*
2191.	Kafka	*Un artiste de la faim* et autres récits (Tous les textes parus du vivant de Kafka, II).
2192.	Jacques Almira	*Le voyage à Naucratis.*
2193.	René Fallet	*Un idiot à Paris.*
2194.	Ismaïl Kadaré	*Le pont aux trois arches.*
2195.	Philippe Le Guillou	*Le dieu noir (Chronique romanesque du pontificat de Miltiade II pape du XIXe siècle).*
2196.	Michel Mohrt	*La maison du père* suivi de *Vers l'Ouest (Souvenirs de jeunesse).*
2197.	Georges Perec	*Un homme qui dort.*
2198.	Guy Rachet	*Le roi David.*

2199. Don Tracy — *Neiges d'antan.*
2200. Sempé — *Monsieur Lambert.*
2201. Philippe Sollers — *Les Folies Françaises.*
2202. Maurice Barrès — *Un jardin sur l'Oronte.*
2203. Marcel Proust — *Le Temps retrouvé.*
2204. Joseph Bialot — *Le salon du prêt-à-saigner.*
2205. Daniel Boulanger — *L'enfant de bohème.*
2206. Noëlle Châtelet — *A contre-sens.*
2207. Witold Gombrowicz — *Trans-Atlantique.*
2208. Witold Gombrowicz — *Bakakaï.*
2209. Eugène Ionesco — *Victimes du devoir.*
2210. Pierre Magnan — *Le tombeau d'Hélios.*
2211. Pascal Quignard — *Carus.*
2212. Gilbert Sinoué — *Avicenne (ou La route d'Ispahan).*
2213. Henri Vincenot — *Le Livre de raison de Glaude Bourguignon.*
2214. Émile Zola — *La Conquête de Plassans.*
2216. Térence — *Théâtre complet.*

*Impression Bussière à Saint-Amand (Cher),
le 24 janvier 1991.
Dépôt légal : janvier 1991.
Numéro d'imprimeur : 3931.*

ISBN 2-07-038328-8./Imprimé en France.

51527